AF237012

Inhalt: Jonathan bekommt den mysteriösen Auftrag, ein letztes Buch zu verfassen, es soll nur vom Wichtigsten handeln. Seine Recherchen führen ihn in die römischen Katakomben, wo eine Gruppe von Widerständlern versucht, die Reste der abendländischen Zivilisation zu retten

Franz J. Brüseke, geb. 1954, ist Autor von soziologischen Sachbüchern und Romanen. Seine wissenschaftlichen Publikationen in portugiesischer und deutscher Sprache behandeln zumeist Themen auf dem Gebiet der Entwicklungs- und Techniksoziologie. Seine Romane und Novellen kann man dem Genre des historischen Romans oder philosophischen Abenteuerromans zuordnen. Der Autor lebt mit seiner deutsch-brasilianischen Familie in Florianópolis, Brasilien.

Ninive

oder

Das Wichtigste

Roman

Franz J. Brüseke

Bibliografische Information der Deutschen Nationalbibliothek: Die Deutsche Nationalbibliothek verzeichnet diese Publikation in der Deutschen Nationalbibliografie; detaillierte bibliografische Daten sind im Internet über http://dnb.dnb.de abrufbar.
Herstellung und Verlag:
BoD – Books on Demand, Norderstedt
© 2023 FJ Brüseke, 2. Auflage, April 2023

ISBN: 9783752878943

Ninive

Inhalt

Kapitel 1

Jonathans Traum

Jonathan hatte es immer als dummes Zeug abgetan, wenn jemand seinem Geburtstag eine besondere Bedeutung zuschrieb. Ein Geburtstag war für ihn ein Tag wie jeder andere, lediglich dadurch bemerkenswert, dass auch dieser, wenn verstrichen, einen Tag weniger auf der Lebensskala bedeutete.

Doch konnte er nicht umhin sich einzugestehen, sein Fünfzigster hatte ihn erwischt. Vielleicht gerade, weil er seit Jahrzehnten dort, wo andere von Geburtstag zu Geburtstag freudig ein zeitliches Wachstum wahrnahmen, das genaue Gegenteil erfuhr. So ein Tag war für ihn die Markierung des näher rückenden Todestages. Die fünfzig jetzt verflossenen Jahre konnte man weder rückgängig machen noch, wie ein Freund scherzhaft bemerkte, verdoppeln.

Vielleicht hatte er, wenn die Gesundheit ihn nicht vorher im Stich ließ, noch dreißig Jahre zu leben. Wahrscheinlicher aber war es wohl, er musste es widerstrebend zugeben, dass es einige Jahre weniger sein würden. Aber niemand wusste es genau. Es konnte ihn auch jeden Moment niederstrecken, wie es mit seinem Kollegen Dr. Weißbinder geschehen war. Plötzlich und doch erwartet.

Ihn grauste es. Dabei schreckte ihn, mehr noch als der Gedanke an den Tod, die Antwort auf die an sich selbst gestellte Frage, was er denn bisher geleistet habe. Nicht dass er untätig gewesen wäre, nein, denn das Gegenteil wurde durch die schon in jungen Jahren erkämpften Diplome bewiesen, auch die Liste seiner Veröffentlichungen war durchaus respektabel. Er fragte sich, was denn all diese Artikel, Kritiken und Aufsätze – alle paar Jahre in Sammelbänden zusammengefasst – tatsächlich wert waren. Was blieb von alldem?

Er hatte allein in seiner Wohnung eine Flasche Wein getrunken. Sie war ihm heute Morgen zusammen mit einem Strauß Blumen von der Sekretärin der Fakultät überreicht worden. Dieser stand jetzt in einem Plastikeimerchen auf seinem Schreibtisch. Die Blumen wollten so gar nicht zu diesem kreischend roten Behältnis passen, aber er hatte nichts Besseres in seiner Wohnung gefunden.

Eine Vase besaß er nicht. Warum auch, hatte ihm doch noch nie jemand Blumen geschenkt.

Die offiziellen Glückwünsche waren die einzigen gewesen, die er heute erhalten hatte. Nein, fast hätte er es vergessen. Eine ehemalige Freundin hatte ihn heute angerufen. „Ich habe mich an dich erinnert, weil ich auch in dieser Woche fünfzig geworden bin." So hatte sie das Gespräch begonnen und ihm dann, nachdem er sich für den Anruf bedankt hatte, aber dann nicht mehr wusste, was er sagen sollte, erzählt, dass sie es heute bereue, keine Kinder zu haben. Sie sei jetzt zwar mit einem Mann zusammen, der zwei Kinder hätte, die aber schon erwachsen seien und dass das auch etwas anderes wäre, denn die hätten schließlich schon eine Mutter und … Irgendwann hörte ihr Redestrom auf und er wusste immer noch nicht, was er sagen sollte. „Vielleicht können wir uns bald einmal zu einem Kaffee treffen," sagte sie schließlich. Er nickte und hätte fast aufgelegt, als ihm noch rechtzeitig einfiel, dass sie ihn nicht sehen konnte. „Eine gute Idee," sagte er eilig und legte den Telefonhörer aus der Hand.

Jonathan fragte sich, ob er noch eine Flasche öffnen sollte, denn die erwünschte Bettschwere wollte sich nicht einstellen. Es war schon weit nach Mitternacht als er sich geschlagen gab - eine zweite Flasche Wein hatte er nicht gefunden - und sich mit offenen Augen aufs Bett legte. Immer noch zogen endlose Gedankenketten durch seinen Kopf, bis er schließlich in einen unruhigen Schlaf fiel.

Eine Gruppe von Männern in langen weissen Gewändern stand um ihn herum und redete auf ihn ein. Der größte und älteste unter ihnen hob seinen rechten Arm und sagte mit Donnerstimme: Schreibe das letzte Buch! Die anderen gestikulierten und versuchten ihm klarzumachen, dass es nicht um das letzte Buch einer Saison ginge, nach der, wie gewohnt, andere, neue Bücher erscheinen würden, von denen ihre Verleger wie immer sagen würden, sie seien der letzte Schrei. Nein, es handele sich wirklich um das allerletzte Buch überhaupt und, wenn man so wolle, wäre es dieses Mal tatsächlich der letzte Schrei. Ein allerletzter Schrei, nach dem kein weiterer folgen würde. Zumindest nicht in Buchform.

Zuerst weigerte er sich. Daraufhin aber sagte der Alte, gut, dann gäbe es eben gar kein Buch mehr, denn die vorhandenen würden sämtlich eingestampft werden. Er solle sich also noch mal überlegen, ob er nicht doch etwas mitzuteilen hätte, ob er nicht meine, dass es etwas gäbe, das die Nachwelt wissen solle.

Ja, ja!, hatte er dann gerufen und begriffen, dass es ihnen durchaus ernst war, aber er wolle nur wissen, warum man denn dieses eine letzte Buch ausgerechnet von ihm erwarte. Wenn du das nicht weißt, schreib es nicht, sagte der Alte und fragte daraufhin, ob er vierundzwanzig Stunden Bedenkzeit wolle.

Die brauche er nicht, hatte er zu Tode erschrocken geantwortet, er beginne gleich heute mit dem letzten Buch, wie viel Zeit er denn hätte. Sie hatten die Frage nicht gleich verstanden, steckten die Köpfe zusammen, tuschelten eine Weile untereinander und nickten ihm dann zu: Er hätte Zeit, hundert Tage Zeit.

Jonathan wachte schweißgebadet auf. In den ersten Sekunden wusste er nicht, ob er wachte oder träumte. Mit Mühe fand er den Schalter der Nachttischlampe, deren gedimmtes Licht ihn langsam in die Welt zurückholte. Bald erkannte er die Konturen des Kleiderschranks, dann auch des Fensters, durch dessen halb offene Jalousien sich das Morgengrauen ankündigte. Er stand auf und widmete sich fröstelnd seiner Morgentoilette. Doch der Schreck, der ihm in alle Glieder gefahren war, wollte ihn nicht so ohne Weiteres verlassen. Zu befremdlich waren denn auch all jene Ereignisse, die sich in den letzten Tagen überstürzt hatten.

Der Umstand, dass ihn ausgerechnet einen Tag nach seinem Geburtstag die Nachricht erreichte, sein Fachbereich werde abgeschafft und an Frühpensionierung interessierte Kollegen möchten sich doch bitte im Rektorat melden, war dann der Tropfen, der das Fass zum Überlaufen brachte. Jetzt hatte er die Quittung, dass seine Arbeit sinnlos und er selbst überflüssig geworden war! Im Grunde hatte er es schon lange gewusst. Waren nicht die Studentenzahlen immer mehr zurückgegangen und hatte nicht das klassische Latein, das er lehrte, nur deshalb überlebt, weil es Pflichtfach war?

Vielleicht bildete er es sich nur ein, aber immer, wenn er sich an seinen Traum erinnerte, war ihm, als läge darin eine Botschaft, der er folgen sollte. Natürlich hatte er schon einige Bücher geschrieben, aber sie erschienen ihm heute wie ein belangloses Pingpong mit ebenso belanglosen Autoren, wie er selbst einer war. Ein wirklich wichtiges Buch, ja, das hätte er gern geschrieben. Und das wäre nicht etwa ein Buch – diese Erfahrung hatte er schon reichlich gemacht –, das in der Akademie gut ankäme und allseitig gelobt würde. Ein wichtiges Buch musste ein Buch über das Wichtige sein. Und ein Buch über das Wichtigste angesichts der fünfzig schon verflossenen Jahre, denn er hatte keine Zeit mehr zu verlieren.

Nachdem Jonathan endlose Stunden mit Grübeln verbracht hatte, schien ihm, als ob die Wände seines Arbeitszimmers immer näher rückten. Die seit vielen Jahren auf den Regalbrettern stehenden Bücher begannen in der Vielfalt der Stimmen ihrer Autoren zu wispern und machten ein Geräusch, das sich zu einem Piepton verdichtete, der einer immer höheren Frequenz zustrebte, um schließlich in einem Rauschen zu enden, das selbst heftiges Kopfschütteln nicht abstellen konnte. Er hielt es in seiner Wohnung nicht mehr aus. Nachdem er seine Brille wiedergefunden hatte, die aufgrund seiner abrupten Kopfbewegung durch den Raum geflogen war, nahm er seine Jacke und ging auf die Straße zu seinem Auto. Doch es half nichts. Er musste weg, weiter weg von diesen flüsternden Büchern, in denen sich Autoren stritten, die sich über nichts, aber auch gar nichts einig werden konnten.

Als er die letzten Häuser der Stadt hinter sich gelassen hatte, begann es zu regnen. Er fuhr noch einige Kilometer und stellte dann den Wagen in einem Feldweg ab. Der Regen hatte aufgehört, sodass er aussteigen konnte. Ein Blick nach oben in die sternenlose Dunkelheit genügte, um zu wissen, dass sich eine geschlossene Wolkendecke über das Land gelegt hatte. Er setzte sich wieder ins Auto und ließ die Zeit verstreichen. Hin und wieder öffnete er die Wagentür, stieg aus, tat ein paar Schritte und blickte nach oben, aber der Himmel öffnete sich nicht.

Bis in den frühen Nachmittag hinein hatte er geschlafen und gehofft, beim Einsetzen der Dunkelheit freie Sicht nach oben zu haben. Doch nach Stunden ergebnislosen nächtlichen Wartens, als schon ein erstes graues Licht durch die Gardinen fiel, stand fest, dass man in dem Land, wo er lebte, keine Sterne sehen konnte.

Die infernalischen Geräusche in seinem Kopf hatten sich nicht wieder eingestellt. Er deutete dies als ein Zeichen dafür, dass schon allein der Gedanke an einen wolkenlosen Sternenhimmel seiner seelischen Gesundheit förderlich war.

Zwei Männer erschienen. Jonathan, der keine zwei Stunden geschlafen hatte, war von ihrem wiederholten Klingeln aufgeschreckt worden und hatte ihnen, noch schlaftrunken und im rasch übergeworfenen Bademantel, die Tür geöffnet.

„Wir sollen die Bücher abholen," sagte der Größere von beiden. „Aber ich bin doch noch gar nicht so weit," entfuhr es Jonathan. „Machen Sie sich keine Umstände. Es kommt sowieso alles in den Container."

Tatsächlich war vor dem Nachbarhaus ein Container von der Art, wie man sie sonst für Bauschutt nutzt, abgesetzt worden. Man hatte schon etliche Bücher hineingeworfen; ein wildes Durcheinander der unterschiedlichsten Ausgaben. Einige waren aufgeklappt und reckten ein paar Seiten wie nach Hilfe rufend in den Himmel.

„Bitte," sagte er und führte sie zu seinem Arbeitszimmer, wo sie sich gleich über die Regale hermachten. Selbst die kleine Sammlung lateinamerikanischer Literatur, die ihn in jungen Jahren begeistert hatte, verschmähten sie nicht.

„Sonst noch was?" fragte schließlich der eine der beiden, der auch schon vorher das Wort geführt hatte. Nein, sagte Jonathan, mehr habe ich nicht. Der Mann drückte ihm eine Quittung in die Hand. Wir haben den Betrag aufgerundet, dann bekommen sie mehr. – Mehr? – Mehr Geld.

Er sah auf den Zettel. Darauf stand in der Rubrik "Menge in Kubikmetern", die Zahl 4,5. Die beiden Männer hatten sich, nicht ohne vorher um seine Erlaubnis gefragt zu haben, auf sein Gartenbänkchen gesetzt und rauchten. Bald kam ein Lastkraftwagen und zog den Container an scheppernden Ketten auf das Fahrgestell.

Einige Bücher fielen auf die Straße, wurden aber rasch aufgesammelt und zurückgeworfen. Die Männer verabschiedeten sich, kletterten ins Fahrerhaus und der LKW fuhr davon.

Wie benommen hatte Jonathan diese ganze Aktion über sich ergehen lassen und glaubte schon, dass er vielleicht einer Sinnestäuschung aufgesessen war. Aber die leeren Regalbretter, über die er mehrmals mit der Hand fuhr, um das, was er sah, als Halluzination zu entlarven, ließen keinen Zweifel. Seine Bücher waren verschwunden.

Die Vorstellung, ein letztes Buch angesichts leerer Regalbretter schreiben zu sollen, war unerträglich. Er hatte Jahrzehnte zwischen diesen Bücherwänden gesessen und hätte selbst im Dunkeln schnell einen gewünschten Titel herausgefunden. Doch jetzt war ihm sein Orientierungssinn abhandengekommen. Die aufgereihten Bücher hatten seine Gedanken stets in einer Ordnung gehalten, die nun unwiederbringlich verloren schien. Es gab eine Geschichte der Ideen, gewiss, aber es gab auch seine ganz persönliche Geschichte der Aneignung dieser Ideen, nicht eine chronologische, sondern eine voller Lücken, überraschender Zusammenhänge und entflammter Begeisterung, wenn ihn plötzlich ein Autor besonders ansprach.

Diese seine Lebenszeit verausgabende, in Regalen übereinandergeschichtete Lektüre hatte in seiner Bibliothek Autoren in eine Nachbarschaft gerückt, die jede Universität in sorgfältig getrennte Disziplinen verwiesen hätte. Was er in früher Jugend gelesen hatte, stand eng beieinander. Das schmale Bändchen aus dem Leben eines Taugenichts, neben dem Seewolf und Peter Camenzind, war seit Jahrzehnten treuer Nachbar von Moby Dick, der sich gleich, nur ein Jahr später gelesen, an das Herz der Finsternis anlehnte. Was Fachleuten als heilloses Durcheinander erscheinen musste, hatte sich in seinem Kopf folgerichtig miteinander verwoben. Autoren, die sich selbst noch zu Lebzeiten erbittert bekämpft hatten, standen friedlich nebeneinander und Titel, zwischen denen man fürwahr keine Verbindung sah, lehnten sich aneinander.

Der willkürlich anmutenden Ordnung seiner Bücher auf den Regalbrettern entsprach seine Weltanschauung, die sich aus hunderten von Gedanken zusammensetzte, die er nicht ohne Mühe zu einem feingesponnenen System zusammengetragen hatte und das von der Antike bis in die Gegenwart reichte. Aber all dies hatte sich mit einem Mal in Luft aufgelöst.

Wo waren seine Bücher jetzt? Sein Herz krampfte sich zusammen, wenn er an den Container dachte. Er untersagte sich die Vorstellung, was das Einstampfen bedeutete. Überhaupt hatte ihn der Anblick der verstaubten Wände schon zu lange gequält. Hier konnte er nicht denken, hier wollte er nicht bleiben.

Erschrocken stellte Jonathan fest, dass schon Tage vergangen waren, ohne dass er eine einzige Zeile geschrieben hatte. So beschloss er in der Hoffnung, dort Anregung oder wenigstens Ablenkung zu finden, die alte Kirche seiner Kindheit noch einmal zu besuchen.

Die morgendliche Sonne, verdeckt von einer undurchdringlichen Wolkenwand, hatte keine Chance bis zum Mosaikfenster vorzudringen, das die ganze östliche Seite des Altarraums ausfüllte. Kein mysteriöses Farbenspiel gab ihm dieses Mal, wie es so oft in den Tagen früher Jugend gewesen war, geheimnisvolle Kunde von etwas, das zu beschreiben ihm bis heute die Worte fehlten. Hier, in der sonntäglichen Messe, war er auf die lateinische Sprache gestoßen. Wie magische Formeln klangen damals in seinen Kinderohren die liturgischen Wechselgespräche zwischen Pfarrer und Gemeinde. Was redeten sie? Von woher kam diese geheimnisvolle Sprache, die nur noch Eingeweihte kannten? Später hatte er dann daraus, seinen Beruf gemacht. Es hatte ihn nie bekümmert, dass man Latein, weil nicht mehr in der Gegenwart gesprochen, eine tote Sprache nannte. Doch heute fühlte er sich als eines der letzten Exemplare einer aus- sterbenden Spezies. Was nutzte es, dass er einer der Wenigen war, die noch ganze Vorträge auf Latein halten konnte? Er stand noch eine Weile ratlos ganz hinten im Kirchenschiff und fühlte sich bald durch die leeren Bänke an sein verstaubtes Bücherregal erinnert.

Schon auf dem Hinweg hatte er die Kartons vor den Häusern gesehen, von denen einige, weil zu schwach für ihren schweren Inhalt, aufgeplatzt waren und den Blick auf Bücher freigaben, die er sich nicht näher zu betrachten traute, geschweige denn, in die Hand zu nehmen.

In den frühen Morgenstunden hörte man dann wieder die Lastwagen, die Rufe der Männer und das dumpfe Aufschlagen der Kisten. Mit jedem Buch, das auf den Lastwagen verschwand – von denen einige mit einer hydraulischen Presse ausgerüstet waren, die gleich an Ort und Stelle jeglichen unnötigen Hohlraum beseitigte –, fühlte er sich elender. Schon beim Verlust seiner eigenen Bibliothek war ihm, als hätte man ihm Teile seiner höchstpersönlichen Erinnerung weggenommen. Selbst Bücher, die er nie gelesen hatte, so enden zu sehen, erfüllte ihn mit einem Gefühl des Entsetzens.

Bald wurde es ruhiger auf der Straße. Die Lastwagen samt ihrem preziösen Inhalt waren verschwunden und seine Anwesenheit hinter der Gardine, die er aus irgendeinem Grunde für notwendig hielt, hatte keine Bedeutung mehr.

Er packte in sein Auto, was er für eine Reise in den Süden brauchte. Das Schreibwaren-geschäft, eine Straße weiter, hatte ein Schild Ausverkauf ausgehängt. So erstand er für den halben Preis einige Schreibhefte.

Er hatte Angst vor Tunneln, in denen er jedes Gefühl für Geschwindigkeit verlor. Das letzte Mal, im Sankt-Gotthard-Tunnel, hatte er den Eindruck auf der Stelle zu stehen, obwohl sein Tacho eine deutlich überhöhte Geschwindigkeit anzeigte. Auch fürchtete er, dass der Luftdruck des Tunnels die Geräusche in seinen Ohren wieder aktivieren würde. Genug Argumente also, um die Alpen nicht direkt anzufahren, sondern sie in südwestlicher Richtung zu umrunden. Er übernachtete, wie schon so manches Mal vorher, in Besançon und fuhr dann die Rhône entlang Richtung Süden.

Auf dem letzten Rastplatz hatte er eine Flasche Côte du Rhône erstanden, die jetzt auf dem Beifahrersitz hin und her rollte. Schon wenige Kilometer hinter der Grenze meldete sich das Autoradio mit einer Auswahl französischer Chansons. Er hätte einen Flaschenöffner kaufen sollen. So aber blieb ihm nichts anderes übrig als, wie sie es früher oft gemacht hatten, den Korken in den Flaschenhals zu drücken. Die paar Spritzer, die er dabei abbekam, passten, so fand er, zur Musik und zur Gewissheit, bald am Mittelmeer zu sein.

Auf dem Parkstreifen war außer ihm kein Mensch, nur weiter vorn an der Ausfahrt zwei Anhalter, die offenbar Anstalten machten, mit ihm reden zu wollen. Ihm sollte es nur recht sein. Während die beiden sich näherten, setzte er die Flasche an den Hals und nahm einen Schluck.

Sie wollten nach Monaco, nicht weil sie diese Stadt liebten, sondern wegen des Geldes. Sie sagten tatsächlich, nicht, weil sie die Stadt liebten.

Da wolle er nicht hin, sagte er in seinem gebrochenen Italienisch, er wolle nur den

Himmel sehen. Als sie ihn verständnislos ansahen, ergänzte er, des Nachts, wegen der Sterne.

Er reichte ihnen die Flasche und sie ihm ein Stück Baguette. Bald waren sie sich einig. Niemand würde heute nach Monaco fahren, sondern in die Nähe eines Flusses, abseits der großen Straßen, den die beiden von früher kannten. Sie schwärmten regelrecht von diesem Fluss, seinen verschlungenen Canyons und den Fischen, die man in den glasklaren Gewässern mit den Händen greifen könne.

Sie waren ein Paar, kaum über zwanzig Jahre alt und seit dem Frühjahr unterwegs. Emilio war vielleicht eine Handbreit kleiner als seine Begleiterin, von eher gedrungener Statur und mit einem forschen Lächeln im Gesicht. Ihren Lebensunterhalt verdienten die beiden in den Semesterferien mit der Anfertigung und dem Verkauf von Schmuck.

Nach den letzten Tagen, in denen er mit keiner Menschenseele ein Wort gewechselt hatte, genoss er die unbeschwerte Art, mit der Francesca, so hieß die junge Frau, ihrer Begeisterung für Landschaft und Leute Ausdruck verlieh. Immer wieder zeigte sie durch das geöffnete Seitenfenster, um auf etwas aufmerksam zu machen. Ihre Augen waren von einem tiefen Dunkel und verengten sich seitwärts, besonders wenn sie lachte. Sie erinnerte ihn an das Bildnis einer Peruanerin, das er vor Jahren ersteigert und an die einzige freie Stelle an der Wand seines Arbeitszimmers gehängt hatte.

Geld schien seine beiden Reisebegleiter nicht zu bekümmern, obwohl sie ständig, auch jetzt im Wagen, an irgendwelchen Broschen, Ohrringen oder anderen aus Silberdraht gefertigten Teilen herumbastelten. Sie wollten, so erzählte Emilio, eigentlich ihren Schmuck auf einem Flohmarkt in Monaco verkaufen, aber das könne auch warten.

Als sie schließlich von der Nationalstraße abbogen, um näher an die Ardèche heranzukommen, dämmerte es schon. Sie kauften noch zwei Flaschen Wein, Wasser, Käse und das unvermeidliche Baguette, das bald den Wagen mit seinem Duft erfüllte. Weit kamen sie nicht mehr. Bald war es dunkel und dem nicht asphaltierten Weg zu folgen, behagte ihm nicht.

Bleiben wir einfach hier, meinte Emilio plötzlich und griff, während der Wagen noch fuhr, schon nach seinem Rucksack. „Warte, Emilio", sagte Francesca und warf Jonathan einen Blick zu, so als wolle sie um sein Einverständnis bitten.

Doch auch Jonathan hatte im Scheinwerferlicht die Zufahrt zu einem Feld erspäht und konnte noch gerade rechtzeitig halten, denn im Dunkeln auf dem schmalen Weg zu wenden wäre unmöglich gewesen. Er stellte den Wagen ab und öffnete die Tür. Die Luft war jetzt abgekühlt, nur über den Feldern, auf denen bis vor Kurzem die Sonne gestanden hatte, waberten noch warme Schwaden und verbreiteten einen unverwechselbaren Duft: Lavendel! Sie standen tatsächlich am Rand eines Lavendelfelds!

Emilio und Francesca hoben ihre Rucksäcke aus dem Wagen und rollten im flackernden Licht eines Feuerzeugs gleich neben dem Auto ihre Isopor- Matten aus. Im Handumdrehen breiteten sie ihre Schlafsäcke aus. Lachend lud Francesca ihn ein, sich doch zu ihnen zu setzen. Er selbst war immer noch wie betört von diesem unbeschreiblichen Aroma. Die Dunkelheit hatte hier nichts Bedrohliches, nichts Kaltes oder Abweisendes, sie duftete und schien sie mit weit geöffneten Armen zu empfangen. Welch ein Kontrast zu den bangen Stunden, die er in den Tagen zuvor erlebt hatte.

Bald saßen sie beieinander auf dem Boden, jeder mit einem Stück Brot und Käse in der Hand. Die erste Rotweinflasche war bald geleert und die zweite ging nun in geruhsameren Abständen von Hand zu Hand.

„Die Sterne," sagte Francesca, „da sind sie." Sie hatte sich hingelegt, er tat es ihr nach, war es doch so einfacher nach oben zu sehen, in das von keinem Nebel getrübten Firmament. Emilio schien sich für Francescas Entdeckungen, die sie manchmal mit halblauten Ausrufen der Freude begleitete, nicht zu interessieren. Er hatte sich an den Wagen gelehnt und rauchte irgendein Zeug, dessen Duft sich mit dem des Lavendels vermischte. Nur Francesca wies zuweilen hierhin und dorthin, nannte einige Namen, die Jonathan bekannt vorkamen, bis ihm, durch den

Wein und den Wohlklang ihrer Stimme in eine angenehme Ruhe versetzt, schließlich die Augen zufielen.

Als er erwachte, staunte er nicht schlecht. Schon nach ein paar Schritten auf dem Feldweg, in den er gestern im Dunkeln eingebogen war, konnte er sehen, dass das Lavendelfeld nach vielleicht zweihundert Metern jäh endete.

„Die Ardèche," sagte Francesca, „hörst du das Wasser?"

Sie fanden eine Stelle, an der es möglich war, bis nach unten an den Fluss zu gelangen. Erst als er sich umsah, wurde ihm klar, auf welch halsbrecherischem Weg sie dies geschafft hatten. Ihm grauste schon vor dem Rückweg, waren seine Begleiter doch um etliche Jahre jünger als er – und er war schon beim Abstieg außer Atem geraten.

Ihre Morgentoilette verrichteten Emilio und Francesca in den klaren Fluten des Flusses, der sich im Laufe der Jahrtausende tief in die Landschaft eingegraben hatte. Unzählige flache Becken, aber auch halbmeterhohe Wasserfälle und mitreißende Strudel hatten sich dort unten zwischen den Felsen gebildet. Zuerst etwas zögernd, doch dann entschlossen, tat er es ihnen nach und zog seine verschwitzten Kleider aus. In einer knietiefen Mulde hockend ließ er das vorbeiströmende Wasser seinen Körper kühlen, während die beiden hinter einem Felsen miteinander Schabernack trieben.

Wie er erwartet hatte, war der Aufstieg mühsam. Einmal wäre er fast gestürzt, hätte er

23

nicht im letzten Augenblick Halt im niedrigen Gebüsch gefunden. Seine Unterarme waren zerkratzt und in der Hand steckten allerlei Stacheln, die Francesca, kaum dass er oben angekommen war und von seinem Malheur berichtete, geschickt, mit der feinsten ihrer Zangen, die sie sonst zum Biegen des Drahtes benutzte, aus seiner Haut zog. Dabei benutzte sie einige Male seine Brille als Lupe, deren Gläser sie, nach getaner Arbeit, anhauchte und mit einem Zipfel ihrer leinenen Bluse polierte. Sie blieben an der Ardèche noch vier Tage. Nicht genau an der Stelle, wo sie angekommen waren, sondern in der Nähe eines mittelalterlich anmutenden Dorfes, in dem es ein kleines Lebensmittelgeschäft gab und sie mit dem Nötigsten versorgte. Zu Jonathans Freude bot dasselbe Geschäft auch allerlei Nützliches für die wenigen hier herumstreunenden Touristen an, meistens junge Leute mit Rucksack und wenig Geld. Er erstand eine billige Luftmatratze, aus deren unterem Drittel gleich in der ersten Nacht die Luft entwich, und einen Schlafsack. Emilio hatte einen Gaskocher und ein Aluminiumtöpfchen dabei, sodass nur noch eine Gaspatrone fehlte, die Jonathan gern beisteuerte, um ihren Hausrat zu vervollständigen.

Francesca erwies sich als eine ausgezeichnete Köchin. Er mochte besonders ihre in Olivenöl gebratenen Auberginen, begleitet von geschnittenen Tomaten und Zwiebeln, beide so riesig und saftig, wie sie nur

24

im Süden vorkommen. Emilio hatte sich aufs Angeln spezialisiert. Da er frühmorgens loszog, brachte er, pünktlich zur Mittagsstunde, einige Fischchen mit. Was denen an Größe fehlte, machte ihre Anzahl wett, und so konnte sich niemand beklagen. Und das Baguette, der Käse und der Wein stillten jeglichen vielleicht doch verbliebenen Hunger.

In den Stunden zwischen den Mahlzeiten lagen sie auf dem Rücken, sahen dem Spiel der Wolken zu, hörten Musik aus dem Autoradio oder verfolgten die Passagierflugzeuge, die weiße Striche durch den Himmel zogen.

„Wann sind deine Ferien zu Ende? Wovon lebst du?", fragte Francesca plötzlich.

„Ich schreibe", sagte er. „Ich muss ein Buch schreiben, in dem nur das Wichtigste erzählt wird."

„Das Wichtigste? Was meinst du damit?"

Über ihnen zog gerade wieder ein Flugzeug vorüber, blinkte kurz in der schon tief am Himmel stehenden Sonne und verschwand hinter einer Wolke. Francesca hatte ihr Kinn auf der flachen Hand aufgestützt und kaute vorsichtig an einem Grashalm, sagte nichts, sah ihn lange von der Seite her an und erhob sich dann.

„Komm, wir gehen spazieren!" Sie sprang auf und hielt ihm die Hand hin, um ihm beim Aufstehen behilflich zu sein. Er griff nach ihr und war erleichtert, dass sie auf keiner Antwort bestanden hatte. Einige Schritte lang ließ sie seine Hand nicht los. Sie zog ihn vorwärts wie ein Kind, das dem Vater etwas zeigen wollte, und führte ihn quer durch ein Lavendelfeld, das seit Tagen in voller Blüte stand. Die Pflanzen, bewegt durch ihre Schritte, verteilten ihr Aroma noch intensiver als sonst. Schließlich kamen sie an ein Mäuerchen, hinter dem das Gelände steil abstürzte. Sie setzte sich und lud ihn ein, dasselbe zu tun.

Irgendwo da unten, man konnte es hören, war der Fluss. Die Sonne sandte ihre letzten Strahlen durch die Wolken, die den Horizont fast verdeckten, und färbte den Himmel langsam rot.

Francescas Teint wurde in das Lichtspiel über ihnen sanft einbezogen. Ein rötlicher Ton hatte sich auf ihr Gesicht gelegt und verlieh ihr einen Ausdruck von Milde, den Jonathan an etwas erinnerte, das er nicht benennen konnte. Es war keine andere Frau und sicherlich nicht das Foto in seinem Arbeitszimmer. Es war vielmehr ein Gefühl tief unten in seiner Seele, das er lange nicht gespürt hatte.

Francesca hatte bemerkt, dass Jonathan sie beobachtete und schüttelte ihren schwarzen Lockenkopf.

„Sieh dir den Himmel an," sagte sie, „du verpasst etwas."

Emilio, der schon an ihrem Rastplatz war, als sie endlich zurückkehrten kramte in seinem Rucksack herum und warf Francesca auf Italienisch einige unverständliche Worte zu. Jonathan zog es vor, sich ins Auto zurückzuziehen und fand bald einen Sender,

der die lauter werdende Stimme Emilios übertönte. Einmal, in einer kurzen Pause zwischen zwei Schlagern, die das regionale Radio fast ohne Unterbrechung sendete, meinte er, Francesca weinen zu hören. Den Impuls das Auto zu verlassen und Francesca beizustehen, konnte er nur mit Mühe unterdrücken, er wäre sich aber lächerlich vorgekommen, in eine Situation, die ihn nichts anging, einzugreifen. In dieser Nacht schlief er im Auto und fragte sich, während er auf dem unbequemen Liegesitz kaum Schlaf fand, warum er sich nur auf diese Reise eingelassen hatte.

Es war schon fast Mittag, als sie schließlich im Wagen saßen. Sie hatten noch einmal ausgiebig in der Ardèche gebadet und auch das Auto, ihre Schlafsäcke und alle anderen Utensilien einer gründlichen Reinigung unterzogen. Von Monaco, das Emilio und Francesca ursprünglich als Ziel angegeben hatten, war keine Rede mehr. Aber die Stimmung war wieder besser und Emilio versuchte sogar, Francesca vor Jonathans Augen einen Kuss zu geben, dem diese aber durch eine charmante Seitenbewegung des Kopfes im letzten Moment auswich.

Nach Italien sollte es gehen. Vielleicht in die Toskana, wo die beiden wohnten, vielleicht bis Rom oder, wer konnte das jetzt schon wissen, nach Neapel. Er hatte eingewilligt, machte nur zur Bedingung, eine Straßenverbindung ohne Tunnel zu wählen. Emilio lachte und meinte, wenn es nur das wäre, dann kämen sie sogar bis Sizilien.

Er war schon einige Male in Italien gewesen, in jüngeren Jahren. Warum nicht ein letztes Mal die Orte besuchen, die ihn damals so unbeschreiblich fasziniert hatten.

„Ein letztes Mal?," sagte Francesca und sah ihn an wie gestern, als sie auf dem Grashalm kaute. „Warum dann nicht nach Venedig?" –

„Ja, warum nicht nach Venedig," antwortete er und nahm den Fuß vom Gaspedal, da die Straße gerade eine scharfe Kurve machte und ihnen ein Lastwagen entgegenkam.

Irgendwo in der Po-Ebene – den Verkehr um Mailand herum hatten sie endlich hinter sich gelassen – hielt er vor einem Motel direkt an der Straße. Nach der schlecht geschlafenen letzten Nacht und der langen Fahrerei war er rechtschaffend müde und brauchte heute ein richtiges Bett. Einige Lastwagen parkten gleich nebenan, was er als Zeichen deutete, dass die Unterkunft praktisch und billig war.

„Wir zwei schlafen heute im Auto," sagte Emilio. – „Falls du nichts dagegen hast," „ergänzte Francesca, den etwas ruppigen Tonfall Emilios abmildernd.

Ihm sollte es nur recht sein. Er brauchte Schlaf, dringend Schlaf. Er atmete schwer. So willkommen ihm die Ablenkung durch die beiden auch war, so lastete doch immer noch der Verlust all seiner Literatur auf ihm. Seine Bücher waren sein Leben gewesen. Und jetzt sollte es nur das Eine geben, das allem anderen

28

einen Sinn gab. Aber wo war dieser Sinn? Und was genau war das Wichtigste, über das sich lohnte noch ein Buch zu schreiben.

So aßen sie noch eine Kleinigkeit im Restaurant, tranken ein Bier und verabschiedeten sich.

„Den Schlüssel," … sagte Francesca und streckte ihm die Hand hin.

Er legte ihr den Autoschlüssel in die geöffnete Hand, die er am liebsten ergriffen hätte, so verlassen fühlte er sich.

„Morgen ist ein anderer Tag," sagte Francesca, der seine Stimmung nicht entgangen war. Sie drehte sich rasch zu Emilio um und zog in fort.

Jonathan machte sich auf den Weg in sein Zimmer im zweiten Stock. Stufe um Stufe fühlte er das Gewicht seiner Reisetasche und des unbeschriebenen Heftes, das darauf wartete vom Wichtigsten Notiz zu nehmen.

Nachdem er ausgiebig geduscht hatte, stieg er in den Speisesaal hinab und bestellte einen Milchkaffee und ein Omelett. Ob Francesca und Emilio nicht auch frühstücken wollten? Er trat vor die Tür. Offenbar waren in der Nacht noch mehr Lastwagen angekommen. Sein Auto war von einem monströsen Gefährt vollkommen verdeckt, das, so sah es auf den ersten Blick aus, mit Brettern beladen war. Er machte ein paar Schritte um den LKW herum und sah bald Francesca. Sie saß bei geöffneter Tür auf dem Beifahrersitz und bog an irgendwelchen Drähten herum.

„Wollt ihr mit mir frühstücken? Ich lade euch ein." Francesca wies stumm auf den Lastwagen mit den Brettern, dann sagte sie: „Das sind Kirchenbänke. Zersägte Kirchenbänke."

Jonathan verstand nicht gleich und dachte an sein Omelett, das wohl schon auf dem Tisch stand.

„Und der," jetzt wies sie auf den Lastwagen gegenüber, „hat Glocken geladen, die meisten sind kaputt."

Zersägte Kirchenbänke und zersprungene Glocken. Er sah von einer Seite zur anderen und verstand nicht.

Emilio, der eine Runde auf dem Parkplatz gedreht hatte, erschien, wollte etwas sagen, klappte aber nur den Mund auf und zu.

„Lass uns reingehen," sagte Jonathan, „mein Kaffee wird kalt."

Am Tisch hatte Emilio seine Sprache wiedergefunden. Er berichtete, dass er sich alle Lastkraftwagen, es mochten an die zehn sein, angesehen hätte. Alle, ohne Ausnahme, seien aus Venedig, ein Fahrer hätte ihm dieses bestätigt.

„Und?" fragte Jonathan, immer noch nicht recht wissend, was das alles sollte.

„Einer ist voll mit Kirchenfenstern beladen. Einige sind zerbrochen, aber die meisten noch gut erhalten." –

„Ein Antiquitätentransport?" Emilio sah ihn an, kam näher heran und flüsterte: „Eines der Fenster ist aus der Kathedrale von Choggia in der Nähe von Venedig, ich kenne es."

Jonathan wusste, dass Emilio Kunstgeschichte studiert hatte, sodass kein Grund bestand, an seiner Aussage zu zweifeln.

„Und zwei andere sind voll mit Stücken von Mosaiken, überwiegend goldfarbene, wie sie in den Kuppeln des Markusdoms verbaut wurden."

Auch Jonathan war schon im Markusdom gewesen und erinnerte sich wohl, wie er von den Mosaiken und der sie einrahmenden goldenen Pracht hoch über ihm beeindruckt war. Und die sollten zerbrochen auf einem Lastwagen liegen?

Mittlerweile hatten auch Francesca und Emilio ein heißes Getränk vor sich stehen, einen Cappuccino, und zerpflückten ein ledriges Croissant, das offenbar vom Vortag war, doch die Erregung über ihre Entdeckungen war zu heftig, als dass sie dies jetzt beachtet hätten. Jonathan holte seine Sachen aus dem Zimmer, zahlte und ging mit ihnen zum Auto. Der Fahrer eines der Lastwagen neben ihnen grüßte sie lachend und deutete auf das Gestell, das Francesca benutzte, um ihren selbst gefertigten Schmuck auszustellen, das sie aber unachtsamer weise auf dem Wagendach hatte liegen lassen.

„Seid ihr Hippies?" fragte er und machte sich daran ins Fahrerhaus zu klettern.

„Willst du etwas kaufen?," fragte Francesca. „Ich habe kein Geld." Francesca ließ nicht locker. „Ich tausche auch. Wie wäre es mit einigen bunten Scherben deiner Ladung gegen diese Kette?"

Der Mann sah interessiert zu, wie Francesca die Kette schaukeln ließ.

„Ernsthaft?," fragte er, „der Schutt ist doch nichts wert."

„Ernsthaft!," sagte Francesca und nickte Emilio auffordernd zu.

Francesca warf die Kette in Richtung des Fahrers, der sie vor Verblüffung so ungeschickt auffing, dass er sie beinahe hätte fallen lassen. Derweil hatte Emilio ein Stück mehrfarbiges Fensterglas von der Ladefläche gezogen und es auf den Rücksitz gelegt.

Der LKW-Fahrer hatte nur Augen für seine Kette und strahlte. „Für meine Frau, die mag so etwas."

Damit war der Tausch besiegelt. Die Motoren wurden angelassen und jeder machte sich auf seinen Weg. Die Lastwagen Richtung Westen und die drei Richtung Osten, nach Venedig.

Emilio hielt sein Beutestück auf den Knien und nahm es in Augenschein. Es war ein vielleicht 30 mal 40 Zentimeter großes Teil eines Fensters; die einzelnen Glasstücke, jedes in einem anderen Farbton, zusammengehalten durch eine Einfassung, die Emilio als aus Blei oder überwiegend aus Blei bestehend klassifizierte.

Es sind tatsächlich Kirchenfenster, sagte er und stellte die Frage, die auch Francesca und Jonathan durch den Kopf ging: Was macht eine so große Anzahl von zerbrochenen, jahrhundertealten Kirchenfenstern auf einem

Lastwagen, der nach Mailand fährt? Einige Minuten hing jeder seinen Gedanken nach. Jonathan, dem die Situation immer unheimlicher wurde, drehte schließlich am Autoradio, um vielleicht einen Nachrichtensender zu erwischen. Ohne Erfolg. Selbst zur vollen Stunde, als sie schon ein beträchtliches Stück des Wegs hinter sich gelassen hatten, waren keine Nachrichten zu bekommen.

„Ich werde tanken," sagte Jonathan, „und eine Zeitung kaufen."

Doch die nächste Tankstelle hatte keine Zeitungen. „Schon lange nicht mehr," sagte der Mann an der Kasse.

Jonathan hatte an der Ardèche aufatmen können und sein Vorhaben ein Buch zu schreiben, wenn nicht vergessen, so doch weniger dringlich empfunden als zu Beginn seiner Reise, die ihn durch Straßen umsäumt von Containern voller weggeworfener Bücher geführt hatte. Jetzt aber stieg ein beklemmendes Gefühl in ihn auf, dass selbst Francescas Lächeln nicht vertreiben konnte.

Als er auch bei der nächsten Tankstelle kein Glück hatte, gab er es auf und nahm sich vor, direkt bis Venedig durchzufahren. Schließlich ging der Tag seinem Ende entgegen und sie mussten noch eine Bleibe für die Nacht finden.

Kurz vor der Stadtgrenze stockte der Verkehr, bald ging es keinen Meter mehr vorwärts. Sie standen wohl eine halbe Stunde, bis ein Beamter an ihr Fenster klopfte und sie zum Umdrehen aufforderte. Für heute sei die Stadt geschlossen. Francesca erinnerte sich, dass sie vor Kurzem an einem Motel vorbeigefahren waren. Sie fuhren bis zu diesem zurück und hatten Glück, es waren noch zwei Zimmer frei.

Auch am nächsten Tag kamen sie mit dem Auto nur zögerlich voran. Immer wieder mussten sie vor improvisierten Ampeln warten, um schwere Baumaschinen oder Lastwagen vorbeizulassen. Schließlich ging es gar nicht mehr weiter.

„Es ist besser, ich parke hier und wir gehen zu Fuß." Die beiden willigten ein. Und so ließen sie Auto und Gepäck in einer Nebenstraße zurück.

Das, was bisher von Venedig zu sehen war, hatte nichts mit dem zu tun, was Jonathan von seinen früheren Reisen kannte. Nichts als Verkehr, Staus und die übliche Trostlosigkeit der Vorstädte, die zu jeder beliebigen großen Stadt gepasst hätten. Aber gerade deswegen brannte er jetzt darauf, endlich die engen, mittelalterlichen Gassen zu erreichen, die über malerische Kanäle führten und unverhofft den Blick auf einen der wenigen offenen Plätze freigaben. Von denen war ohne Frage der imposanteste der Markusplatz mit dem Dogenpalast und dem benachbarten Markusdom, der *Basilica di San Marco*.

Der Fußweg zog sich länger hin als erwartet. Mehrere Male kamen ihnen Karren entgegen, vollbepackt mit Balken und Brettern. Einmal meinte er, ein Stück vom geschwungenen Bug einer Gondel erkannt zu haben, schlug sich diesen Gedanken aber aus dem Kopf und versuchte mit Emilio und Francesca Schritt zu halten, die, so kam es ihm vor, von Mal zu Mal schneller gingen. Schließlich konnte er nicht mehr. Vom schnellen Gehen außer Atem blieb er stehen und kramte aus seiner Hosentasche ein Taschentuch hervor. Gerade noch rechtzeitig, bevor er vollends in Staub eingehüllt war, hielt er es vor Mund und Nase.

„Wo bist du?," hörte er es vor sich rufen. Es waren Emilio und Francesca, sie waren umgekehrt, um ihn zu suchen: „Da vorne ist ein Haus eingestürzt, da geht es nicht weiter!"

Sie gingen vorsichtig zurück, während sich die Staubwolke langsam verzog. Über eine schmale Brücke gelangten sie in eine parallel verlaufende Seitenstraße und konnten so die Richtung halten. Wäre es nicht besser gewesen, gleich ganz umzukehren? Denn nach wenigen hundert Metern bot sich ihnen ein erschütternder Anblick. Vor ihnen lag ein offenes Feld, auf dem Bulldozer die Trümmer der Häuser in die Kanäle schoben, die ihren Bewohnern jahrhundertelang als Straße gedient hatten. Ein großer Teil ihrer Arbeit war schon abgeschlossen. Bis auf einige Abschnitte, in denen noch Wasser zwischen den zerbrochenen Fassaden schwappte, war alles niedergemacht.

„Da, der Dom!" Emilio wollte es schreien, doch kam nur ein Flüstern über seine verstaubten Lippen. Sie folgten mit den Augen seinem ausgestreckten Arm. Da, neben dem Glockenturm, der *Campanile* – der nach seinem Einsturz im Jahre 1902 mit einer Stahlbetonkonstruktion verstärkt wiederaufgebaut worden war und deshalb wohl noch stand –, sahen sie, was vom Markusdom noch übrig war. Nur eine seiner fünf in byzantinischem Stil gebauten Rundkuppeln stand noch da. Ein Bagger war gerade dabei, einige seitliche Wände mit einer Abrissbirne zu bearbeiten. Bald würde wohl auch die letzte Kuppel der Basilika fallen.

Jonathan überkam ein ähnliches Gefühl wie an dem Tag, als man seine Bibliothek abgeholt und vor seinen Augen eingestampft hatte. Nein, eigentlich war es kein Gefühl, eher die Abwesenheit jeglichen Gefühls. Eine Trockenheit der Seele, ein Verlust der Stimme, eine Unmöglichkeit zu denken.

Er drehte sich um. Emilio und Francesca folgten ihm. Mit einiger Mühe fanden sie ihr Auto wieder. Eines der hinteren Seitenfenster war eingeschlagen und, wie konnte es auch anders sein, der Rucksack von Emilio verschwunden. Sonst schien nichts zu fehlen. Das restliche Gepäck befand sich vollständig und unversehrt im Kofferraum.

Bisher hatte keiner ein Wort geredet. Selbst der verschwundene Rucksack schien es nicht wert erwähnt zu werden. Emilio säuberte seinen

Sitz vom zerkrümelten Fensterglas. Sie setzten sich in den Wagen.

„Wohin soll ich fahren?," fragte er.

„Das Radio ist auch weg," sagte Francesca.

„In die Toskana, nach Florenz," schlug Emilio vor.

„Da wohnen wir," erklärte Francesca.

Er ließ den Wagen an und manövrierte weg von der Stadt, die einmal Venedig hieß.

Bis Florenz kamen sie heute nicht mehr, hatten aber zumindest Bologna hinter sich gelassen. In einem billigen Hotel fanden sie ein Zimmer, nur etwa zwei Kilometer von der Autobahnabfahrt entfernt. Emilio bot sich an, alleine im Auto zu schlafen, da einer auf das Auto aufpassen müsse.

„Wegen des Fensters," murrte er. –

„Okay, dann bis morgen," verabschiedete ihn Francesca.

So kam es, dass Jonathan bald mit der jungen Frau oben vor dem Fernseher saß. Sie auf der Bettkante, er in einem altmodischen Sessel, der bei jeder Bewegung quietschte. Sie zappte mit der Fernsteuerung zwischen den Programmen hin und her. Aber außer einem Lokalsender aus Bologna, der eine Art Quiz zeigte, in dem das Publikum versuchte, in Worten wie „Roma" oder „Amore" die fehlenden Buchstaben zu ersetzen, war kein Kanal zu bekommen. Auch die Frigobar war alles andere als einladend. So teilten sie redlich, was sie an alkoholischen Getränken vorfanden. Er musste sich mit einer Dose Bier begnügen, sie mit einem Fläschchen Cognac, einem Mini-Fläschchen, das gerade mal einen kleinen Schluck enthielt.

„Erzähl mir von deinem Buch."

„Es ist noch nicht fertig," sagte er, um sich gleich im nächsten Satz zu korrigieren: „Ich habe es noch gar nicht richtig begonnen."

„Schreib über Venedig," sagte sie, „schreib, dass sie den Markusdom abgerissen haben."

„Ja, gut, aber wenn sie auch mein Buch einstampfen, wem nützt das?"

„Wir werden es verstecken, wenn es fertig ist." Sie setzte das Fläschchen noch einmal an und versuchte, ohne Erfolg, mit ihren nach vorne gespitzten Lippen einen letzten Tropfen auszusaugen.

Die Erlebnisse des Tages hatten sie dermaßen erschöpft, dass selbst diese geringe Menge Alkohol ihre Wirkung tat. Sie legten sich nebeneinander auf das Bett. Gottseidank war die unsägliche Quizsendung von einer Reportage über populäre italienische Musik abgelöst worden. Ihm gefiel die Mischung aus Lebensfreude und Melancholie im letzten Song. Er kannte den Sänger, aber sein Name fiel ihm nicht ein. Gibt es das? fragte er sich, eine Mischung aus Lebensfreude und Melancholie?

Francesca hatte die Augen geschlossen. Ihre vollen Lippen waren leicht geöffnet. Sanft hob und senkte sich ihre Brust. Bald war auch er eingeschlafen. Es mussten einige Stunden vergangen sein, als er wach wurde. Der Fernseher lief immer noch und ihre Hand lag in der seinen. Erschrocken wollte er sie behutsam zurückziehen, da griff Francesca im Schlaf nach ihm, so als ob sie ihn nicht gehen lassen wollte. Er ging benommen zum Fernseher und stellte ihn aus, verwundert, dass sie bei diesem Lärm hatten schlafen können. Die Zeit bis zum Morgengrauen verbrachte er im Sessel, der immer noch bei jeder Bewegung quietschte.

Am späten Nachmittag kamen sie in Florenz an. Während der Fahrt hatten sie nur wenige Worte gewechselt. Emilio saß mit finsterer Miene auf dem Beifahrersitz, während Francesca einen Ohrring nach dem anderen anfertigte. Immer wenn sie wieder ein Stück fertig hatte, reichte sie es nach vorne, wo Emilio es an einem Stück schwarzen Samts befestigte.

Als es hieß, *da ist Florenz!,* hielt Jonathan bei der nächsten Parkgelegenheit an. Er müsse sich die Beine vertreten. Aber es war wohl eher die bedrückende Stimmung zwischen Emilio und Francesca, die ihn aus dem Auto trieb.

Vor langer Zeit hatte hier jemand eine steinerne Bank aufgestellt. Es musste jemand gewesen sein, der wusste und fühlte, was eine Landschaft ist. Der Ausdruck "Bella Vista" sagt uns heute nicht mehr viel. Er spricht von einem Überblick von erhöhtem Standort aus auf etwas Schönes, gewiss, aber dieses ist für viele flach geworden wie eine Ansichtskarte.

Von dieser Bank aus sah man über Florenz hinweg und hätte wohl auch den Arno gesehen, wenn er nicht von einer Häuserzeile an seinem Ufer verdeckt worden wäre. Über allem thronte die Kathedrale der Stadt mit ihrer gigantischen

Kuppel, die ihn an die Peterskirche in Rom und die Hagia Sofia in Istanbul erinnerte. Aber Jonathan musste auch an die Frauenkirche in Dresden denken und an die langen Jahre, in denen sie in Trümmern lag.

„Haben sie Florenz nie bombardiert?"

„Nein," sagte Francesca.

„Aber sie werden die *Cattedrale metropolitana di Santa Maria del Fiore* abreißen, sobald sie in Venedig fertig sind." Emilio hatte den vollen italienischen Namen der Kathedrale ausgesprochen. Trotz dieser erschreckenden Feststellung schwang in seinen Worten eine Melodie, voller Stolz und Zärtlichkeit, welche die Florentiner seit fast sechshundert Jahren von Generation zu Generation weitergeben, wenn sie von ihrer Stadt sprechen. Die untergehende Sonne ließ die Kuppel und den Glockenturm noch stärker hervortreten. Und als es dunkel geworden war, sorgten Scheinwerfer dafür, dass die Kathedrale, trotz der jetzt überall aufflammenden Straßenlaternen, sich weiterhin majestätisch vor dem Häusergewirr abhob.

Francesca war aufgestanden. Als sie nach ein paar Minuten wieder kam, setzte sie sich umgekehrt, mit dem Rücken zur Stadt, auf die Bank. Nach einer Weile stieß sie ihn mit dem Ellbogen sanft in die Seite: „Sieh da, dein Himmel."

Er blickte nach oben. Zuerst sah er nichts. Dann, als auch er sich umgedreht hatte, begann es langsam über ihm zu glitzern. Ein Stern nach dem anderen erschien und er sah, als sie ein paar Schritte ins Dunkle gemacht hatten, die ganze Pracht des südlichen Nachthimmels.

„Warum meinst du, dass du dort oben das Wichtigste findest?"

Er dachte an die durcheinandergeworfenen Bücher in den Containern, an die Bulldozer auf dem Markusplatz und wusste nicht, was er ihr antworten sollte.

Emilio saß immer noch auf der Bank und blickte über die Stadt. Die Tränen hatten eine Spur durch sein Gesicht gezogen, die er jetzt, als sie sich wieder neben ihn setzten, hastig verwischte.

„Wir müssen etwas tun," sagte er mit belegter Stimme. „Ja," sagte Francesca und Jonathan sah wie sie ihren Arm um ihn legte und ihm etwas ins Ohr flüsterte. Obwohl Jonathan die Sterne sah und sicherlich jedem, der ihn danach gefragt hätte, ihre Schönheit bestätigen würde, fühlte er sie heute nicht. Sie schienen distanzierter als sonst und eine kühle Brise, die aus den Weiten des Alls herab-zusteigen schien, machte ihn frösteln.

Emilio verschwand für länger als eine Stunde. Unterdessen hatte sich Jonathan frierend ins Auto gesetzt, während Francesca auf der Bank sitzen geblieben war und unverwandt auf ihre Stadt blickte. Als Emilio endlich zurückkam, brachte er Neuigkeiten mit. In Rom gäbe es eine Gruppe, die den Widerstand organisiere. Seitdem die letzte Päpstin gestorben sei und man danach keinen neuen

Papst mehr gewählt habe, hätten sie sich, gemeinsam mit einigen Kardinälen, in der Sixtinischen Kapelle verschanzt, dann aber, nach ihrer Vertreibung, sich irgendwo in der Stadt versteckt. Aber Genaueres wisse man nicht. Vielleicht gäbe es die Gruppe auch gar nicht mehr, es sei ja schon einige Zeit her, dass man das letzte Mal davon gehört habe. Emilio wollte diese Leute suchen. Francesca, die erst Einwände machte, dann aber einlenkte, beschloss, mit ihm zu gehen. Jonathan hingegen wollte in Florenz bleiben. Schließlich hatte er schon viel Zeit vertan und seit Tagen keine einzige Zeile geschrieben. Da er in Florenz bliebe, würde er ihnen aber sein Auto leihen und warten, bis sie zurück wären.

Kapitel 2

In den Katakomben

Nach den Tagen zu dritt genoss er es allein zu sein. Gewiss, seine Reisegefährten waren sympathische junge Menschen und besonders Francesca hatte sich immer liebevoll um ihn gekümmert, aber er brauchte jetzt eine Zeit für sich selbst, um seine Gedanken zu ordnen.

Die kleine Wohnung von Emilio – in Wahrheit war es die Wohnung seiner Eltern, die sie ihm zur Verfügung gestellt hatten – war jetzt genau das Richtige. Sie bestand zwar nur aus einem altmodischen Bad, einer Küche und einem Wohnzimmer, in dem eine Bettcouch stand, die er jeden Abend herrichten musste. Dafür aber war die Veranda einfach fantastisch, fast so groß wie die Wohnung selbst und teilweise mit einem Sonnenschutz überdacht bot sie einen unverbauten Ausblick über den Arno bis hin zum Campanile, dem Glockenturm und die Kathedrale. Sogar die Ponte Vecchio, die er überqueren musste, um in die Innenstadt zu gelangen, konnte er sehen, wenn er sich etwas über die Ziegelsteinmauer lehnte, welche die Veranda begrenzte.

Hier saß er nun und sah seine spärlichen Notizen durch. Mehrere Male hatte er notiert, dass es ihm nur um das Wichtigste ginge. Nach wie vor fand er dieses Ziel richtig, besonders für ein letztes Buch, aber er konnte das Wichtigste nicht greifen, geschweige denn darüber schreiben.

Manchmal schien ihm, immer dann, wenn ihn ein zwar unbestimmtes, aber beeindruckendes Gefühl streifte, dass dieses, das Gefühl selbst, das Wichtigste sei. Das letzte Mal verspürte er es, als er neben Francesca lag und die italienischen Volkslieder hörte. Aber warum sollten Lebensfreude und Melancholie das Wichtigste sein? Eines korrespondierte nicht mit dem anderen. Oder etwa doch? So verging wertvolle Zeit, die er zum Schreiben hätte nutzen sollen, mit fruchtlosem Grübeln.

Schreib über Venedig, hatte Francesca gesagt. In der Tat hatte er hier Ungeheuerliches gesehen. Aber angesichts dessen versagten sich ihm die Worte. Es war, als löschten die Extreme die Sprache aus. Weder der unendliche Himmel über ihm noch die unfassbare Zerstörung, die er gesehen hatte, passten in Worte, die diese angemessen beschreiben konnten. Er hätte am liebsten aufgegeben.

Jonathan ging ohne Ziel durch die Straßen von Florenz. Die Cafés waren geöffnet, aber die Touristenströme, die vor Jahren durch die Altstadt fluteten, gab es nicht mehr. Bei seinen früheren Besuchen hatte er vermieden Orte aufzusuchen, die von Reisegruppen aus der ganzen Welt in eine Kulisse für Selfies verwandelt wurden. Als er mitansehen musste, wie ein verliebtes Paar aus China vor dem Hochaltar der Kathedrale posierte, um sich dort vor laufender Kamera zu küssen, hatte er es schließlich ganz aufgegeben, mit Touristen um einen Platz in den einstmals heiligen Stätten zu konkurrieren.

Doch heute war niemand da, der ihn hätte stören können. Zuerst dachte er, sogar die riesige Eingangstür sei abgeschlossen, als er mit einem gewissen Argwohn draußen auf und ab ging, um sich ganz sicher zu sein, nicht im nächsten Moment von einer Horde Touristen überfallen zu werden.

Nachdem er schließlich mit einiger Mühe das schwere Portal geöffnet hatte, empfing ihn drinnen eine kühle Stille. Einen Augenblick hielt er inne, ging dann durch das Mittelschiff und blieb erst stehen, als er die Kuppel über sich wusste. Er brauchte nicht hinaufzusehen, um zu wissen, wie winzig dagegen er war.

In der Kathedrale, ausgelegt für mehr als dreißigtausend Gläubige, schien er der einzige Besucher zu sein. Was ihm zuerst eine Erleichterung war, die Abwesenheit der Massen, verwandelte sich zunehmend in eine

Beklemmung. Wo waren die Gläubigen? Gab es nicht zumindest einige alte Damen, die für ihre verstorbenen Familienmitglieder beteten? Nichts dergleichen. Die Kathedrale war tatsächlich menschenleer.

Die Fremdenführer kannten alle Maße dieses Bauwerks – Höhe, Breite, Bauzeit, Gewicht der Kuppel, Name des maßgeblichen Architekten – und schreckten nicht einmal davor zurück, dem unbedarften Laien von enormen Zugkräften zu berichten, denen die Kuppel zwar in seitliche Richtung ausgesetzt sei, aber von einem steinernen Ring aufgefangen würde, der seinerseits einen zweiten Ring aus massiven Holzbalken zur Verstärkung habe.

Das macht man nicht ungestraft, dachte Jonathan, jahrzehntelang erzählen, dass es sich hier um eine bloße architektonische Meister-leistung handle. Klar, ohne die Baukünstler der späten Gotik und aufblühenden Renaissance stünde diese Kathedrale nicht. Ohne die Rivalitäten zwischen den italienischen Stadtstaaten hätte es nicht den Ehrgeiz der Familie Medici gegeben, alle anderen mit einem riesigen Kuppelbau zu überbieten. Obwohl ihn keiner sah und hörte, schüttelte er den Kopf und raunte: „Aber das ist doch nicht das Wesentliche."

Vielleicht waren es nicht die passenden Worte, aber er fand, dass eine Kathedrale nicht nur von Pfeilern und Streben getragen wird, sondern vor allem auch, um ein heute merkwürdig klingendes Wort zu gebrauchen, vom Glauben. Ohne diesen Bezug zum Höchsten, ohne dieses Bestreben, den Himmel zu erreichen, versteht man die Kathedralen nicht und – er stockte ob dieser ernüchternden Einsicht – sie fallen in sich zusammen, wenn dieser Glaube sie nicht mehr stützt.

Er trat ins Freie und blieb eine Weile, vom Sonnenlicht geblendet, stehen. An Korallenriffs musste er denken, wie sie in Jahrhunderten von diesen merkwürdigen verletzlichen Wesen in ihrem Innern Millimeter für Millimeter aufgeschichtet wurden. Ohne diese vielarmigen Tierchen gäbe es, was wir Korallen nennen und zu Schmuck verarbeiten, nicht. Die eigentliche Koralle ist dieses Tierchen. Ihre von uns bewunderte Panzerung ist nur Nebensache, ein äußeres Skelett, dessen Sinn es ist, diese unscheinbaren Wesen zu schützen.

Er wusste um die historische Bedeutung der Religion und hätte auch gerne geglaubt, wie es noch seine Eltern und die Generationen vor ihnen taten. Doch irgendwann hatte er in den biblischen Geschichten von Gottes Sohn und dessen wundertätigem Wandeln unter den Menschen nur noch etwas gesehen, was sie kaum von Märchen unterschied. Sie waren zu bloßen Erzählungen geworden, die zwar Aufschluss über diejenigen gaben, die sie von Generation zu Generation weiterreichten, aber, was ihren Inhalt anging, sich kaum von einem Fantasieprodukt unterschieden.

Später dann gestand er der Religion eine zwar irrational begründete, aber durchaus nützliche Funktion für die Gesellschaft zu. Sie war eine Quelle der gesellschaftlichen Moral, aus der selbst große Teile unserer Rechtsprechung ihre Kraft zogen. War nicht das fünfte Gebot „Du sollst nicht töten!" fast unverändert in das Strafgesetzbuch eingegangen? War nicht der ihm überaus sympathische Gedanke der Solidarität mit Armen und Schwachen, der dem sozialen Wohlfahrtsstaat zugrunde lag, direkt aus dem Gebot der Nächstenliebe entsprungen?

So hatte sich seine jugendliche Revolte gegen die Religion im Laufe seines Lebens in eine zwar distanzierte, aber entschieden mildere Haltung ihr gegenüber gewandelt. Manchmal bedauerte er, dass seine Eltern sein toleranteres Verständnis von Religion und Kirche nicht mehr erlebt hatten. Aber, so dachte er, wahrscheinlich hätte seine Mutter gelächelt, wenn er als Basis von Verfassung und Recht den christlichen Glauben angegeben hätte.

„Ich weiß, was du sagen willst, mein Sohn, aber das ist doch nicht alles. Gott ist viel mehr als das." So oder ähnlich hätte sie gesprochen, er war sich sicher.

Mittlerweile war er am Arno angekommen und beschloss, sich eine Weile in das Café gleich hier an der Straßenecke zu setzen, von dem aus man die Ponte Vecchio in ganzer Länge sehen konnte.

Kaum hatte er sich an einem der Tischchen niedergelassen, strömten Gedanken durch seinen Kopf, die, hätte er sie ausgesprochen, anderen als äußerst abstrakt erschienen wären, von ihm aber, in diesem Moment, als völlig plausibel und konkret erlebt wurden. Schnell zog er sein Notizheft aus der Tasche und notierte, was vor seinem inneren Auge stand.

Jonathan hatte sich, während er schrieb, nicht um seine Umgebung gekümmert und bemerkte erst jetzt, dass mittlerweile ein älterer Mann am Nachbartisch saß, ihn wohl schon eine Weile beobachtet hatte und die Gelegenheit des kurzen Blickkontakts nutzte, ihm zustimmend zuzunicken und das Wort an ihn zu richten.

„Sie waren in der Basilika. Ich habe Sie dort gesehen. Es ist selten, dass sich da noch jemand rein traut." Er machte eine Geste in Richtung von Jonathans Notizheft. „Schreiben tut auch niemand mehr."

Jetzt sah Jonathan sich seinen Nebenmann genauer an. Er trug eine abgewetzte schwarze Anzugjacke, der irgendwann mal zur Verstärkung Lederflicken auf die Ellbogen genäht worden waren. Die Hose, ebenfalls schwarz, hatte wohl auch schon bessere Tage gesehen. Sie gab jetzt, wo ihr Träger saß, zwei hagere Fußgelenke frei. Die bloße Haut hob sich auffallend hell von Hose und den ebenfalls schwarzen Schuhen ab, die in tadellosem Zustand blitzten, als wären sie gerade erst gewienert worden. Und ja, das Collarhemd ließ keinen Zweifel.

„Sind Sie Priester?"

Der Mann blickte kurz zur Seite, so als ob er fürchtete, dass jemand die Frage gehört hatte und nickte dann mit dem Kopf.

„Jünger," sagte er, „Pater Jünger."

Der Pater nahm die Einladung, sich zu ihm an den Tisch zu setzen, bereitwillig an. Offenbar hatte auch er schon tagelang mit niemandem mehr geredet. Denn kaum hatte er seinen Stuhl näher gerückt, konnte er seine Neugier nicht mehr verbergen.

„Was schreiben Sie denn da?"

„Ach nichts," antwortete Jonathan, „nur einige Notizen zu Gott und dazu, was es bedeutet zu glauben."

Der Pater rutschte noch näher an ihn heran. „Wissen Sie, dass Sie seit Jahren der Erste sind, der das Wort Gott vor mir ausspricht?"

Jonathan antwortete nicht, sondern sah diesem merkwürdigen Pater ruhig in die Augen, was dieser als Aufforderung auffasste fortzufahren.

„Wobei Gott, Sie mögen mir verzeihen, nur ein Wort ist. Ein Wort, das an die Stelle dieses alle unsere Sinne und Gedanken überschreitenden Geheimnisses gesetzt worden ist. Wer also sagt, er glaube an Gott, der hat sich damit abgefunden, an Stelle der Allmacht und Unendlichkeit ein bloßes Wort auszusprechen."

Jonathan war, als hätte dieser Pater seinen eigenen Gedanken weitergesponnen.

„Aber," so fuhr dieser fort, „wahrscheinlich geht es auch nicht anders. Die Menschen, die normalen Menschen, brauchen Vertreter, Worte oder Symbole, die sie an die Stelle des Geheimnisses setzen, also regelrechte Stellvertreter. Ist der Papst nicht früher Stellvertreter Gottes auf Erden genannt worden? Und hat nicht Gott selbst, will sagen, das Geheimnis, das wir Gott nennen, nicht laufend Abgesandte, darunter sogar seinen eigenen Sohn, den Messias, auf die Erde geschickt?"

Er war überrascht, dass Pater Jünger sprach, als ob er die von ihm kurz zuvor gemachten Notizen ergänzen wolle. Hatte er ihm gar über die Schulter gesehen, ohne dass er es bemerkt hatte? Verunsichert klappte er sein Heft zu und steckte es zurück in die Jackentasche. Aber der Pater fuhr unbekümmert fort.

„Es ist natürlich leicht, mit den Mitteln der Vernunft den Glauben zu zerstören. Aber erreichen wir damit auch das dahinter liegende Geheimnis? Mitnichten. Es geistert weiterhin im All herum und wer weiß, wo sonst noch. Und nicht, dass Sie denken, das Geheimnis läge jenseits des Horizonts, nur weil ich das Universum erwähnt habe. Da ist es auch, aber es ist auch hier vor uns, es steckt im Detail. Nicht nur im unvorstellbar Großen, sondern auch im winzig Kleinen." Pater Jünger lächelte und fuhr sich mit seiner rechten Hand, an deren Ringfinger ein Siegelring aufblitzte, über das tadellos rasierte Kinn.

„Wenn ich Ihnen einen Rat geben darf: Seien Sie nachsichtig mit denen, die nichts anderes können, als zu glauben. Wenn sie den

Glauben nicht hätten, was geschähe dann? Sie würden verzweifeln. Andere würden meinen, alles sei erlaubt. Wieder andere, befreit von der Last des Gewissens, das sie einstmals zur Mäßigung rief, würden alles daransetzen, den wenigen, die noch an den alten Dogmen festhielten, die letzten Illusionen zu rauben. Nein, ich sage Ihnen, gäbe es keine Religion, sie müsste erfunden werden. Und so, wie die Dinge stehen, ist es bald so weit."

Jonathan bestellte für beide noch einen Cappuccino, lehnte sich auf seinem Stuhl zurück und blickte den Pater, der endlich in seinem Redefluss innehielt, offenherzig an.

„Darf ich wissen, wer Sie sind und woher Sie kommen?"

„Es fehlt eigentlich nur noch die Frage *Wohin gehen Sie*, dann wären die drei Fragen komplett. Aber im Ernst, ich bin Pater Jünger, wie ich schon sagte, und war bis zu seiner Auflösung Vikar im Bistum Münster, genauer gesagt Domvikar. Und wenn Sie wissen wollen, wo ich hingehe, dann sei gleich gesagt, dass ich auf dem Weg nach Rom bin."

Der Pater, eine der redseligsten Gestalten, die ihm je untergekommen war, erzählte ihm nun, wie nach und nach, auch in seiner Gemeinde und ähnlich wie hier in Florenz, die Gläubigen verschwunden wären und die Zahl der Messbesucher bis auf eine Handvoll zusammengeschrumpft sei. Der Priesternachwuchs sei schon Jahre vorher völlig zum Erliegen gekommen, so dass schließlich nur noch er und der alte Bischof, der sich erstaunlich lange auf den Beinen gehalten habe, übrig waren. Als dieser dann starb, habe man den Dom als Lagerhalle verpachten müssen. Er selbst habe noch einige Zeit ausgeharrt, aber zwischen den Lafetten mit Verpackungsmaterial, die sie im Kirchenschiff aufstapelten, sei kein Platz mehr gewesen – für ihn selbst wohl, aber nicht für Gott und die drei oder vier Gläubigen, mit denen er dann noch eine letzte Messe gefeiert habe, … in der Sakristei, wie er nach einer kurzen Pause hinzufügte.

Jonathan schüttelte den Kopf und versuchte zusammenzureimen, was nicht zusammenpasste. Das Verschwinden der Bücher, der Abriss der Basilika des Heiligen Markus in Venedig, die Umwandlung des Doms von Münster in eine Lagerhalle und der ihm erteilte Auftrag, ein letztes Buch zu schreiben.

„Wer hat ihnen denn diesen Auftrag erteilt?" fragte der Pater, der offenbar kein Freund großer Umstände war.

„Ich weiß es nicht," antwortete Jonathan, dem diese direkte Frage unangenehm war.

„Sie wissen es nicht?" Pater Jünger ließ nicht locker.

„Ich glaube, es war so etwas wie ein Anruf. An die Stimme erinnere ich mich noch genau."

„Ein Anruf? Hat man denn das Telefonnetz wieder hergestellt? Als ich abreiste, waren die Apparate tot. Mausetot. Das ist der Grund, warum ich mich persönlich auf den Weg nach Rom gemacht habe."

„Vielleicht war es auch ein Traum. Ja, sagte Jonathan, ich habe es geträumt."

Jünger hatte ihn aufmerksam beobachtet, nahm dann den letzten Schluck Cappuccino und setzte nachdenklich die Tasse zurück auf den Tisch.

Rom! Was lag näher, als nach Rom zu fahren. Hätte ihn einer gefragt warum, er wäre einer klaren Antwort ausgewichen. Aber eine italienische Reise ohne Rom ... was wäre das? Sind nicht auch Emilio und Francesca nach Rom aufgebrochen? Gestern Abend hatte er wieder an sie gedacht. Eigentlich mehr an Francesca als an Emilio. Er mochte ihre hilfsbereite Art, verbot sich aber, jetzt, wo er sie nicht vor Augen hatte, jede weitergehende Schwärmerei. War sie nicht fest liiert? Bewies die gemeinsame Reise mit Emilio nach Rom nicht, dass sie sich für ihn entschieden hatte? Und hatte er selbst nicht, was deutlich schwerer wog, das Kapitel Frauen abgeschlossen? Nach seiner letzten Liaison, die ebenfalls kinderlos geblieben war und in kleinlichen Streitereien geendet war, hatte er sich geschworen, allein zu bleiben. Jetzt, mit fünfzig, war er eh zu alt für so etwas. Er klappte seine Brille zusammen und erinnerte sich daran, wie Francesca die Gläser angehaucht hatte, um sie mit einem Zipfel ihrer Bluse zu reinigen. Oder?

Eines wurmte ihn. Gerne hätte er sich von Pater Jünger verabschiedet, aber da dieser in der

Basilika nicht anzutreffen war, und er weder Anschrift noch Telefonnummer von ihm hatte, musste er dieses Vorhaben aufgeben. Warum hatte er nicht schon vorher nach dessen Adresse gefragt? Er machte sich Vorwürfe, weil er den Pater einfach hatte gehen lassen. Überhaupt war er heute mit sich selbst unzufrieden. Warum nur brauchte er immer so lange, um die richtigen Schlüsse zu ziehen. Vor allem, wenn es um die Einschätzung seiner Mitmenschen ging und mehr noch, wenn es seine eigenen Gefühle betraf. Selbst seine intellektuelle Selbstachtung war heute auf dem Tiefpunkt. Denn es hatte, bedachte er es recht, schon seit Jahrzehnten klare Zeichen dafür gegeben, was jetzt allerorten geschah. Was nützte die Soziologie und Geschichtswissenschaften, was half es, Intellektueller zu sein, wenn die umfassendsten sozialen Umwälzungen, die sich vor seinen Augen vollzogen hatten, unbemerkt geblieben waren? Und vor allem, was nützte es, dass er Professor für Latein war und die Geschichte des römischen Reiches von der Gründung Roms bis zu seinem Niedergang kannte?

„Immer nur im Nachhinein wissen wir mehr als die andern, dann erklären wir fein säuberlich, wie alles so kommen musste, wie es gekommen ist."

Er öffnete das Fenster, da er ohnehin allein im Abteil war und ließ sich den Fahrtwind ins Gesicht wehen. Wie oft war er so in den Gar du Nord eingelaufen, wie manches Mal hatte er auf seinem Weg nach Paris mit flatternden Haaren am Fenster gestanden ! Und bald sollte er in Rom sein! Er schloss das Fenster, setzte sich und schlug sein Notizheft auf, das griffbereit auf dem Klapptischchen gelegen hatte. Unschlüssig blätterte er in seinen Aufzeichnungen, las hier und da ein paar Zeilen und blieb dann an einem Abschnitt hängen.

„Dieses Bedürfnis, jedwede Enge hinter sich zu lassen, dieses Freiheitsverlangen, war wohl lange, bevor es zu einer politischen Parole wurde, den Menschen bekannt. Es mochte ihn angetrieben haben Haus und Hof zu verlassen, um nicht nur an die Verheißungen des Horizonts glauben zu müssen, sondern sie mit eigenen Augen zu sehen und mit den Händen zu begreifen. Doch man erfasst die Verheißungen nie. Sie sind wie ein Regenbogen, auf den Kinder zulaufen, um seine Farbenpracht zu erhaschen, dann aber verwundert feststellen müssen, dass er vor ihnen zurückweicht, als wäre er nicht dort, wo sie ihn gerade gesehen haben. An keinem Ort, nirgends. Was haben wir nicht alles zerstört, um frei zu sein."

Jonathan erinnerte sich sehr wohl, wie seine erste lange Beziehung zu einer jungen Frau an der gemeinsam beschlossenen Abtreibung zerbrach. Wir haben tatsächlich abgestimmt, sprach er halblaut. Vorher haben wir festgelegt, dass bei einem Unentschieden die Abtreibung nicht gemacht wird. Das Ergebnis war dann einstimmig. Zwei Stimmen für eine ekelhafte Prozedur, die sowohl bei ihm als auch bei ihr im Nachhinein zu einer emotionalen Erstarrung führte, die sich zuerst im Bett zeigte und dann auf ihr ganzes Verhältnis übergriff. Drei Monate später war die Beziehung beendet.

Er hatte sich nie eingestanden, dass die Abtreibung seine Freundin zutiefst verletzte, weit über den chirurgischen Eingriff hinaus, und dass er es gewesen war, der sie mit seinen Ideen von Freiheit und Selbstbestimmung dazu gebracht hatte. Jahre später traf er sie wieder, in einer losen Beziehung, wie sie es nannte. Sie war kinderlos geblieben wie er selbst.

„Ach Jonathan," hatte sie gesagt, als sie ihn beim Abschied in der Cafeteria des Landesmuseums kurz umarmte, „was waren wir dumm."

Ja, das waren sie gewesen, dumm, aber er wusste, um ehrlich zu sein, immer noch nicht genau, worin diese Dummheit bestanden hatte. Was wäre denn besser gewesen? Heiraten und Kinderkriegen? Sie beide waren noch Studenten und hielten sich gerade so eben mit Jobben über Wasser. Sie kellnerte in einer dieser Studentenkneipen, während er vier Stunden am Tag neben seinem Lateinstudium am Kopierer eines Copyshops stand. Sie wollte wie er ihr Studium beenden und einen Beruf ergreifen, da war für eine Schwangerschaft eben kein Platz. Er klappte sein Notizbuch zu, noch ehe er die Frage hätte notieren können, die jetzt durch seinen Kopf ging. *Oder doch?*

Die Waggons des Zuges wurden jetzt hin und her geworfen und wehrten sich mit ohrenbetäubendem Kreischen dagegen, von den Weichen in die Gleise gezwungen zu werden, die sie in den Hauptbahnhof bringen sollten. Der Zug wurde langsamer und blieb dann mit einem Ruck stehen, der ihn fast umgeworfen hätte. Jonathan nahm sein Gepäck und machte sich daran, Rom zu betreten. Rom!

Nach der langen Zugfahrt hatte er Hunger. Den im Bahnhof angebotenen Hamburgern, aus denen schlaffe Salatblätter heraushingen, die wohl schon lange in den Vitrinen gelegen hatten, traute er nicht. So suchte er in der Nähe des Bahnhofs nach einer Gelegenheit, gut und preiswert zu speisen. Seine Wahl fiel auf ein winziges, kaum vier Meter breites Restaurant, aus dessen geöffneter Tür der köstliche Duft von Spanferkel zog. *Er Burchetta*, der Name des Lokals, war mit ungelenker Hand auf ein draußen angebrachtes Schild gepinselt worden. Auch im Innern herrschte ein reges Durcheinander. Aber die Theke, auf der ein riesiges Stück Schweinefleisch ausgestellt war, machte einen sauberen Eindruck. Jonathan setzte sich auf den einzigen Stuhl und sah dem Mann zu, der sich gleich bei seinem Eintritt daran gemacht hatte, von dem Schweinebraten halbfingerdicke Scheiben abzusäbeln, ganz so, wie es die Türken mit ihrem Döner Kebab machen.

Eine Speisekarte gab es nicht, offenbar waren Weißbrot, reichlich Fleisch und ein Glas Tischwein das einzige Angebot. Jonathan sollte es recht sein, denn schon stand das zwar schlichte, aber herrlich duftende Gericht vor ihm auf dem Tisch. Der Mann – Kellner, Koch und Besitzer in einer Person – lachte ihn an, säuberte seine Hände mit einem Tuch, das er am Gürtel befestigt hatte, und wünschte ihm guten Appetit.

Früher hätte er zwei solcher Spanferkel am Tag verkauft, heute aber, wo sich kaum mehr ein Tourist hierher verirre, käme er drei Tage mit einem einzigen aus. Er klopfte mit der flachen Seite seines Fleischermessers liebevoll auf sein *porchetta*, wie er es nannte, und wandte sich dann wieder Jonathan zu.

„Und Sie, was hat Sie hierher verschlagen?"

Jonathan war von dieser Frage so überrascht, dass er spontan antwortete:

„Ich schreibe ein Buch." Der Italiener drehte sich abrupt um, ging die drei, vier Schritte auf die Tür zu und sah hinaus.

"So, so."

„Ja," sagte Jonathan, „ein letztes Buch."

Der Mann war an seinen Tisch zurückgekommen, stützte sich mit einer Hand auf die Stuhllehne, mit der anderen auf die Tischplatte und beugte sich bis nahe an Jonathans Ohr.

„Haben Sie keine Angst?"

„Nein," erwiderte Jonathan und wischte sich mit dem Rest Weißbrot den Mund ab. „Wieso sollte ich?"

Der Mann war hinter seine Theke gegangen und machte sich dort zu schaffen. Nach einer Weile kam er mit einem zusammengefalteten Blatt Papier zurück, dass er vor Jonathans Augen öffnete und vor ihn auf den Tisch legte.

„Was steht da?" Der Italiener sah ihn auffordernd an.

Jonathan stellte fest, dass es sich um eine amtliche Bekanntmachung handelte. Er überflog die ersten Zeilen, die eine Anzahl von Gegenständen aufzählte, darunter auch *Libri*, Bücher, und las dann das Fettgedruckte: *Der Besitz und die Verbreitung sind verboten!*

„Möchten Sie noch etwas von meiner *Porchetta*?," fragte ihn der Mann, offenbar, um rasch das Thema zu wechseln, denn eine Frau war in der Tür erschienen.

„Danke," sagte Jonathan und schob den Zettel geschwind unter seinen Teller.

Als die Frau endlich die gewünschten Portionen in ihre Tasche gepackt hatte und verschwunden war, kam der Italiener wieder an seinen Tisch und hielt die Hand auf. Jonathan verstand nicht gleich, zog dann aber das Blatt unter dem Teller hervor und gab es zurück.

„Entweder sind Sie sehr mutig oder" … der Italiener schlug sich mit der flachen Hand gegen die Stirn … „sehr dumm."

„Ich wusste das nicht," brachte Jonathan nur heraus, während ihm die Schamröte ins Gesicht stieg.

„Ist ja gut," beschwichtigte der Wirt und schenkte wie zur Entschuldigung Wein nach. „In der Sixtinischen Kapelle sind sie nicht mehr, man sagt, sie sind da unten." Der Italiener deutete mit dem Zeigefinger auf den Fußboden. Jonathan verstand nicht. „Da unten!," wiederholte er, während er Jonathan ein

Körbchen mit der Rechnung brachte. Jonathan suchte verdattert nach seiner Geldbörse, legte umständlich einige Münzen auf die Rechnung, auf die der Italiener einige Worte geschrieben hatte: *Catacombe di San Callisto.* Der Italiener nahm das Körbchen an sich und schob es unter die Theke, denn wieder schickte sich ein neuer Kunde an einzutreten.

Jonathan musste mit einem Taxi fast die ganze Stadt Richtung Süden durchqueren, um zur Calixtus-Katakombe zu gelangen. Der Fahrer hatte auf dem ganzen Weg kein einziges Wort gesprochen, so dass sich Jonathan fast erschrak, als der Wagen plötzlich hielt und der Fahrer den Fahrpreis nannte. Als Jonathan zögerte, sagte der Fahrer, „da ist sie!" … und wies durch das Fenster auf eine steinerne Auffahrt, von der nur die ersten Meter zu sehen waren.

Jonathan zahlte, rappelte sich auf und stand nun in der schräg einfallenden Nachmittagssonne, die ihre Strahlen auf die aus groben Blöcken verfertigte seitliche Mauer warf. Sein Schatten begleitete ihn Schritt für Schritt auf dem Weg nach oben. Schwitzend stand er schließlich vor einem riesigen Gittertor, das sich quietschend öffnete, als er nach kurzem Zögern beherzt die Klinke herunterdrückte. Drinnen hatte man wohl früher Touristenscharen abgefertigt, denn um sie zu ordnen waren einige Schilder mit überdimensionalen Pfeilen aufgestellt, die damals den Besuchern den Weg wiesen. Jonathan folgte den Pfeilen bis zu einem ebenfalls aus grobem Naturstein gebauten Häuschen und wartete eine Weile vor einem Glasfenster, an dem noch die Preislisten hingen, sorgsam in Erwachsene, Kinder, Gruppen und Familien unterteilt. Schließlich versuchte er dann mit seitlich vor die Augen gehaltener Hand einen Blick ins Innere zu werfen.

Ohne dass er es sehen konnte, hatte sich im selben Moment drinnen der Kassierer erhoben, der nun, kaum hatte Jonathan seine Stirn an das Fensterglas gelehnt, dieses mit einem Ruck öffnete. Um ein Haar wäre er vornübergefallen, fand aber im letzten Augenblick sein Gleichgewicht wieder, rückte seine Sonnenbrille zurecht und starrte auf sein Gegenüber, das sich nicht weniger erschrocken zeigte als er selbst. Einige Sekunden sahen sie einander aus nächster Nähe an. Der Mann roch nach Knoblauch und hatte Haare in den Nasenlöchern.

Die unerwartete Situation löste zuerst beim Kassierer, dann auch bei Jonathan ein nervöses Lachen aus, das bald in ein befreiendes Gelächter überging. Damit war das Eis gebrochen.

„Was wollen Sie?," fragte der Kassierer.

„Ich suche meine Freunde," sagte Jonathan.

„In der Katakombe?"

„Nein," antwortete Jonathan, „das heißt," verbesserte er sich, „es kann sein, dass sie dort sind."

Der Kassierer schloss das Fenster und erschien kurz darauf neben dem Häuschen, das er durch eine Seitentür verlassen hatte.

„Kommen Sie!“ Er machte eine Armbewegung, die offenbar bedeutete, dass Jonathan ihm folgen sollte. „Es kommt heute sowieso niemand mehr, da mache ich eben eine Einzelführung, ist etwas teurer, aber dafür exklusiv.“

Jonathan folgte dem Kassierer, der sich im Handumdrehen in einen Fremdenführer verwandelt hatte. Zuerst verstand Jonathan den Mann nicht gleich, weil der unvermutet anfing unter sein melodisches Italienisch deutsche Wörter zu mischen, die er irgendwann, als noch Touristen kamen, aufgeschnappt hatte.

„Sprechen Sie ruhig Italienisch,“ sagte Jonathan. Eine Aufforderung, die der Mann gerne befolgte.

„Halten Sie sich gut am Treppengeländer fest! Sonst kommt es noch zu einem Unglück, es wäre nicht das erste Mal!“

In der Tat war Jonathan einige Male kurz davor auf der glitschigen, nun steil nach unten führenden Treppe auszurutschen. Hatte das Tageslicht noch die ersten Meter leidlich beleuchtet, umfing ihn bald ein Dämmerlicht, das ihn ängstlich nach besagtem Geländer greifen ließ. Der Fremdenführer hatte schon auf der ersten Stufe zu reden begonnen, doch Jonathan hatte auch jetzt kein Wort davon verstanden, sei es, weil der Mann nach vorne hin sprach, sei es, weil er ihn mit einem italienischen Wortschwall überschüttete, dem Jonathans Sprachkenntnisse einfach nicht gewachsen waren. Außerdem war Jonathan so sehr mit sich selbst und den in ihm aufkommenden Gefühlen beschäftigt, dass er erst aufhorchte, als der Mann am Fuß der Treppe stehen blieb.

„Fünfhunderttausend, sechshunderttausend … keiner weiß es genau."

„Wie bitte?" reagierte Jonathan.

„Vielleicht auch mehr."

Jonathan verstand immer noch nicht. Sein Begleiter war vom Abstieg und dem schnellen Sprechen etwas außer Atem geraten und rang nach Luft.

„… Tote," sagte sein Führer, „mehr als eine halbe Million Tote sind hier bestattet worden."

In einiger Entfernung fiel von oben durch eine eigens dafür vorgesehene Deckenöffnung ein schwacher Lichtstrahl. Der Fremdenführer war hier stehen geblieben und sah Jonathan mit einem Gesicht, von den Schatten, die das Oberlicht warf, fast unkenntlich geworden, forschend an. Jonathan wäre am liebsten vor dem furchteinflößenden Gesicht zurückgewichen, wollte sich aber keine Blöße geben.

„Normalerweise haben wir hier elektrisches Licht. Aber das haben sie abgeklemmt. Jetzt sind hier Lichtverhältnisse wie vor tausendachthundert Jahren, als alles anfing. Oder aufhörte, ganz wie Sie wollen." Der Fremdenführer kicherte und schaltete eine Taschenlampe an.

„Das habe ich extra gemacht, um Ihnen mal zu zeigen, wie es wirklich war, früher. Im Hellen sieht man hier ja nichts. Oder haben Sie schon mal Sterne am Nachthimmel gesehen, wenn alles ringsum erleuchtet ist?"

„Hier gibt es aber keine Sterne," entfuhr es Jonathan, der sich von seinem Führer gefoppt fühlte.

„Nein, das nicht, aber fünfhunderttausend arme Seelen!"

Während der Fremdenführer sprach, hatte er die Taschenlampe kurzerhand wieder ausgeschaltet. Jonathan machte im Dunkeln unwillkürlich einen Schritt nach vorne und hätte beinahe den Mann am Arm ergriffen.

„Keine Angst," sagte dieser, „da vorne ist eine Kapelle, da ist es heller."

Er brabbelte jetzt etwas von Ölfunzeln, die man in irgendeinem Seitentunnel zusammen-getragen hätte, die meisten zerbrochen, aber man hätte noch eine Analyse des Öls machen können. Es sei mit duftenden Essenzen versetztes Öl gewesen, was ja wohl auch nötig gewesen wäre wegen des Gestanks.

„Wegen des Gestanks?" Dieser Mann verstand es, Jonathan aus der Fassung zu bringen.

„Klar, Verwesungsgeruch. Irgendein frisches Grab gab es ja immer. Und in diesem Labyrinth ohne Fenster, was sollte man da machen? Die paar Lichtschächte halfen da auch nicht viel."

Der bisher vielleicht anderthalb Meter breite Gang, links und rechts mit Grabnischen versehen, hatte sich tatsächlich zu einem Raum erweitert, der durch einen vielleicht meterbreiten Luftschacht halbwegs beleuchtet wurde.

„Die Kapelle," sagte der Fremdenführer.

Jonathan war noch in Gedanken bei den verwesenden Leichen. „Haben sie die Nischen nicht zugemauert?"

„Ja, aber an Festtagen, sei es am Todestag des Verstorbenen oder eines Märtyrers, haben sie hier zusammengesessen und gespeist. Die eingemauerten Nischen hat man häufig angebohrt und dem lieben Verwandten durch die Öffnung etwas abgegeben. Schade um den Wein!"

Jonathan wusste wieder einmal nicht, ob es dem Mann ernst war oder ob er ihm einen Bären aufbinden wollte. Doch dieser spulte, während er vor Jonathan herging, alle seine Kenntnisse ab, die er im Laufe der Zeit angesammelt hatte. Darunter solche technischer und historischer Art und somit schwerlich zu beanstanden, aber auch offensichtliche Ausschmückungen oder gar freie Erfindungen, von denen einige nur als grotesk bezeichnet werden konnten.

Jonathan wusste mittlerweile, dass die gesamte Katakombe aus insgesamt neunzehn Kilometer langen Gängen bestand und befürchtete schon, während er hinter seinem Führer her stolperte, dass dieser gewillt war, ihn noch stundenlang durch dieses nicht enden wollende Labyrinth zu schleppen. An Hunderten von Loculi, wie die in die Wand gehauenen

Hohlräume für die Toten hießen, waren sie schon vorbeigekommen.

Vielleicht hätte er sich besser gefühlt, wenn vor und hinter ihm unzählige Touristen mitmarschiert wären, einige laut redend, andere ihren Vorder- und Hintermännern durch ein selbstgewisses Lachen zeigend, dass es sich hier nur um eine schlecht beleuchtete Touristen- attraktion handele wie all die anderen, die sie schon abgehakt hatten. Aber es gab diese Touristen nicht, es gab nur diesen nach Knoblauch riechenden Mann vor ihm und ihn selbst. Nach hinten hatte Jonathan schon lange nicht mehr gesehen, sei es, weil dort die Finsternis regierte, sei es wegen der jahr- tausendealten Stille, die gleich hinter ihm die Worte seines Vordermannes verschluckte.

In den dunkleren Abschnitten des Ganges zwischen den Lichtschächten schaltete der Fremdenführer zuweilen seine Lampe an, die er inzwischen mit einem elastischen Gurt vor der Stirn befestigt hatte. Drehte er sich zu Jonathan um, sah der nur ein grelles Licht, das Wort- fetzen, deren Erhalt er mit einem Kopfnicken bestätigte, in seine Richtung sandte. Sie waren in einer Krypta angekommen, in der, so vernahm er, neun Päpste und andere kirchliche Würdenträger bestattet waren.

„Neun," sagte der Fremdenführer und hob seine gespreizten Hände vor die Lampe.

„Wenn nicht zehn," antwortete Jonathan und nickte anerkennend mit dem Kopf, denn er hatte schon bemerkt, dass sein Führer Anhänger von Superlativen war. Alles hier war älter als in anderen Katakomben, zugleich länger, was die Gänge betraf, tiefer, was sich auf die untersten der vier oder fünf in den Tuffstein gehauenen Stockwerke bezog, und vor allem schöner!

Sie waren in einen Gang abgebogen, der schräg nach unten führte und dessen Wände nicht wie in den bisherigen Galerien von Grabnischen ausgehöhlt waren. Der Boden, von allerlei Steinchen bedeckt, knirschte unter ihren Sohlen, so als hätte man gerade erst hier gearbeitet. Auch die helleren Wände deuteten darauf hin, dass dieser Gang erst vor Kurzem angelegt worden war. Im selben Moment war es Jonathan, als hätte er ein dumpfes Hämmern gehört und ergriff erschrocken den Arm seines Führers.

„Keine Angst," sagte dieser, „das sind die von nebenan, aus der Domitilla- Katakombe. Die bauen um." Er blieb einen Moment stehen und fragte den völlig überraschten Jonathan: „Wollen Sie dahin?"

„Nein, nein," beschwichtigte ihn Jonathan, der immer noch den Arm seines Begleiters hielt.

„Dann hier hinein," beschied ihm der Mann und bog in die nächste Galerie ein, die bald zu einer dank eines Luftschachts schummerig beleuchteten Krypta führte.

Die Lampe hatte er vom Kopf genommen und beleuchtete nun die Deckenmalereien, deren gekrümmte Linienführung, wie er sagte, einen Kuppeleffekt hätten. Er schwenkte zu Malereien – die, obwohl von Jonathan im tanzenden Licht kaum wahrnehmbar, allerlei biblische Szenen darstellten – und erzählte von Jonas, der, obwohl vom Wal verschlungen, wieder auferstanden sei.

„Jawohl, wiederauferstanden und nicht einfach wieder ausgespuckt, denn darum ginge es ja hier unten, um die Auferstehung."

Tatsächlich waren sie schon mehrere Male an dieser Szene vorbeigekommen. Jonas vom Riesenrachen des Wals oder eines anderen vorhistorischen Untiers verschlungen, dann betend im Bauch sitzend und schließlich in hohem Bogen ausgespien.

„Haben Sie schon ein Kruzifix hier unten gesehen?"

Jonathan hatte Schwierigkeiten, den Gedankensprüngen seines Gegenübers zu folgen. Auferstehung, Kruzifix? Was wollte der Mann ihm sagen? Hatte er schon den gekreuzigten Christus gesehen? Er erinnerte sich nicht daran, mochte aber in der Dunkelheit etwas übersehen haben.

„Das haben Sie nicht," triumphierte der Mann. „Eine Kreuzigungsszene mit dem angenagelten Christus, gekrönt mit Dornen und womöglich mit der weinenden Maria zu seinen Füßen? Das gibt es hier nicht. Oben sehen Sie das in jeder Kirche. Hier nicht."

Jonathan ließ den Mann reden. Vielleicht verstand er ihn einige Sätze weiter. Wieder war ihm, als hätte er ein fernes Klopfen vernommen.

Der Schein der Lampe streifte weiterhin über Decke und Wände, verweilte hin und wieder auf einer der schon halb verwaschenen Malereien, um Beweise, so schien es Jonathan, für die skurrile These beizubringen.

„Da, sehen Sie … alles fröhliche Leute! Vögel zwitschern, Tauben gurren, Mädchen tanzen einen Reigen! Und das Obst! Trauben, Trauben! Und hier die Fische, die wunderbare Vermehrung der Fische!" In der Tat waren auf den Wänden zwischen manchen Gräbern, vor allem in den komfortableren Krypten, soweit sich die Familien der Toten die Verputzung und Ausmalung leisten konnten, mit Vorliebe die im Neuen Testament überlieferten Wunder Christi dargestellt. Und immer wieder der Riesenfisch mit dem auf den Strand gespienen Jonas.

Jonathan schwieg und wartete auf die Fortsetzung des Redeschwalls. Dieses Mal jedoch blieb auch der Fremdenführer still, rückte seine Lampe zurecht und sagte dann: „Sehen Sie, die Leute hatten die Frohe Botschaft empfangen, deshalb gibt es hier keine Bilder von der Kreuzigung, von Tod und Leiden. Und was war die gute Nachricht? Dass es ein Weiterleben nach dem Tod gibt! Ein Weiterleben mit Haut und Knochen. Nicht nur der Seele, diesem durchsichtigen Nichts, nein, sie glaubten an die Wiederauferstehung des Fleisches! Und jetzt gehen wir, Ihre Zeit ist um."

Verdutzt folgte Jonathan seinem Führer, der, ohne weitere Worte zu verlieren, dem Ausgang zustrebte, der zu seiner Überraschung ganz in der Nähe war.

Einzelführung ist gleich Gruppenführung, sagte der Fremdenführer, der schon in seinem Häuschen saß und wieder zum Kassierer geworden war. Jonathan zahlte den horrenden Preis für eine Gruppenführung und hatte sich schon zum Gehen umgewandt, als der Kassierer hinter ihm herrief: „Was wollten Sie eigentlich wirklich hier?"

Jonathan drehte sich um und stotterte etwas wie, er suche zwei Freunde, zwei junge Leute, einen Mann und eine Frau. Und ja, und er schreibe dieses Buch, das er schon erwähnt habe.

„So, so," sagte der Kassierer und hielt ihm einen Faltprospekt hin. „Ich habe es doch gewusst. Das ist die Domitilla-Katakombe, ganz hier in der Nähe, vielleicht interessiert Sie die und sie finden, was sie suchen."

Jonathan nahm den Prospekt und machte einige Schritte auf die Bank zu, die gleich neben der Toreinfahrt stand. Der Kontrast zwischen dem Dämmerlicht in den engen Gängen des Reiches der Toten, das er gerade verlassen hatte, und der grellen Sonne, die von weit her ihre Strahlen schickte, machte ihm zu schaffen. Er musste sich dringend setzen.

Er blieb sitzen, bis die Sonne hinter der Mauer verschwunden war und ging erst, als der Kassierer sein Häuschen abschloss. Noch einmal verabschiedeten sie sich und jeder zog seines Weges.

Jonathan dachte nicht daran, heute noch eine weitere Katakombe zu besuchen. Ihm war, als hätte er noch immer nicht verstanden, was er einige Stunden vorher gesehen hatte. Hunderttausende von Toten waren im ausgehauenen Tuffgestein unter der Stadt Rom beerdigt worden. Ach was beerdigt, wo war die Erde? Sie wurden ausgestreckt in eine Felsennische gelegt und eingemauert in der Erwartung, bald wieder in voller Lebensblüte daraus zu entsteigen!

Er hatte, wie nur noch wenige seiner Generation, eine katholische Erziehung genossen und unzählige Male gemeinsam mit anderen Gläubigen während der heiligen Messe das Glaubensbekenntnis aufgesagt. Aber das genau war es, er hatte es aufgesagt, wie man ein Gedicht vorträgt, das alle für wichtig halten, dessen Sinn man aber nicht versteht. „Ich glaube an die Auferstehung der Toten und das ewige Leben …". Heute erschien es ihm ungeheuerlich, was er damals so nichtsahnend bekannt hatte. Man musste tatsächlich an diese Worte glauben, denn es gab außer diesem Glauben nichts, was ihnen auch nur eine ungefähre Stütze gewesen wäre.

Vielleicht hatte ihm dieser Glaube gefehlt, vielleicht war er aber auch nur einer modischen Zeitströmung erlegen, die entweder jeglichen Verweis auf ein Jenseits für blanken Unsinn hielt oder aber – und das war die Option, der er sich im Stillen zuwandte – eine Spiritualität ohne Kirche erfand. Er selbst hatte sich daraus schon in früher Jugend eine Weltanschauung zusammengebastelt, die zwar die Möglichkeit eines ewigen Lebens nicht leugnete, dieses aber verstand als eine nie versiegende universelle Energie, an der jeder Mensch, wenn nicht jedes Leben, in irgendeiner Form teilhatte. Ein tatsächliches Weiterleben nach dem Tod, eine Wiederauferstehung des Fleisches, kam darin nicht vor.

Heute aber war ihm klar geworden, dass es den ersten Christen tatsächlich darum ging, gegangen war, verbesserte er sich und winkte ein Taxi heran. Während er zurück in sein Hotel fuhr, notierte er in sein Notizbuch, das auf seinen wackelnden Knien schaukelte: Ich habe heute das Glaubensbekenntnis verstanden. Nach einer Weile strich er das Wort Glaubensbekenntnis durch und schrieb darüber: die Auferstehung von den Toten.

Im Hotel angekommen setzte er sich an eines dieser runden Tischchen im Foyer und bestellte sich einen Kaffee. Seine Notiz erneut lesend, wusste er schon nicht mehr, was er damit hatte ausdrücken wollen. Am liebsten hätte er alles durchgestrichen, so vermessen kam es ihm vor. Ergebnislos versuchte er seine Gedanken zu ordnen, doch er sah keinerlei Zusammenhang zwischen den Notizen der letzten Tage. Den Pater hatte er zitiert, aber auch so Unwesentliches wie dessen blankgeputzte Schuhe erwähnt. Sogar Francesca tauchte auf und zwar öfter als er vermutet hätte. Zerbrochene Kirchenfenster, ja das war ein Jammer. Dann eine ganze Seite abstrakter Formulierungen über das Thema Freiheit. Und jetzt zum Schluss diese wirren Bemerkungen zur Auferstehung und zum Glaubensbekenntnis! Aber wie passte alles zusammen und vor allem: was davon war tatsächlich wichtig und wert in sein Buch aufgenommen zu werden? Hätte ihn jemand gefragt, was genau ihn nach Rom getrieben hat, auch hier wäre er heute eine Antwort schuldig geblieben.

Gerne hätte er sich in seine Bibliothek verkrochen, doch die gab es nicht mehr. Selbst die Vorstellung seiner Bücherwände – die, hin und wieder ergänzt durch einen Band, seit dem Ende seiner Studienzeit ein sicheres Spiegelbild seines inneren Werdeganges gewesen waren – gelang ihm nicht mehr. Noch vor vier Wochen, bevor er seine Reise antrat, hätte er, nach einem Titel befragt, dessen exakten Standort angeben können, von dort aus die benachbarten Bände zur linken und zur rechten Seite und so fort.

Wenn er die leeren Regale nicht gesehen, seine Bücher nicht in wildem Durcheinander im Container liegen gesehen hätte, vielleicht wäre ihm die Erinnerung an sie nicht so schwergefallen. Ist es nicht auch so, dass man von einem lieben Verstorbenen besser ein Bild aus guten Tagen im Herzen tragen sollte als dieses bleiche, noch vom Schmerz gezeichnete Antlitz des gerade eingetretenen Todes? Er war sich ganz sicher: er hätte nicht in den Container sehen sollen. So waren die aus ihrer Ordnung gerissenen Bücher zu einem genauen Abbild seines inneren Zustandes geworden. Das Durcheinander seiner Gedanken entsprach einer in wirrer Unordnung zu einem Haufen Altpapier gewordenen Bibliothek.

Er brauchte Abstand. Kurzentschlossen verließ er das Hotel, ohne das im Speisesaal angebotene Buffet angerührt zu haben. Nach einigen hundert Metern, die er mit kräftig ausgreifenden Schritten zurückgelegt hatte, begann er sich besser zu fühlen. Den Rest des Tages schlenderte er ziellos durch die Straßen, setzte sich hin und wieder in ein Café, speiste eine Tagliatelle, legte sich am Nachmittag auf eine Bank im Park an der Villa Borghese und sah über die Dächer hinweg, wie sich langsam die Erde unter der Sonne wegdrehte.

In der Nacht dachte er ernsthaft daran zurückzufahren. Eine Sehnsucht nach dem, was er kannte, hatte ihn übermannt und ließ selbst die graue, an ein Fabrikgelände angrenzende Straße, in der er immer gewohnt hatte, wie einen Königsweg erscheinen. Lange Zeit lag er wach und träumte von den lange verflossenen Jahren seiner Jugend, angefüllt von den Verheißungen der Zukunft. Damals drängte es ihn mit Macht aus der von ihm als beengend empfundenen Gegenwart. Nur nach vorne hin, in dem Niemandsland des noch nicht Gewesenen, schien es einen Weg zu geben. Gedankenverloren glitt er in einen Zustand hinüber, in dem sich Wachsein vom Schlaf kaum noch unterschied.

Wie lange mochte er so gelegen haben? Er öffnete die Augen, als die Putzfrau auf dem Flur, direkt vor seiner Tür, mit einem Eimer schepperte. Die Wirklichkeit hatte ihn wieder. Er wusste, dass es ein Zurück nicht mehr gab. Ihm blieb nichts anderes übrig, als da weiterzumachen, wo er einen Tag zuvor aufgehört hatte.

Zum zweiten Mal durchquerte er die Stadt, denn die Domitilla-Katakombe, auf die ihn der Fremdenführer aufmerksam gemacht hatte, lag ebenfalls an der Via Appia, ganz in der Nähe jener Stelle, wo er gestern ausgestiegen war. Er hatte sich schon innerlich darauf vorbereitet, abermals eine ermüdende Besichtigung über sich ergehen zu lassen. Was blieb ihm auch anderes übrig? Es gab einige Dutzend Katakomben, mit kilometerlangen Stollen, die bis ins fünfte Jahrhundert hinein als unterirdische Grabanlagen gedient hatten. Keiner wusste ihre genaue Gesamtlänge – einhundertfünfzig, zweihundert Kilometer? Viele waren noch halb verschüttet. Und wer weiß, was für Geheimnisse sie noch bargen. Etwa einhundertvierzig Jahre vor den ersten Christen hatten Juden, genauso wie jene innerhalb der Stadtmauern Roms nicht gern gesehen, damit begonnen Katakomben zu bauen, weil auch sie die heidnische Feuerbestattung ablehnten. Es war also nicht so, dass die Katakomben zu bauen eine Idee von verfolgten Christen war.

Das Taxi hielt am angegebenen Ort, er zahlte, stieg aus, machte ein paar Schritte auf die Einfahrt zu … und wollte seinen Augen nicht trauen. Da stand doch, auf dem Parkplatz neben

76

dem Eingang der Katakombe sein Auto! Fast war ihm, als hätte er einen alten Freund getroffen. Sein Auto! Er umrundete es, trat an das Beifahrerfenster und versuchte einen Blick hineinzuwerfen. Aber noch ehe er etwas im Innern erkennen konnte, ertönte hinter ihm eine Stimme: *Signor Jonathan! Buongiorno!* Es war Emilio! Obwohl es nicht Jonathans Art war, jemanden zu umarmen, und erst recht nicht einen Mann, erwiderte er dessen stürmischen Gruß.

„Wie geht es Ihnen? Kommen Sie, ich bringe Sie zu Francesca!"

Emilio zog ihn an zwei uniformierten Männern vorbei, denen er im Vorbeigehen einige Worte zuflüsterte. Das Dämmerlicht und die feuchtkühle Luft mit ihrem Geruch nach feuchter Erde glichen aufs Haar der von Jonathan vor zwei Tagen besuchten Calixtus-Katakombe. Hier jedoch herrschte ein reges Treiben, Leute gingen vor ihnen her, bogen in einen der nächsten Gänge ein oder kamen ihnen entgegen, nicht ohne sie mit erhobener Hand oder einem Kopfnicken zu begrüßen.

Nach ein paar hundert Metern wurde die Beleuchtung besser, die Wände links und rechts waren jetzt weiß gekalkt, was ebenfalls den Lichtverhältnissen zu gute kam. Ihm fiel auf, dass die in den Fels gehauenen Gräber verschlossen waren. Einige hatte man zugemauert, wie schon vor zweitausend Jahren, die meisten aber waren mit ebenfalls weiß gestrichenen Holzklappen versehen.

„Wir sind gleich da," sagte Emilio und wies auf einen schwarzen Pfeil, über den man mit Schablonen Phil Sec XIX gepinselt hatte.

Sie bogen in den nächsten Gang ein und hielten vor einem Rundbogen, in den eine improvisierte Holzwand eingelassen war. Beim Raum dahinter musste es sich wohl um eine ehemalige Kapelle handeln. Und tatsächlich, als Emilio die nur angelehnte Tür öffnete, sah Jonathan rotgrüne Linien und Girlanden an der Decke, zwischen denen langschnäbelige Vögel, Faune und Schafe auf ihn herabblickten.

Francesca hatte ihn nicht gleich erkannt, machte dann aber voller Freude einige Schritte auf ihn zu und umarmte ihn. Eine Umarmung die Jonathan dieses Mal gern akzeptierte, zumal sie von einem Kuss auf beide Wangen begleitet wurde.

Es gab viel zu erzählen. Emilio und Francesca redeten oft gleichzeitig auf ihn ein, um auch ja alles in kürzester Zeit loszuwerden. Von irgendwelchen Spannungen zwischen den beiden, die Jonathan meinte gespürt zu haben, als sie zu dritt unterwegs waren, konnte nun keine Rede mehr sein.

„Langsam, langsam," ermahnte Jonathan sie, „was haltet ihr davon, wenn wir an einen Ort gehen, wo es angenehmer ist als hier? Es dürfte übrigens schon bald Mittag sein und ehrlich gesagt habe ich Hunger."

Francesca und Emilio hatten sich in einer billigen Pension ganz in der Nähe einquartiert; der Entschluss, dass auch er dort wohnen sollte, war schnell gefasst. Jonathan musste nur seine Sachen aus seinem Hotel holen und dort die Rechnung begleichen. Was lag näher, als gemeinsam dorthin zu fahren und die Gelegenheit zu nutzen, in der Innenstadt zu Mittag zu essen. Bald saßen sie in einer Pizzeria und – nachdem sie den ersten Hunger gestillt hatten – floss der Gesprächsstrom wie in den Tagen an der Ardèche.

Jonathan hatte in der Katakombe und während der anschließenden Taxifahrt die beiden nicht richtig verstanden. Auch jetzt, obwohl sie das Tempo ihres Italienisch auf eine auch Ausländern verständliche Geschwindigkeit gedrosselt hatten, mühte er sich redlich, einen Zusammenhang zwischen den einzelnen Informationen zu finden. Eines hatten sie schon mehrmals wiederholt, weshalb Jonathan meinte, dass dies die zentrale Neuigkeit sei. Die Domitilla-Katakombe war zu einer Art Lagerhaus für diverse aus ganz Europa eintreffende Utensilien geworden. Sie, Francesca und er, Emilio, seien zuständig für sakrale Skulpturen, also in erster Linie für Kruzifixe, Heiligenstatuen, aber auch Weihwasserbecken, Weihrauchfässer, Glocken und Orgelpfeifen.

„Ich kümmere mich eigentlich nur um Orgelpfeifen," betonte Francesca, „die anderen Sachen werden von Emilio betreut, aber er wird wohl nur die Heiligenstatuen behalten, es wird einfach zu viel angeliefert."

Jonathan staunte nicht schlecht, besonders als Francesca ihm ihre Nöte mit den Orgelpfeifen klagte, die nur selten in bestem

Zustand ankämen und vor allem ohne Plan und unsachgemäß in den Tuffsteingräbern eingelagert würden. Da liege alles durcheinander: barocke Pfeifen, frühromantische und spätromantische; mengenmäßig italienische, aber auch, Francesca seufzte ... aber auch alle möglichen Orgelteile aus Deutschland, zudem Pfeifen, Spieltische, Register, manuell betriebene Blasebälge, von denen keiner das Alter wüsste, verrostete elektrische Gebläse, die nicht mehr funktionierten, Kastenpfeifen aus Holz, Lippenpfeifen, Zungenpfeifen, alles. „Man schätzt," sie hatte ihre Stimme gesenkt und beugte sich über den Tisch um Jonathan näher zu sein, damit keines ihrer Worte verloren ginge ... „man schätzt, dass allein in Deutschland einmal dreißigtausend Orgeln existiert haben, dreißigtausend."

„Und heute?," entfuhr es Jonathan, der sich ebenfalls nach vorne gebeugt hatte, um sich kein Wort entgehen zu lassen.

„Eine einzige," flüsterte Francesca.

„Keine einzige?," echote Jonathan entsetzt.„Eine einzige!," sagte Francesca und ließ sich auf ihren Stuhl zurückfallen.

„Wir versuchen mit dem Organisten in Kontakt zu treten. Man sagt, er sei auch Orgelbauer. So einen brauchen wir hier."

Man nähme ja gerne jede Orgelpfeife an, selbst in verbeultem Zustand, aber, so fuhr sie fort, was nütze diese Unmenge an Einzelteilen, wenn sie niemand zu einer funktionierenden Orgel wieder zusammenbauen könne.

„Und spielen … wer beherrscht denn heute noch das Orgelspiel? Du etwa?"

Jonathan war verblüfft ob der direkten Ansprache. Was hatte er mit demolierten Orgeln zu tun? Ihm reichte es, dass seine Bibliothek auf dem Müll gelandet war. So gab er etwas pikiert zurück: „Nein, aber ich kann schreiben."

Francesca korrigierte sich lächelnd. „So war das doch nicht gemeint. Aber da dich Bücher mehr interessieren, die gibt es da unten auch. Willst du sie morgen sehen?"

Jonathan hatte seine wenigen Habseligkeiten rasch gepackt, die Hotelrechnung bezahlt und war mit den beiden zurückgefahren. Die Pension, in der sie untergebracht waren, gefiel ihm. Zum Glück war im obersten Stock noch ein Zimmer frei. Der beschwerliche Aufstieg wurde entschädigt durch einen Blick über weite Parkanlagen, die mit einem grünen Teppich, aus dem vereinzelt Zypressen ragten, das emsige Treiben unter der Erde verbargen.

Emilio war schon in einen Gang der Katakombe abgebogen, die zu dem *department* für Heiligenstatuen führte. Sie nannten die auf bestimmte Themen spezialisierten Gänge tatsächlich *departments*, was, so fand Jonathan, gar nicht zu dieser jetzt mit allen möglichen Dingen vollgestellten Örtlichkeit passen wollte.

Das *department* für Bücher war weiter vorne. Jonathan ging dicht hinter Francesca her, um ja den Anschluss nicht zu verpassen, denn hin und wieder passierten sie nur spärlich beleuchtete Abschnitte. Auch mussten sie

Kisten tragenden Helfern ausweichen, was sie einige Male nötigte, sich dicht an die Wände zu pressen.

Wir sind gleich da, sagte Francesca und deutete auf ein Schild mit einem Pfeil und einigen Buchstaben derselben Art, die er schon mehrmals an Stellen gesehen hatte, wo sich die Gänge der Katakombe gabelten. Die großen Buchstaben LIBRI über dem Eingang zu dem, was der Größe nach zu urteilen wohl mal eine Krypta für besonders wichtige Leute gewesen sein mochte, verkündete schließlich, dass sie am Ziel waren.

Eine Frau mit hinter dem Kopf zusammengeknoteten Haaren begrüßte Francesca. Sie streifte Jonathan nur mit einem kurzen Blick und wandte sich wieder an Francesca: „Ist er Bibliothekar?"

Jonathan gab selbst rasch die Antwort. „Nein, das bin ich nicht."

„Was wollen Sie dann hier?," fragte die Frau.

„Ich schreibe ein Buch," sagte er.

Jetzt sah sie ihn länger an und so etwas wie ein Lächeln, das die Hälfte ihres Mundes seitwärts zog, flog über ihr Gesicht: „Gibt es das noch?"

„Das gibt es," sagte er.

„Und worüber?"

„Nur über das Wichtigste."

Die Frau hüstelte, rückte ihre Brille zurecht und hielt ihm die Hand hin:

„Dann sind Sie hier richtig."

Jonathan ergriff ihre Hand und hatte das Gefühl, ein Bündel dünner Knochen zu umgreifen.

„Sehen Sie sich ruhig um. Vielleicht finden Sie ja, was Sie suchen."

Jonathan erinnerte sich nicht, gesagt zu haben, dass er etwas suche, bedankte sich aber höflich und folgte Francesca, die bereits im Gang hinter der Bibliothekarin verschwunden war. Ja, das war sie tatsächlich, eine Bibliothekarin. Sie sei Direktorin der Library of Congress in Washington gewesen, wie Francesca ihm versicherte, als er sie eingeholt hatte.

Was er nun sah, stand dem Durcheinander, das er im Department der Orgelpfeifen gesehen hatte, in nichts nach. Man hatte die ehemaligen Gruften gesäubert, das heißt, eventuell noch vorhandene Knochenreste zusammengefegt und in einer etwas abseits gelegenen kleineren Krypta um das in den Boden eingelassene Grab eines Märtyrers herum aufgebahrt. Rechts die größeren Oberschenkel-knochen, links die hohlen Schädel und zu den Füßen dieses Märtyrers allerlei Krimskrams wie Unterkiefer, Wirbelknochen und nicht mehr zu identifizierende Kleinteile.

Die leeren *Loculi* waren so zu einer Art Regalbrett geworden, auf denen ein Buch neben dem anderen stand. Wenn man in Rechnung stellte, dass eine

Gruft nicht weniger als ein Meter fünfzig, aber auch nicht mehr als zwei Meter lang war und zumeist drei übereinander in die Wand gehauen waren, konnte man, Jonathan überschlug es am Abend, als er schon die Gesamtlänge der Gänge wusste, von mehreren laufenden Kilometern an Büchern ausgehen. Doch die, wenngleich in ungewohntem Ambiente, nebeneinander in Reih und Glied stehenden Bücher täuschten eine Ordnung vor, die sich in Luft auflöste, sobald man eine Stichprobe machte und den einen oder anderen Titel näher in Augenschein nahm. Es war das reine Chaos. Hier stand Shakespeare neben Kochbüchern, Cervantes neben Platon und Grass neben einer Bibel aus dem 17. Jahrhundert. Ihm wurde schwindlig, zumal hier alle Sprachen der Welt vertreten waren. Man hatte wohl auf gröbste Art, offensichtlich nach dem Kriterium der Nichtlesbarkeit, japanische, persische und andere Bücher, deren Herkunftsland selbst Jonathan nicht angeben konnte, zusammengestellt – und das war es dann.

Je länger er durch diese mit Büchern vollgestopften Gänge lief, desto unwohler fühlte er sich. Es mochte wohl die Mischung aus Moderduft und dem Geruch verstaubten Papiers gewesen sein, die ihm langsam den Atem nahm. Als die schier endlosen Bücherreihen schließlich von gegen die Wände aufgestapelten Kartons abgelöst wurden, was den Gang beinahe unpassierbar machte, konnte er nicht mehr. Er griff nach der Schulter Francescas und bat sie, zum Ausgang zurückzukehren. Er musste an die frische Luft.

In der Nacht träumte er. Er ging mit Francesca, genau wie es heute gewesen war, durch einen Gang voll mit Büchern. Sie lief vor ihm her, er so dicht hinter ihr, dass ihm manchmal ihre lockigen Haare ins Gesicht wehten. Francesca war mit einem knöchellangen weißen Totenhemd bekleidet, das, da transparent, ihren Körper durchscheinen ließ. Er selbst hatte eine Uniform an, wie sie früher die Bergwerkskapellen seiner Heimat trugen. Beständig wehte ein fast tropisch zu nennender Brodem aus der Richtung, in die sie gingen. Plötzlich begann Francesca schneller zu laufen. Und er, unermüdlich weitergehend, vernahm Stimmen, die aus den Büchern zu kommen schienen, dann verstummten und von einem Gregorianischen Chor abgelöst wurden, in den die Skelette, die jetzt hinter den Büchern hervorlugten, nach und nach einstimmten. Er lief nun ebenfalls, um Francesca einzuholen, konnte sie aber nicht erreichen, weil auch sie immer schneller lief. Derweil hatte sich der Chorgesang um ein Vielfaches verstärkt, denn nicht nur alle Toten der Domitilla-Katakombe waren in ihn eingefallen, sondern ebenfalls die der benachbarten Calixtus- Katakombe. Noch ehe ein ohrenbetäubendes Crescendo die Gänge hinter ihm zum Einsturz brachte, erreichte er den Ausgang, wo die lächelnde Francesca ihm die Tür aufhielt. Statt des Leichenhemds trug auch sie jetzt eine Uniform. Er stürzte ins Freie.

Schon als er am Frühstückstisch saß, war ihm klar, dass es so nicht weitergehen konnte.

Sein Notizbuch hatte er oben in seinem Zimmer noch einmal nach irgendeinem brauchbaren Hinweis durchsucht, aber nur zusammenhanglose Beschreibungen entdeckt, die zu nichts führten. Nur eine einzige solide Information hatte er seinen Notizen entnommen – das Datum, an dem er sie begonnen hatte.

Vor genau vier Wochen hatte er den Auftrag erhalten, ein letztes Buch zu schreiben, war sich aber immer noch völlig im Unklaren darüber, worüber er denn eigentlich schreiben sollte. Etwas Wichtiges sollte es sein. Nein, er öffnete das Notizbuch erneut, las die ersten Seiten und korrigierte sich. Er sollte über das Wichtigste überhaupt schreiben. Aber warum sollte er das? Wer oder was zwang ihn dazu? Wollte er tatsächlich, was er sollte?

Zum ersten Mal seit langer Zeit, spürte er so etwas wie einen eigenen Willen in sich aufkeimen. Nicht nur in den letzten vier Wochen war er ein Spielball der Ereignisse gewesen, schon lange vorher hatte er es aufgegeben, den Dingen seinen Stempel aufzudrücken. Er war vor Emilio und Francesca aufgestanden und hatte bereits gefrühstückt. Als sie jetzt kamen und ihn etwas verschlafen zwar, aber doch freudig begrüßten, konnte er nicht einfach aufstehen, obwohl er seine Gedanken zu Ende gesponnen hätte. Bald stand ein zweiter Espresso vor ihm, und die beiden bedienten sich an den von der Besitzerin der Pension allmorgendlich auf einem Tischchen angebotenen Früchten.

„Kaffee macht mich nervös," bemerkte Emilio, während Francesca ihm einen Orangensaft einschenkte. „Für mich bitte auch," sagte Jonathan, denn er fühlte, nachdem er die leere Espressotasse auf dem Untersetzer abgestellt hatte, wie sein Herz zu klopfen begann.

„Warum trinkst du ihn dann?"

Jonathan sah Francesca an und antwortete: „Ich hatte einen Albtraum." Und er erzählte, was er geträumt hatte. Nur die Sache mit dem durchsichtigen Totenhemd ließ er weg.

„Wie gut, dass ich dich gerettet habe," sagte sie, als er seine Geschichte beendet hatte, und legte ihre Hand auf seinen Unterarm. Emilio hatte sich bereits erhoben. Der Fahrer eines Autos, der schon zweimal gehupt hatte, war jetzt zu einem regelrechten Hupkonzert übergegangen. Zweimal kurz, einmal lang. „Das sind sie. Ich muss gehen," rief Emilio und eilte aus dem Speisesaal.

Francesca spielte mit den Apfelsinenkernen, die sie in eine wohlgeordnete Reihe vor sich aufs Tischtuch gelegt hatte. Sie schnippte einen Kern zu ihm hinüber und lachte.

„Die Pflicht ruft, willst du mit?"

„Zur Katakombe?" In Wahrheit grauste ihm davor, noch einmal in diese zwielichtigen Gänge hinabzusteigen. Aber eine so charmant vorgetragene Einladung konnte er nicht ablehnen. Zumindest einige Minuten würde er sie allein für sich haben.

„Gut, aber nur bis zum Eingang." Er erinnerte sich, dort so etwas wie eine Cafeteria gesehen zu haben, dort wollte er bleiben. Und in der Tat, etwas abseits vom Haupteingang standen drei, vier Klapptische. Er wählte denjenigen im Schatten einer Platane.

Francesca verschwand, ein leichtes Jäckchen über ihre bloßen Schultern werfend, in der Katakombe, während Jonathan sich zu erinnern versuchte, an was er gedacht hatte, bevor die beiden zum Frühstück erschienen waren.

Er legte sein Heft vor sich auf den Tisch, atmete angesichts der ihn erwartenden Arbeit tief durch und winkte den Kellner heran. Er hätte ein Fläschchen Mineralwasser bestellt, wenn ihm das Wort nicht im Hals stecken geblieben wäre. Vor ihm stand der Pater, den er in Florenz getroffen hatte.

„Wie kommen Sie denn hierher?," entfuhr es Jonathan.

Pater Jünger stellte das Tablett mit dem Mineralwasser auf den Tisch und reichte Jonathan die Hand.

„Sagen Sie erst mal anständig Guten Tag!"

Jonathan schüttelte die ihm dargebotene Hand und machte von seiner Freude ob dieses unverhofften Wiedersehens keinen Hehl. „Arbeiten Sie jetzt als Kellner?"

„Wie man sieht," sagte Jünger.

„Na so was!"

Jonathan lud den Pater ein, sich an seinen Tisch zu setzen, was dieser bedauernd ablehnte:

„Ich bin im Dienst. Aber warten Sie eine halbe Stunde, dann werde ich abgelöst."

Die halbe Stunde kam Jonathan vor wie eine Ewigkeit. Doch endlich nahm der Pater seine Schürze ab, setzte sich zu ihm, reichte ihm nochmals die Hand und begann, wie es seine Art war, zu erzählen, ohne sich eine Pause zu gönnen. Jonathan, froh seinen Landsmann wiedergetroffen zu haben, ließ ihn reden.

Ja, er arbeite jetzt als Kellner, so fing er an, nachdem er sich kurz nach Jonathans Befinden erkundigt hatte, das ihn aber nicht sonderlich zu interessieren schien, denn ohne auf eine Antwort zu warten, redete er weiter. Die Leute von Domitilla hätten ihn zwar hier arbeiten lassen, denn von irgendetwas müsse ein Mensch ja leben, aber sie hätten ihn nicht in ihre Assoziation aufgenommen.

Jonathan fühlte sich wieder einmal schlecht informiert.

Ja, sie hätten eine Assoziation, merkwürdig, dass er das nicht wüsste, und die würde bestimmen, wer und was in die Katakombe kommt. Er, Jünger, wie man sähe, wäre draußen vor der Tür geblieben.

Warum? Jonathan hätte sich die Frage sparen können, denn die Antwort kam zeitgleich. Die hätten, und Jünger machte keine Anstalten seine Enttäuschung zu verbergen, keinen Sinn für Religion, sie sammelten kaputte Kirchenfenster und versuchten sie instand zu setzen, was sicherlich ein Verdienst sei, fügte er, seinen Groll unterdrückend, hinzu, aber das sei doch nicht das Wesentliche. Diese Leute seien nicht konservativ, sondern Restaurierer. Hier machte Jünger erstmals eine Pause, so als ob er einem unbedacht herausgeschlüpften Wort hinterherhöre.

Aber Sie scheinen sich doch sehr für sakrale Kunst zu interessieren, konnte Jonathan noch sagen, da hatte sich der Pater auch schon wieder gefangen.

Ja natürlich, aber die Katakombe ist ein Ort der Wiederauferstehung und nicht eine Werkstatt oder ein Museum für Dinge, deren Sinn keiner mehr kennt. Aber das sei es ja, gerade die Jüngeren unter den Aktivisten hätten keinerlei Sinn für religiöse Fragen, von Theologie ganz zu schweigen.

Theologie, sagte Jünger noch einmal und seufzte. Haben Sie die Bibliothek gesehen? Eine totale Konfusion!

Die meisten Bücher seien theologische Werke. Denn sie hätten ja die halbe Bibliothek des Vatikans herbeigeschafft, die aber sei noch in Pappkartons wie am Tage ihrer Anlieferung. Als er das kritisiert habe, hätten sie ihn zum Kellner gemacht.

Jünger lachte etwas gepresst und blickte Jonathan an. Dieser sah die Chance gekommen, ihn außer Hörweite seiner Kollegen zu bringen.

„Wenn Sie möchten, gehen wir etwas spazieren!"

„Ja, gehen wir," stimmte der Pater zu.

Sie überquerten die Via delle Siete Chiese, bogen nach rechts ab und fanden nach einigen

Metern einen ungepflasterten Weg, der sie auf offenes Feld brachte.

„Da vorne ist schon die Calixtus-Katakombe."

„Ich weiß," sagte Jonathan und erzählte von seinem Besuch und auch davon, dass er da unten ein Hämmern und Klopfen vernommen hatte.

„Das sind die Leute von hier, von Domitilla, sie versuchen einen Durchgang zu schaffen."

„Warum," fragte Jonathan, „gibt es nicht schon genug Stollen?"

„Sie brauchen Platz für ihren alten Krempel, der wird übrigens nicht hier angeliefert. Sie haben eine Art Lieferanteneingang geschaffen, dahinten."

Jünger hob den Arm und zeigte in die Richtung eines von hohen Hecken geschützten alleinstehenden Hauses.

„Und auch, weil man ja nie weiß, wie sich die Lage entwickelt. Vielleicht brauchen sie eines Tages einen Notausgang."

Sie machten noch ein paar Schritte und setzten sich dann unter einen Baum. Es war heiß. Das Gespräch wurde jetzt hin und wieder von immer länger werdenden Pausen unterbrochen und erstarb schließlich ganz. Jonathan hatte sich beim Abschied Jüngers Adresse geben lassen. Zuerst hatte der Pater gleich über der Cafeteria gewohnt, wie schon sein Vorgänger. Aber dann habe er es vorgezogen, allein im Zentrum, in der Nähe des Vatikans, zu wohnen. Ein Telefon habe er nicht, aber Jonathan könne jederzeit seiner Wirtin etwas ausrichten oder eben in der Cafeteria vorbeikommen.

Von nun an sahen sie sich fast täglich. Jonathan teilte nicht alle Ideen des Paters, vor allem entsprach dessen fast militant zu nennende Theologie so ganz und gar nicht seiner eigenen Art zu denken und zu fühlen, aber er brauchte einen Gesprächspartner, der noch systematisch zu denken in der Lage war. Gerade die doktrinäre Sattelfestigkeit Jüngers reizte ihn, sei es, um sich von ihm abzusetzen, sei es, weil er dessen intaktes Gedankengebäude insgeheim bewunderte.

Jonathan andererseits repräsentierte für den Pater einen typischen Intellektuellen, der, obwohl ihm theologisch unterlegen, durchaus in seinen Einsprüchen ernst zu nehmen war. Schließlich hatte sich die Kirche seit Thomas von Aquin mit diesen Vernunftgläubigen herumgestritten. Und auch der Pater mobilisierte gerne seine Erinnerung an spätmittelalterliche Dispute, um Jonathan argumentativ in die Enge zu treiben. Letzterer hatte glücklicherweise eine wahre Engelsgeduld, wenn Jünger nicht selten zehn oder fünfzehn Minuten am Stück sprach. Darunter, so Jünger, waren bestimmte komplexe Sachverhalte einfach nicht darzustellen. Manche brauchten sogar Einschübe, Fußnoten und nicht selten Fortsetzungen, die Jünger – ohne dies irgendwie befremdlich zu finden – über mehrere Tage verteilen konnte. Klar, nicht an einem Stück, sondern unterbrochen durch Arbeit, Schlaf und sonstige zum Alltag gehörende Dinge.

Jonathan, der bald dazu übergegangen war mitzuschreiben, wenn Jünger über ein besonders interessantes Thema dozierte, füllte ein Heft nach dem anderen und hatte, obwohl der Text nicht von ihm stammte, irgendwie das Gefühl, an seinem Buch zu arbeiten. Wichtig zumindest, so schien ihm, war vieles, was der Pater zu sagen hatte. Und es war vor allem ein Thema, auf das Jünger immer wieder zu sprechen kam: das Heilige.

Dabei hatte er eine durchaus merkwürdige Auffassung von diesem Wort, das für Jonathan immer genau das gewesen war, nur ein Wort. Als solches war es leicht und präzise zu definieren. Das Heilige ist das Gegenteil vom bloß Weltlichen, vom Profanen.

Jünger bestand nun darauf, dass diese Definition zwar korrekt sei, aber trotzdem völlig irreführend, das Heilige sei nämlich ein Gefühl! Als er dieses das erste Mal sagte, fand Jonathan es dermaßen absurd, dass er lachen musste. Ein Gefühl? Das Heilige ist ein Gefühl! Ist die Bibel nicht heilig, das Kruzifix, der Altar oder vielleicht auch noch ein besonderer Ort, an dem vielleicht ein Wunder geschehen ist? Aber Jünger blieb bei seiner absurden Meinung.

„Das sind alles Dinge und ein Ort, nun, das ist eben nur ein Ort," sagte er.

„Dinge sind Dinge und sonst nichts, das ist es ja, was die da unten nicht verstehen. Sie sammeln Gipsfiguren aus abgerissenen Kirchen, alte Messbücher, aus denen keiner mehr eine Messe liest, Orgeln, die im wahrsten Sinne des Wortes aus dem letzten Loch pfeifen."

Jonathan musste wieder herzlich lachen. Dieses Mal durchaus den gescheiten Humor des Paters anerkennend. Dieser wartete eine Weile, bis Jonathan sich beruhigt hatte, dann beugte er sich etwas in dessen Richtung und sprach mit gesenkter Stimme: „Sie waren dem Heiligen schon auf der Spur. Da unten in der Katakombe."

„Zwischen den verstaubten Büchern?" Jonathan konnte es sich nicht verkneifen ihn heraus-zufordern. Aber der Pater ließ sich nicht beirren.

„Nein, in der ersten Katakombe, in der Calixtus-Katakombe. Hatten Sie mir nicht erzählt, wie unheimlich es Ihnen da unten war?"

Jonathan erinnerte sich jetzt, wie der Fremdenführer vor ihm herging und das Licht seiner Stirnlampe die in die Wände gehauenen Grabnischen streifte. Ungern rief er sich in Erinnerung, dass er Angst hatte sich umzudrehen, weil hinter ihnen die Dunkelheit und ewige Stille alles verschluckte. Jünger hatte ihn aufmerksam beobachtet, so als wollte er in seinem Gesicht lesen.

„Sehen Sie, Sie erinnern sich. Vielleicht wäre ihnen alles klarer geworden, wenn Sie allein zurückgegangen wären. So aber haben Sie sich selbst eingeredet, Angst vor der Dunkelheit gehabt zu haben. Aber noch nicht einmal das haben Sie sich eingestanden. Sie hatten so viel

Angst, dass Sie noch nicht einmal zugeben konnten, dass Sie Angst hatten!"

Wieder machte der sonst so redselige Jünger eine lange Pause, unverwandt seinem Gegenüber in die Augen sehend.

„Wissen Sie, Sie standen einen Schritt vor dem Heiligen und haben es nicht bemerkt."

Jonathan war nachdenklich geworden, suchte noch einige Augenblicke nach einer schlagfertigen Antwort und gab es dann auf. Stattdessen fragte er: „Das Heilige macht Angst?"

„Nicht alles, was Angst macht, kündigt vom Heiligen, aber das Heilige kann auch Angst machen, ja."

„Ich dachte immer, das Heilige sei etwas durch und durch Positives."

„Das, was dich erzittern lässt, kann durchaus positiv sein. Kein angenehmes Gefühl, das gebe ich zu, aber es erschüttert dich und macht den Weg frei für anderes."

Jonathan hätte fast gefragt, was denn dieses andere wäre, aber Jünger hob in diesem Moment beide Augenbrauen, so als ob er seine Gedanken gelesen hätte.

„Das, was dich erschüttert, sei es Angst oder ein anderes starkes Gefühl, ist nur ein Hinweis, eine Spur."

„Eine Spur zu Gott?"

Jünger lachte. „Gott? Bei dem sind wir noch lange nicht. Freuen Sie sich, wenn Sie hin und wieder einen Zipfel des Heiligen erblicken. Aber halten Sie ihn fest."

Er hielt kurz inne. „Oder lassen sie ihn los. Das Heilige macht sowieso, was es will. Mal ist es hier, mal ist es dort. Meistens zeigt es sich, wenn Sie nicht damit rechnen."

„Eine unschlagbare Argumentation," sagte Jonathan, „mal hier, mal da, unwiderlegbar. Rational ist das nicht gerade."

„Genau!" Jünger schien vollauf zufrieden mit diesem Gedankenschritt Jonathans.

„Genau das ist es! Das Heilige ist nicht rational. Sogar mehr als das, es ist irrational in einer Tiefe und Radikalität, dass ihr Verstand aussetzt. Sogar aussetzen muss, denn sonst verstehen Sie nichts."

Jonathan wollte noch etwas erwidern, etwas sagen, wollte die Vernunft gegen die Unvernunft ins Spiel bringen, aber Pater Jünger ließ ihn gar nicht erst zu Wort kommen.

„Lassen wir es heute darauf beruhen. Es gibt noch vier oder fünf andere Gefühle, über die wir reden müssen. Ein anderes Mal. Der Mann wartet auf mich."

In der Tat hatte schon vor geraumer Zeit ein Motorroller neben der Cafeteria geparkt, dessen Fahrer sich gerade die zweite Zigarette anstecken wollte. Der Pater winkte ihm zu, stand auf, kletterte nach einigen Schritten auf den Soziussitz und brauste von dannen.

War bis dahin, angesichts des allgegenwärtigen Verfalls, eine gewisse melancholische Stimmung seine Grundbefindlichkeit gewesen, schlug diese unter dem Eindruck der Gespräche mit Pater Jünger in eine innere Erregung um, die ihn zwischen spontaner Ablehnung dessen abstruser Theologie und einer ihm selbst unverständlichen Ergriffenheit hin und her warf.

Der Gedanke, dass es etwas gäbe – Jünger nannte es das Heilige, was sich mal hier, mal da zeige, gänzlich unberechenbar sei und den Menschen in Angst und Schrecken versetze –, löste ein von ihm als äußerst beunruhigend empfundenes Nach-denken aus, dessen er sich nur schwer erwehren konnte. Er kannte wohl die Angst, hatte sich aber nie eingestanden, dass sie sein Leben lang wie ein schwarzer Schatten hinter ihm gestanden hatte. Stattdessen machte er alles, um dieses unliebsame Gefühl selbst in seinen zaghaftesten Ansätzen zu vermeiden. Davon, dass dies nicht immer von Erfolg beschieden war, zeugten die zwar in großen mehrjährigen Abständen auftretenden Panik-attacken, die ihn aber zu der Zeit, als er seine Doktorarbeit verfasste, sogar einen Psychologen hatten aufsuchen lassen.

Ausgerüstet mit einem Psychopharmaka und dem Rat, emotionalen Stress in Zukunft zu vermeiden, hatte er damals die Sprechstunde verlassen, seine Doktorarbeit, anders als vorgesehen, um einige noch geplante Kapitel gekürzt und beim leisesten Anflug von Angst-gefühlen besagtes Medikament geschluckt.

Dass Pater Jünger nun das Heilige mit eben dieser Angst in Verbindung brachte, hatte ihn nun, wie man volkstümlich sagen könnte, auf dem falschen Fuß erwischt. Zwei Pole, das Heilige und die bodenlose Angst, die für ihn bis dahin sich gegenseitig abstoßende Extreme waren, hatte der Pater in Kontakt gebracht und damit eine ihn herausfordernde Spannung erzeugt.

„Sehen Sie," sagte Jünger zu ihm, als sie bei nächster Gelegenheit wieder auf das Thema zu sprechen kamen, „die Angst bekommt man nicht aus der Welt, sie gehört zu uns wie unsere Arme und Beine. Aber was hat man mit ihr gemacht? Weggeschoben, weggeredet, zuge-kleistert! Selbst die Theologie steuerte ihren Anteil bei oder zumindest das, was man in der Kirche aus ihr gemacht hat. Dieses ewige Geflenne und Gejammere! Die Gebetbücher, wenn es sie denn noch gibt, sind voll davon!"

Er fuhr fort ohne Jonathas direkt anzusehen. Dem es schien, als ob der Pater, der unverwandt eine zerknüllte Serviette zwischen seinen Fingern drehte, an alte Kämpfe in seinem Innern rührte, die noch nicht gänzlich überwunden waren.

„Nennen wir das mal Theologisierung der Angst. Aber danach ist es nur noch schlimmer geworden, denn nun kamen die Philosophen und erklärten die Angst zum ständigen Begleiter des Menschen, zu einer anthropologischen Konstante, wie sie sagten. Gott und das Heilige haben sie einfach ignoriert. Aber ich will Sie nicht mit Fremdwörtern traktieren, denn kurz darauf haben sich ja schon die Psychologen ihrer angenommen und aufgezeigt, dass die Angst aus der Schuld entspringt und anderes mehr. Aber den Vogel haben dann die Psychiater abgeschossen, da war die Angst dann auf einmal, zur allgemeinen Erleichterung, eine Sache des Stoffwechsels, der Hormone, der Neurotransmitter und anderer Dinge, auf die niemand zuvorgekommen war. Und damit sind wir dann heute in der vorläufig letzten Phase, nennen wir sie die psychiatrische oder, wenn Sie wollen, die chemische. Ein entsprechendes Medikament haben Sie ja, wie Sie sagten, schon eingenommen."

Jonathan musste sich eingestehen, dass er Jüngers Argumenten beeindruckt war. Der Pater wusste so viel über die Angst, dass er Erfahrungen gemacht zu haben schien, die den seinen ähnelte. Nur hatte er, anders als er, Erklärungen für alles. Vor allem eines verstand Jonathan überhaupt nicht: Was hatte das alles mit dem Heiligen zu tun?

„Gar nichts," sagte Jünger, „gar nichts, wenn Ihnen das hilft. Die Angst und das Heilige haben nichts miteinander zu tun."

„Aber Sie sagten doch ...“

„Ich habe gesagt, dass das Heilige ein Gefühl ist, dazu gehört, dass es alle Barrieren niederbricht, bevor es sich zeigt. Vergessen Sie die Angst, sie schüttelt nur denjenigen ordentlich durcheinander, der sich noch nicht befreit hat."

„Wovon?" Jonathan hatte wieder einmal eine Frage gestellt, die in ihrer Einfachheit nicht zu überbieten war.

„Das wird sich zeigen, auch das wird sich zeigen." Der Pater hatte die zerknüllte Serviette aus der Hand gelegt und sah jetzt Jonathan unbefangen ins Gesicht. Jetzt begriff er, was für eine Verwirrung seine Rede ausgelöst hatte und versuchte ihm in väterlichem Ton eine Brücke zu bauen:

„Fangen wir noch einmal ganz unten an, beziehungsweise ganz oben, bei Gott. Die meisten heute sagen, es gebe ihn nicht. Womit sie durchaus recht haben könnten. Es kommt nur darauf an, wie sie das meinen. Ein anderer hat einmal gesagt, Gott sei tot, was ja nun wieder voraussetzt, dass er einmal gelebt hat. Ein Späterer wiederum meinte, mit ihm seien auch alle anderen Götter geflüchtet. Geflüchtet! Was flüchtet, war einmal da, hier in der Nähe, von wo aus es floh. Also wo sind sie?"

„Wer?"

„Die Götter! Wohin sind sie geflüchtet und warum? Und wie können wir wissen, wohin sie sind?"

„Ja, wie?," fragte Jonathan, langsam ungeduldig werdend.

„Spuren," betonte Jünger, „sie haben Spuren hinterlassen oder gelegt, wer weiß. Und diese Spuren muss man finden und verfolgen."

So sehr Jonathan auch darauf bestand, dass Jünger konkreter würde, für heute war nichts mehr aus ihm herauszubekommen.

Trotz anfänglichen Widerstrebens hatte Jonathan seine Besuche in der Domitilla-Katakombe wieder aufgenommen. Nachdem Francesca ihn noch einmal bis zur Bibliothek, so wurde tatsächlich dieses Bücherlager in den muffigen Gängen genannt, begleitet hatte, fand er den Weg dorthin schließlich allein. Meistens kam ihm der eine oder andere Mitarbeiter entgegen oder, was ihm am liebsten war, jemand begleitete ihn ein Stück des Weges. Er traute sich jetzt sogar nach hinten zu sehen, konnte aber nichts Ungewöhnliches entdecken, zumal die Gänge in dieser Katakombe deutlich besser beleuchtet waren als in der des Heiligen Calixtus.

Nach wie vor mochte er die Bibliothekarin nicht. Anders als Pater Jünger, der stets darauf brannte, ihm seine Überzeugungen mitzuteilen, schien diese keine zu haben, wollte aber alles Mögliche von ihm wissen und stellte Fragen ohne Unterlass.

Ob er verheiratet sei? Ob er, da nicht, denn eine stabile Beziehung habe? Da auch dieses nicht der Fall war, ob er vielleicht homosexuell sei? Das sei schon lange kein Tabu mehr, er könne es ruhig zugeben. Er gab es aber nicht zu, worauf sie insistierte zu erfahren, ob er denn Frauen und Männer gleichermaßen möge. Oder vielleicht, hier unten im Dunkeln könne er das sagen, sie sei verschwiegen wie ein Grab und hätte sowieso niemanden, dem sie das erzählen könne, ob er vielleicht … Sie hielt sich die Hand vor den Mund und begann zu kichern.

Blitzschnell ergriff er die Gelegenheit der kurzzeitig eingetretenen Redepause und verabschiedete sich mit den Worten: „Ich muss jetzt leider arbeiten."

In der Tat hatte er eine ihm eher als Zeitvertreib erscheinende Aufgabe übernommen. Es galt, die über alle möglichen Bücherkisten und die Seitenregale – so nannte die Bibliothekarin die Gräber in den Wänden – verstreuten Exemplare, die eigentlich zu Gesamtausgaben gehörten, zusammenzustellen. Dabei beschränkte er sich auf diejenigen in deutscher Sprache, obwohl er, wenn er sie schon mal in der Hand hatte, auch Einzelexemplare aus gesammelten Werken ihm bekannter fremdsprachiger Autoren sorgfältig zu kleinen, dann aber immer grösser werdenden Stapeln auftürmte.

Unter irgendwelchen Vorwänden – und sei es, um seine ihm selbst kaum sichtbaren Fortschritte zu loben – tauchte immer wieder die Bibliothekarin auf. Ob er denn nicht müde sei? Ob er nicht eine Pause machen wolle? Ob er denn in dieser Luft überhaupt atmen könne?

In der Tat hatte er, nachdem ihm der Bücherstaub zwei, drei Stunden um die Nase gewirbelt war, zunehmend Atemnot. In solch einer Situation gab er sich dann gerne geschlagen und folgte der Einladung, doch vorne in der Krypta, wo ein Lichtschacht war und die Belüftung deutlich besser, bei einer Tasse Kaffee eine Pause zu machen und, soweit es auch hier überhaupt möglich war, durchzuatmen.

Sie habe wegen ihm etwas mehr gemacht, da sie sich schon gedacht hätte, dass er auch gerne Kaffee trinke, so wie sie selbst. Jonathan ließ sie reden, wusste er doch, dass sie ihn gleich wieder mit Fragen löchern würde.

Und schon ging es wieder los: „Warum haben Sie denn keine Kinder?" Jonathan hoffte mit einer Gegenfrage um eine Antwort herumzukommen:

„Warum haben Sie denn keine?"

Und tatsächlich machte sie sich daran, schließlich wolle er es ja wissen, die an sie gerichtete Frage mit der größten Aufrichtigkeit zu beantworten. Jonathan rang nach Luft, versuchte ohne großen Erfolg tief durchzuatmen und widmete sich dann dem Kaffee, den sie ihm liebevoll servierte.

Man habe ihr immer gesagt, dass die Ausbildung vorginge, was zu ihrer Zeit einhellige Meinung war, sonst wäre sie ja heute keine Bibliothekarin. Und da sie einen guten Abschluss gemacht habe, hätte sie dann gleich im Anschluss an den Bachelor den Master gemacht und danach, aus demselben Grund, den Doktor. Ein Mann sei zum Kinderkriegen leider auch nötig, doch da hätte es am meisten gehapert, denn sie hätte wohl den einen oder anderen in Erwägung gezogen, aber es nicht zuwege gebracht, aus diesen flüchtigen Bekanntschaften – das waren sie wohl – eine solide Partnerschaft zu machen, ohne die Kinderkriegen zwar möglich, Kindererziehen aber unmöglich wäre. Sie hätte viel über Erziehung gelesen und bestimmt gerne ihr Wissen praktisch angewandt, aber darüber seien die Jahre ins Land gezogen.

Sie sah Jonathan mit einem Blick an, dem er nicht ausweichen konnte, ohne unhöflich zu wirken. „So ist das Leben," sagte er und fand, noch während er sprach, den Satz völlig daneben.

Ja, und dann habe sie schließlich jemanden gefunden, der dieselben Vorstellungen von Erziehung hatte wie sie, da sei sie sich völlig sicher gewesen, dass es so war.

„Was hatte er?," fasste Jonathan nach, um seinen Patzer von vorher durch gesteigertes Interesse auszugleichen.

„Die gleichen Vorstellungen von Erziehung," das habe sie doch schon gesagt, aber sie hätten den entscheidenden Schritt nicht geschafft. Die Praxis sei eben immer schwieriger als die Theorie. Sie seien lange in Behandlung gewesen, sowohl er als auch sie, aber es habe sich nichts getan. Dann habe man ihr die Stelle in der *Library of Congress* angeboten und das sei dann das Ende gewesen.

„Das Ende?," echote Jonathan. – „Möchten Sie noch eine Tasse?," wich die Bibliothekarin aus und schenkte ihm ein, ohne auf seine Frage zu antworten.

Sie fand immer irgendeinen Grund, ihn in ein Gespräch zu verwickeln. Meistens war es die Einladung zu einem Kaffee, die er, das erste Mal angenommen, das nächste Mal nicht ausschlagen konnte. Da die Bibliothekarin sich von Jonathans widerstrebenden Gesten und manchmal an Ungezogenheit grenzenden Einwürfen nicht beeindrucken ließ, saßen sie so manches Mal beisammen. Dann begann Jonathan, der sich nicht anders zu helfen wusste, während sie in einem schier endlosen Reigen ihre beruflichen Erfolge einerseits und ihren persönlichen Misserfolg andererseits vor ihm Revue passieren ließ, mitzuschreiben.

Mittlerweile hatte er seine Notizen über mehrere Hefte zu unterschiedlichen Themen verteilt. Das Heft "Über die Bibliothekarin" war nur eines. Daneben gab es das Heft über "Unvollständige Gesammelte Werke", das Heft über "Orgelpfeifen und Orgeln überhaupt", eines über "Gotische und barocke Madonnen" inclusive "Mosaike und Kirchenfenster", drei Hefte, von denen das dritte beinahe voll war und er schon an die Anlage eines vierten dachte. Gelegentlich holte er Hefte hervor die schon fast vollgeschrieben waren, so jenes mit dem Titel "Gespräche mit Pater Jünger" und einige andere, in denen oftmals nur die ersten Seiten beschrieben waren und er nicht wusste, ob er genug Stoff haben würde, um sie auszufüllen. Darunter auch das Heft "Francesca".

Verfügte er also bereits über einiges Material, das gerade nach den Gesprächen mit der Bibliothekarin täglich um einige Seiten angeschwollen war, fehlten ihm nach wie vor die Kriterien, nach denen er seine Aufzeichnungen hätte ordnen können. Er beobachtete, hörte zu und notierte, ohne Wichtiges von Unwichtigem zu trennen. Was hätte auch das Kriterium für eine solche Unterscheidung sein sollen?

Doch manchmal war er dergestalt in ein Detail vertieft, dass aus dem bloßen Anblick zum Beispiel eines zerbrochenen Mosaiks ein höherer Sinn zu entspringen schien. Was wollte uns ein Künstler sagen, der für das eine Auge Mariens Kobaltblau, für das andere hingegen Smaragdgrün gewählt hatte? Oder handelte es sich um eine Nachlässigkeit, begangen von einem Meisterschüler auf dem Gerüst hoch oben unter der Kuppel, in der Annahme, dass der alte Herr, unten im Kirchenschiff auf einem Feldbett liegend, diese wegen des bereits geschwächten Blicks nicht bemerkte?

Jonathan stand jetzt vor dem Beweis der wohl vor fünfhundert Jahren begangenen Missetat, nämlich aus purer Faulheit wegen eines einzigen Steinchens das Gerüst nicht herunter- und wieder hinauf klettern zu wollen. Maria sah ihn aus ihrem kobaltblauen Auge an und schien mit dem smaragdgrünen zu lächeln. Oder hatte dieser Meisterschüler mit dieser kleinen, aus schon mittlerer Entfernung wahrlich nicht zu erkennenden Ungenauigkeit das erste Mal gezeigt, dass er auf dem Wege war, selbst Meister zu werden? Jonathan fixierte jetzt das andere, das smaragdgrüne Auge Mariens … und in der Tat, jetzt begann das kobaltblaue zu zwinkern.

„Genial!," entfuhr es Jonathan, der wegen seiner genauen Beobachtungsgabe zum Komplizen eines Künstlers geworden war, der vor Jahrhunderten dieses Mosaik auf originelle Weise angefertigt und das Geheimnis des zwinkernden Auges mit ins Grab genommen hatte. Jonathan schrieb kein Wort darüber in sein Heft, selbst dem Pater gegenüber erwähnte er nichts. Es wäre ihm wie ein Verrat vorgekommen.

Gestern hatte er gesehen, wie die Bibliothekarin den Staub von einer der ersten Gesamtausgaben des Brockhaus wedelte, die er nach tagelanger Suche der überall verstreuten Einzelbände vervollständigt und bei ihr abgeliefert hatte. Sie benutze dazu eine Art Federbusch, der aus einem hölzernen Griff herausragte. Diesen schwenkte sie aus dem Handgelenk heraus hin und her, was die Federn, die trotz ihrer Länge die Zartheit von Daunen hatten, in ein heilloses Durcheinander versetzte. Nachdem sie über Buchrücken und Cover gefahren war, verscheuchte sie den noch verbliebenen Staub, der sich hartnäckig auf den Schnittflächen festgesetzt hatte, mit einer quirligen Bewegung, erzeugt durch eine kaum bemerkbare Drehung des Griffs.

Jonathan war fasziniert von der Leichtigkeit, mit der sie ihr Werkzeug handhabte. Es war unverkennbar, dass sie zum Buch als materieller Gegenstand, als schweinsledern gebundene Ansammlung von geschnittenen Seiten, eine besondere Beziehung hatte. Ein Buch war für Jonathan immer nur Inhalt gewesen, geronnene Argumentation, eine Ansammlung von Wörtern, ohne materielle Basis. Jetzt aber sah er, wie das Buch in der Hand der Bibliothekarin zu einem zärtlich behandelten Gegenstand wurde.

Sie hatte ihn gefragt, ob er Bücher liebe und war dabei noch einmal mit den Fingerspitzen über die in den Buchrücken eingestanzten Lettern gefahren.

„Das Buch als Buch?," hatte er gefragt. Und als sie dies nickend bejahte, hatte er ein solches Gefühl umgehend von sich gewiesen. Ihm ginge es um das, was geschrieben worden sei, ja, für den einen oder anderen der Autoren empfinde er Sympathie, für andere Geringschätzung, aber das hätte ja nichts mit dem Buch als Buch zu tun, sondern mit dem, was diese Autoren geschrieben hätten.

Die Bibliothekarin nahm schweigend weiterhin ein Buch nach dem anderen in die Hand, um es dann, nach allen Seiten drehend, sorgsam mit dem Staubwedel zu umfahren. Dann sah sie auf und rief: „Ich liebe Bücher! Alle!"

Er notierte auch diese Beobachtung, schien sie doch auf eine bisher noch nicht von ihm bedachte Art etwas mit seinem Vorhaben, ein letztes Buch zu schreiben, zu tun zu haben.

„Es sind meine Kinder!" Das hatte sie schon einmal gesagt und in verschiedensten Zusammenhängen wiederholt. So etwa, wenn sie nach getaner Arbeit das Licht löschte und ihren Kindern eine gute Nacht wünschte. Oder besorgt herbeieilte, wenn Jonathan wieder mal ein Buch hatte fallen lassen und sie *Kinder! Kinder!* rief.

Wobei Jonathan sich des Eindrucks nicht erwehren konnte, dass er mitgemeint war.

Von Kindern, jenen aus echtem Fleisch und Knochen, sprach sie häufig und zwar, ohne dass Jonathan ihr einen Anlass zu geben brauchte. Er vermutete, dass dieser Ausdruck *Kinder aus echtem Fleisch und Knochen* schon die Spuren des Lebens in der Katakombe verriet. Nur hier konnte jemand so etwas sagen und es als völlig natürlich empfinden.

Solche Kinder hätte sie also schon gerne gehabt, was Jonathan inzwischen wusste und die beständige Wiederholung des Themas zunehmend als befremdlich empfand. Er selbst hatte schließlich auch keine, veranstaltete aber nicht solch ein Theater. Was sollte es, Kinder oder keine Kinder, es gab andere, wichtigere Dinge auf der Welt, zum Beispiel das Verfassen und Aufbewahren von Büchern.

„Genau, sagte sie, es sind unsere Kinder." Sie lächelte Jonathan auf eine Weise an, als ob er soeben als nichtsahnender Vater die Nachricht vom positiven Schwangerschaftstest erhalten hätte.

Widerstrebend musste er sich eingestehen, dass die Bibliothekarin ihn in ein Thema hineingezogen hatte, das er immer zu vermeiden bemüht war. Warum hätte er Kinder haben sollen? Warum überhaupt im Plural, Kinder? Musste man gleich mehrere haben, reichte nicht eins?

„Nein," meinte die Bibliothekarin, „eine Frau braucht zweikommazwei Kinder, sonst geht das Volk unter."

Jonathan lachte und war froh, dass das Gespräch eine witzige Wendung genommen hatte.

„Zweikommazwei Kinder sind gut. Da kriegen sie vielleicht einen Kopf und zwei Arme zu den beiden ersten dazu, aber kein ganzes Kind."

Anders als erwartet stimmte die Bibliothekarin nicht in sein Lachen ein, sondern dozierte, dass die zwei ganzen Kinder schließlich ein Ersatz für Vater und Mutter seien und die 0,2 Kinder, statistisch gesehen, die Geburtsausfälle kompensierten, die durch Kindstod, Unfruchtbarkeit, Homosexualität oder eben durch diejenigen verursacht würden, die partout keine haben wollten – Priester und Nonnen zum Beispiel oder Akademiker wie sie beide.

Wieder fühlte sich Jonathan auf unangenehme Weise in eine Geschichte einbezogen, die nicht die seine war. Trotzdem begann er, auch in Bezug auf sein eigenes Leben, über Kinder nachzudenken.

Als er Pater Jünger das nächste Mal traf, kam er kurzerhand auf dieses Thema zu sprechen. Dieser reagierte nun ganz anders, als es Jonathan erwartet hatte. Statt die Kinderlosigkeit zu loben, schließlich waren ja seit alters her Priester zum Zölibat verpflichtet, platzte es förmlich aus ihm heraus.

110

„Damit fing ja alles an! Auf einmal wollte keiner mehr Kinder haben! Arbeit! Arbeit! Alle wollten arbeiten! Da war natürlich keine Zeit mehr für Kinder! Die kosten viel mehr Zeit als die lumpigen acht Stunden, die sie Arbeit nennen. Und es geht ja nicht nur um Stillen, Windelwechseln und Kinderwagenschieben. Es geht um die Sprache!"

Jonathan hatte sich zurückgelehnt in der Absicht, den Pater reden zu lassen, fühlte er sich doch in dessen Nähe in eine geistig anspruchsvolle Welt versetzt, die ihm fehlte und sonst nirgendwo fand. Der letzte Satz des Paters ließ ihn jedoch aus seiner entspannten Haltung auffahren.

„Um die Sprache!?"

„Jawohl, das ist das Wichtigste, der Hauptgrund um Kinder zu haben, ist die Sprache. Und damit meine ich nicht, obwohl das natürlich der erste Schritt ist, das Nachplappern der ersten Wörter – „Mama" und „Papa" sind es ja meistens –, sondern den ganzen mühsamen Prozess, der Jahre dauert und vielleicht endet, wenn der Spross das Abitur gemacht hat. Aber selbst danach geht es noch weiter, nur sind die Eltern dann aus ihrer noblen Aufgabe entlassen."

Jonathan vermutete, dass der Pater die Spracherziehung in die Verbindung zur Bibel oder zumindest doch beim Beten eingebracht hätte, aber nein, dieser fuhr mit dem rechten Arm, darauf angesprochen, durch die Luft.

„Beten ... Bibel! Das ist doch nur ein winziger Teil von dem, um was es geht. Sprache ist Kultur! Eltern geben Kultur weiter, indem sie mit ihren Kindern sprechen. Von einer Generation zur andern wird die Kultur über das Sprechen vermittelt. Fehlen die Kinder, reden die Erwachsenen nur noch mit sich selbst, wie wir beide gerade jetzt. Erwachsene sind alt, werden noch älter und sterben. Und wenn es keine Kinder gibt, erlischt die Sprache, verschwindet die Kultur. Die Bibel und das Beten verschwinden dann natürlich auch, wie man sieht."

Der Pater hatte einen fast zornig zu nennenden Gesichtsausdruck angenommen. Kurz wischte er sich den Speichel aus den Mundwinkeln und setzte nach.

„Und das geht schnell! Es brauchen ja nur dreißig Jahre zu fehlen, zwanzig Jahre manchmal schon – und eine Kultur geht unter."

Jonathan hatte bis dahin kein Wort gesagt, auch der Pater hatte inne gehalten.

„Deshalb sind wir hier?,"

Eine Frage Jonathans, die eher einer Schlussfolgerung gleichkam. Der Pater neigte den Kopf zur Seite.

„Wer weiß," sagte er, „wer weiß."

Jonathan hatte jetzt endlich eine durchaus plausibel zu nennende Erklärung für die widerstandslose Abgabe ganzer Privatbibliotheken an die Müllabfuhr. Wenn keiner mehr las, was sollte man noch mit dem vergilbten Altpapier in der Wohnung? Gewiss, einigen alten Leuten ließ man ihre Bücher, wie man ihnen ja auch ihre Sammeltassen oder Fallerhäuschen nicht abnahm, nicht weil man den Krimskrams wert schätzte, sondern man die Alten nicht verletzen wollte. Aber kaum waren diese aus dem Haus – die Einweisung in ein Pflegeheim reichte da schon aus –, kam irgendein Entrümpelungsdienst und unterschied nicht mehr zwischen durchgelegenen Matratzen und der spanischen Erstausgabe von Don Quichotte.

Später dann wurden Bücher regelrecht verboten. Nicht dass man das Wort *Verbot* ausgesprochen oder irgendjemanden gezwungen hätte, seine letzten Bücher unfreiwillig abzugeben. Es waren zuerst überzeugend durchgeführte Kampagnen, eventuell noch in Privatbesitz befindliches Altpapier zur Verfügung zu stellen, um dem grassierenden Mangel an Zellulose Herr zu werden. Man appellierte eindringlich an das Umweltbewusstsein und wies auf die Schädlichkeit von Plastik hin, das, besonders als Verpackungsmaterial, die Müllverbrennungsanlagen verstopfe und mit Papier vermengt werden müsse, damit diese ordentlich funktionierten. Ja, selbst Verpackungen sollten nur noch aus recyceltem Papier produziert werden. Und das unnütze Herumstehen sogenannter Bücher, die kaum noch einer lese, wäre mit einem modernen Kosten- Nutzen-Kalkül und einem zeitgemäßen Umweltbewusstsein nicht zu vereinbaren.

An Jonathan waren derlei Appelle vorübergegangen. Zum einen, weil er sein TV schon seit Jahren nur noch anschaltete, um sich wieder einmal bestätigen zu lassen, das auf allen Kanälen nur Sendungen liefen, die ihn nicht interessierten. Zum anderen, weil er alles, was irgendwie mit Staat und Politik zu tun hatte, ignorierte. Erst als man im Staub alter Bücher Milben entdeckte, die ihrerseits Träger eines Virus waren, dem ein der Gesundheit abträgliches Potenzial zugeschrieben wurde, man konsequenterweise die Lektüre von Büchern in den öffentlichen Bibliotheken untersagte und schließlich auch deren privaten Besitz als mit der Seuchengesetzgebung unvereinbar erklärte, war Jonathan auch persönlich betroffen. Das war einige Tage, bevor man seine Bibliothek abholte.

Obwohl er mit Francesca und Emilio in der gleichen Pension wohnte, sah er sie kaum. Es mochte wohl daran liegen, dass er auf Anraten der Bibliothekarin schon früh morgens, wenn die beiden noch schliefen, zu seinem, so mag man es jetzt nennen, Dienst erschien und erst abends zurückkehrte. Nicht dass er den ganzen Tag unten in der Katakombe Bücher sortiert hätte. Zumeist beendete er gegen Mittag seine Tätigkeit und verließ dann eilig die finstern Verließe, um irgendwo zu speisen und sich sodann seinen Notizen zu widmen. Den Pater traf er, ohne sich mit ihm verabreden zu müssen, indem er einfach in die Cafeteria ging und, wenn dieser Zeit hatte und beiden danach war, mit ihm durch die nahegelegenen Parkanlagen schlenderte.

Doch heute hatte er keine Lust auf die scharfsinnigen Analysen des Paters. Er lag auf dem Bett. Die Fensterläden waren geöffnet und von draußen drang, mal deutlicher, manchmal kaum hörbar, ein Lied von Lucio Dalla an sein Ohr.

Erst einige Tage später, nachdem er seine Notizen durchgesehen und hin und wieder etwas hinzugefügt hatte, ging er wieder zur Katakombe. Pater Jünger schien in seiner Abwesenheit Gedanken aufgestaut zu haben, die er ihm unbedingt mitteilen musste. Er war außer sich.

„Selbstmörder sind sie! Selbstmörder!" Damit meinte er die letzte Generation katholischer Theologen, die sich, nachdem sie einige Zeit zwischen der These, dass Gott eine Frau oder zumindest ein homosexueller Mann gewesen sei, hin und her geschwankt waren, mehrheitlich dafür entschieden, dass dies irrelevant sei. Engel hätten kein Geschlecht und Gott, obwohl fälschlicher-weise häufig als Mann mit weißem Bart abgebildet, sei also eher eine Art Transgender, wenngleich ohne jeglichen sexuellen Appetit. Aber auch diese, die wahrscheinlichste These unter mehr als zehn anderen, lenke nur von der Tatsache ab, dass Gott Geist sei, heiliger Geist, und als solcher über allen Geschlechterfragen stünde.

„Da haben sie noch einmal so eben die Kurve gekriegt," resümierte Jünger, aber diese ganze Diskutiererei über das Geschlecht Gottes hat im Kirchenvolk, vor allem unter jungen

Leuten, eine fatale Wirkung gehabt. Keiner konnte ihn sich mehr vorstellen! Die Kruzifixe wurden abgehängt und versuchsweise durch eine Magdalena auf dem Scheiterhaufen ersetzt. Da damit niemand so recht etwas anfangen konnte, hat man die Kruzifixe entweder übermalt oder aber mit einer Art Oberteil versehen, das die Brust des Gekreuzigten bedeckte. So konnte sich jeder vorstellen, was er wollte.

Dass mittlerweile wegen des Priestermangels auch Frauen die Messe zelebrierten, darüber regte sich schon lange keiner mehr auf. Warum auch? Es ging eh kaum noch jemand in die Kirche.

Pater Jünger machte sich daran, einer Ameise, die in seinen erkalteten Cappuccino geklettert war und nun hilflos darin herumstrampelte, eine Brücke zu bauen, die er, während er sprach, aus dem zusammen-gefalteten leeren Zuckertütchen gebastelt hatte.

„Ersparen Sie mir, dass ich weiter aushole!" Er sah Jonathan, der gar nichts gesagt hatte, mit einem Ausdruck an, der zwischen Entsetzen und Trauer schwankte. Nachdem er die Ameise in Sicherheit gebracht hatte, fuhr er fort: „Was uns den Rest gegeben hat, war die sogenannte postkoloniale Theologie. Von Theologie, das können Sie mir glauben, hatte das ganze nichts mehr. Für mich war das ein Rachefeldzug. Plötzlich, wir hatten die Diskussion um das Geschlecht Gottes gerade mit Ach und Krach hinter uns, machte eine Gruppe von lateinamerikanischen Kardinälen eine absurde Rechnung auf. Es ging um Gold, um Tonnen von Gold." Dieses hätten die spanischen und portugiesischen Konquistadoren in Südamerika geraubt und – das haben sie dann bis in den Kilobereich nachgerechnet – an die Kirche weitergeleitet. Wo das Gold geblieben sei, das sich die europäischen Herrscher angeeignet hätten, könne man nicht mehr genau feststellen, aber das Gold in Kirchenhand, in sakrale Kunst umgewandelt, sei noch da, wo es seit Jahrhunderten aufbewahrt würde, nämlich in den Kirchen, Kathedralen, Museen und Panzerschränken des Vatikans. Jünger griff nach Jonathans Arm. „Die haben doch tatsächlich Messkelche und Monstranzen eingeschmolzen und das so gewonnene Gold an die Regierungen Südamerikas zurückgegeben! Kelche, in denen das Blut Christi aufbewahrt, Monstranzen, in denen sein Leib ausgestellt wurde!"

Jonathan, je mehr er darüber nachdachte, wie sie in eine solche Situation kommen konnten, verstand immer weniger. Er erinnerte sich, weil es damals groß durch die Presse ging, wie die Päpstin Magdalena I. von einem südamerikanischen Land zum anderen flog und den örtlichen Machthabern ihren jeweiligen Anteil am Kirchengold aushändigte. Diese brauchten kein Jahr, um die willkommene Zusatzeinnahme zu verprassen. Weder wurde das Azteken-Gold in das gleißende Antlitz des Sonnengottes rückverwandelt noch, so hatte

Magdalena angekündigt, es zum Wohle der Armen ausgegeben.

„Wenn diese ganze Aktion wenigstens die Leute zurück in die Kirchen gebracht hätte," seufzte Pater Jünger. „Aber nein, die sakrale Kunst, soweit Gold, Silber oder Edelsteine in ihr zur höheren Ehre Gottes verarbeitet worden waren, hatte man geopfert, ohne auch nur einen Schritt weiter zu kommen." Weder hier in Europa noch in Lateinamerika. Die Kirche hätte die größte Unbill ertragen, ohne daran zugrunde zu gehen. „Aber jetzt," sagte er, „haben wir uns aufgegeben, ohne dass auch nur ein einziger Christ den Flammentod sterben musste. Warum nur?"

Es war das erste Mal, dass Jonathan den Pater, sonst angriffslustig und vorwärts gewandt, in einem derart desolaten Zustand sah. Aber wenn selbst der Pater nicht wusste, warum sie heute in den römischen Katakomben alte Bücher stapelten und Orgelpfeifen sortierten, wer sollte es sonst wissen?

Francesca hatte endlich den Organisten aufgespürt. Er hätte lange ihren in regelmäßigen Abständen wiederholten Einladungen widerstanden, dann aber, als sie auch in seiner Kirche den Kirchenchor aufgelöst und die letzte Messe gelesen hatten, schließlich eingewilligt, die in seinem Alter doch recht beschwerliche Reise nach Rom zu unternehmen. Der Mann war 83 Jahre alt.

An allem wäre nur der Bleifraß schuld, sagte der immer wieder, zweihundert Jahre, dreihundert Jahre ... und die Orgel ist hin. Er habe ja immer wieder das Schlimmste verhüten können, die eine oder andere Pfeife auswechseln müssen, ja, aber die meisten habe er erhalten können. Er redete noch einige Zeit vom Schimmel in den Windladen, verklemmten Manualen und dem verdammten Eichenholz, dessen Säure schuld sei an der Oxidation des Bleis, manchmal kaum sichtbar, da im Innern der Pfeife stattfindend, aber umso katastrophaler.

„Zum Schluss hatte ich keine Ersatzteile mehr, deshalb bin ich gekommen," sagte er und tupfte sich mit einem verblichenen Taschentuch den Speichel aus den Mundecken.

Einzelteile, die gäbe es hier ja genug, das habe er schon gestern bei einer ersten Führung durch die Katakombe gesehen. Wenn er die in Corvey gehabt hätte, würde die Orgel in wenigen Monaten wieder funktionieren, wie früher.

Dibelius, so hieß der Organist, war fortan, trotz seines fortgeschrittenen Alters, unten in der Katakombe und dirigierte ein halbes Dutzend Helfer hin und her, die Francesca, seiner Bitte folgend, ihm verschafft hatte. Seine Absicht war klar, er wollte aus den verschiedenen Einzelteilen eine neue Orgel zusammensetzen.

Zur besseren Übersicht ließ er einen Teil der Pfeifen ans Tageslicht schaffen und sortierte dort, zunächst nach Größe, dann nach Bauart und Orgeltyp, was von den emsigen Helfern herbeigeschafft wurde.

Jonathan hatte zunächst angenommen, dass diese Arbeit rasch zu Resultaten führen würde, schließlich waren da unten Tausende von Pfeifen aufgestapelt. Aber die Sache zog sich hin und der Gesichtsausdruck des Organisten wurde von Tag zu Tag finsterer.

„Die Spieltische! Die Spieltische!" Sie hätten zwar die Pfeifen hierhergebracht, aber die Spieltische zurückgelassen. Die paar, die hier wären, befänden sich in zumeist jämmerlichem Zustand. Auch die elektrisch betriebenen Gebläse wären völlig verrostet und die paar mechanischen zum Gotterbarmen. Kurzum, er sei nahe daran aufzugeben.

Sei es, weil die von Moder geschwängerte Luft in der Katakombe ihm zusetzte, sei es, weil sein fortgeschrittenes Alter ihm die für sein Vorhaben nötige Kraft versagte, Dibelius wurde krank.

Nach drei Tagen mit hohem Fieber befand es Francesca für klüger, den geschwächten und nach Luft ringenden Organisten in ein Hospital zu bringen.

Jonathan erhielt zwar täglich von Francesca einen Kurzbericht über den Fortschritt der Behandlung, doch Dibelius, mittlerweile künstlich beatmet, schied am siebten Tag seines Krankenhausaufenthalts aus dem Leben. Sein Wissen über den Orgelbau nahm er mit sich ins steinerne Grab – seit mehr als tausend Jahren das erste in der Katakombe, dem ein Leichnam anvertraut wurde. Jonathan und Emilio halfen beim Einmauern, während der Pater den katholischen Bestattungsritus zelebrierte.

„Staub bist du und zum Staub kehrst du zurück." Es war, als hätten sie den überall herumliegenden Orgelpfeifen den Gnadenstoß versetzt.

Jonathan hatte aus dieser Episode den Schluss gezogen, dass nicht nur die Zusammensetzung einer einzigen Orgel aus den Trümmern von Hunderten anderen unmöglich war, sondern überhaupt müßig, von der Wiederherstellung früherer Verhältnisse aus deren Überbleibseln zu träumen oder es gar zu versuchen. Damit war ein unausgesprochener Konsens aufgekündigt, der bis dahin zwischen Francesca, Emilio und Pater Jünger bestanden hatte. Jonathan behielt seine Einsicht zwar für sich, aber der Pater, aus seiner melancholischen Phase erwacht, ging zum Angriff über. Nicht zum Angriff auf Emilio oder Francesca – Francesca, die am Sterbebett des Organisten ausgeharrt hatte und nun todtraurig ihrer Arbeit nachging –, vielmehr attackierte er seine eigenen Illusionen und spürte, so gut kannte er sein Gegenüber schon, dass Jonathan ebenfalls in einem Prozess des Umdenkens war.

„Staub!," rief Jünger unvermittelt, sodass Jonathan vermutlich erschrocken wäre, hätte er sich nicht längst schon an die plötzlichen und lautstarken Gedankeneruptionen des Paters gewöhnt.

„Staub! Wie leichtfertig habe ich dieses Wort in den Mund genommen! Heute noch habe ich es getan, als wir den armen Dibelius beigesetzt haben. Der wird natürlich nicht zu

121

Staub, sondern langsam von den Maden aufgefressen. Ekelhaft! Heute fiel es mir wie Schuppen von den Augen. Das Wort Staub will etwas ganz anderes sagen. Es geht gar nicht um Staub, um richtigen Staub, meine ich, den die Hausfrau von den Möbeln wischt. Staub ist eine Metapher, ein Bild oder vielleicht sogar ein Gleichnis. Es geht um Unordnung!" Jünger blickte Jonathan triumphierend an.

„Wie bitte?" Jonathan hatte der überraschenden Wende nicht folgen können.

„Unordnung! Chaos!"

Jonathan sagte nichts, wusste er doch, dass der Pater, der unruhig auf seinem Stuhl hin und her rutschte, gleich zu einer seiner imposanten Erklärungen ausholen würde.

„Staub ist der Tod, er ist überall, gleichmäßig im Raum verteilt. Wenn Sie genau hinsehen, werden Sie feststellen, dass der Abstand zwischen den Staubpartikelchen überall exakt der gleiche ist. Der Tod ist die Gleichheit."

Jonathan lächelte und gab so dem Pater zu verstehen, dass diese Behauptung ihn nicht überzeugt hatte.

„Warten Sie doch!," reagierte dieser und rückte seinen Stuhl näher an Jonathan heran, so als ob er ihm gleich eine nur sie beide betreffende Neuigkeit mitteilen wollte.

„Leben ist Unterschied, verstehen Sie? Das Herz schlägt und zwischen zwei Schlägen ist nichts." Jünger schlug sich mit der Faust auf die

Brust und begleitete die rhythmischen Schläge mit einem *„Bumm! Bumm! Bumm!"*

„Verstehen Sie?" Dieses Mal fühlte sich Jonathan durch die infantile Didaktik des Paters unterfordert.

„Natürlich!," antwortete er.

„Nein, ich versuche es andersherum. Als Dibelius gestorben war, was war auf dem Monitor mit dem Elektrokardiogramm zu sehen?"

„Nichts," sagte Jonathan.

„Falsch! Ein durchgezogener Strich war auf dem Bildschirm, begleitet von einem langgezogenen Piepton."

„Ja," bestätigte Jonathan.

„Und vorher? Vorher ging es rauf und runter. Systole, Diastole nach oben und nach unten. Leben ist Unterschied, der Tod ist Gleichheit."

„Und was hat das mit dem Staub zu tun?"

„Alles, mein Lieber, alles! Denn was passiert, seitdem das Herz nicht mehr schlägt und ein durchgezogener Strich das Kommando übernommen hat? Dibelius, der Arme, zerfällt in seine Bestandteile. Die Ordnung seines Körpers löst sich auf, wird zu einem Haufen Matsch, in dem sich die Maden suhlen."

Jonathan, dem zusehends unwohler wurde, hob beschwörend die Arme:

„Ich habe schon verstanden. Es ist nicht nötig, dass Sie derartig ins Detail gehen." Damit aber hatte Jonathan dem Pater ein neues Stichwort gegeben.

„Detail!," rief dieser aus. „Der Teufel steckt im Detail. Sehen Sie, wie sich eins aus dem andern ergibt? Dibelius zerfällt in seine Einzelteile, in denen der Teufel steckt. Der Tod ist Zerfall, Zerfall bis zur Endstation Staub."

Jonathan lächelte auf eine Weise, als ob er dem Pater, ansonsten ein anspruchsvoller und schwer zu widerlegender Gesprächspartner, einen unbeabsichtigten Ausrutscher verzeihen wollte.

„Lachen Sie nicht," sagte dieser, „so ist es."

„Mag sein, dass es so ist, aber vielleicht kann ich Ihnen bei der Beschreibung ihrer Entdeckung helfen."

„Dann helfen Sie mir!" Pater Jünger lehnte sich auf seinem Stuhl zurück, demonstrativ seinem Gegenüber das Feld überlassend.

„Sie haben eine Entdeckung gemacht, die Clausius im neunzehnten Jahrhundert so formuliert hat: Die Entropie tendiert in geschlossenen Systemen zum Maximum." Jonathan hielt inne und fragte sich, ob der zweite Hauptsatz der Thermodynamik tatsächlich so formuliert worden war. Dann wischte er seine Bedenken beiseite und fuhr fort.

„Das heißt, dass, wenn Sie eine gefüllte Gasflasche öffnen, das Gas so lange ausströmt, bis keines mehr in der Flasche ist. Und wo ist es dann?"

Dieses Mal hatte Jonathan den Pater überrascht, der nicht mit einer Frage, schon gar nicht mit einer aus dem Gebiet der Physik, gerechnet hatte. Deshalb, kleinlaut und halb fragend, brachte er nur hervor:

„Verschwunden?"

Jonathan freute sich ob des seltenen Gefühls, dieses Mal im Gespräch mit dem Pater die Oberhand zu haben.

„Ich muss präzisieren: Die Gasmoleküle haben sich gleichmäßig im Raum verteilt, sogar in der Flasche sind noch ein paar."

„Sonst könnte man sie ja nicht riechen," versuchte der Pater aus der Defensive zu kommen.

„Genau," stimmte Jonathan ihm zu, „aber das ist hier nicht das Wesentliche. Das Wesentliche ist erstens, dass die zuvor in der Flasche konzentrierten Moleküle jetzt gleichmäßig im Raum verteilt sind, und zweitens, dass man sie nicht mehr so ohne weiteres in die Flasche zurückbekommt."

Jetzt wurde der Pater lebendig.

„Wie der Geist, der aus der entkorkten Flasche entwichen ist!"

Jonathan, durch diese ungewohnte Assoziation zu einem physikalischen Gesetz aus dem Konzept gebracht, machte eine kleine Pause, setzte dann erneut an und beeilte sich, mit seinem Gedanken zu Ende zu kommen.

„Ich will ja nur eines sagen: Sie haben mit Ihren eigenen Worten die Entdeckung der Entropie nachformuliert. Gleichmäßig im Raum verteilte Energie ist nutzlos, Bewegung und das Leben überhaupt hängen von Energiedifferenzen ab, *Bumm! Bumm! Bumm!*

Leben braucht Ordnung, ein Ja und ein Nein, denn die unkonzentrierte Energie, die durcheinandergewirbelten Einzelteile, sind das Chaos und schlussendlich der Tod."

Der Pater hatte die letzten Sätze regungslos in sich aufgenommen und hob jetzt, anerkennend nickend, seine Kaffeetasse.

„Auf die Entropie!"

„Auf die Negentropie!," erwiderte Jonathan.

„Was soll das nun wieder sein?" fragte der Pater.

„Ganz einfach: Das ist die Negation der Entropie, der Versuch, aus Chaos Ordnung zu schaffen."

Die beiden Männer wechselten bald vom Kaffee zum Rotwein, redeten, lachten und genossen das Gefühl, etwas Wichtiges entdeckt zu haben. Dabei war es unerheblich, ob diese Entdeckung schon zweihundert Jahre vorher in ähnlicher Form gemacht worden war. Entdecken nicht auch Jugendliche in jeder Generation die Liebe aufs Neue und denken, dass sie die Ersten sind, denen sich dieses machtvolle Gefühl offenbart? Genauso fühlten sich Jonathan und Jünger in dieser Nacht, wie Jugendliche, denen sich mit einem Mal ein bis dahin verschlossenes Tor öffnete.

Dass dieses Tor schon bald wieder fest verschlossen war, sollten sie am nächsten Morgen erfahren, als sie mit brummendem Schädel erwachten und von draußen Schreie und der Lärm einer mehrmals energisch betätigten Autohupe hereindrang.

Der Pater, er hatte in Jonathans Zimmer auf einem vor das Fenster gerückten Beistellbett geschlafen, war schon dabei, die Fensterläden zu öffnen, als sie erst einen Knall hörten und bald der beizende Geruch von

Tränengas bis zu ihnen hoch stieg. Schnell ließ der Pater davon ab, aus dem Fenster zu sehen, sondern ging stattdessen zur Tür, um sich zu vergewissern, dass sie verschlossen war.

„Was ist los?," fragte Jonathan benommen.

„Eine Razzia," antwortete der Pater, „es ist nicht das erste Mal."

Jonathan und Jünger blieben bis zur Mittagszeit auf ihrem Zimmer. Erst als barsche Kommandos, heftiges Türenschlagen und dann sich entfernendes Motorengeräusch den Abzug der Polizei ankündigte, trauten sie sich nach unten.

Das Erste, was sie sahen, war die weinende Francesca. „Sie haben ihn mitgenommen," schluchzte sie.

Jünger ergriff Jonathans Oberarm und zog ihn vorwärts. Erst als sie in der Katakombe waren, blieben sie stehen und sahen sich nach Francesca um, die ihnen gefolgt war.

„Sie haben ihn mitgenommen," wiederholte sie und wischte sich die Tränen aus dem Gesicht. „Sie wollen wiederkommen, haben sie gesagt, alle sollen die Katakombe verlassen, weil sie morgen den Eingang sprengen".

Jonathan ging noch ein letztes Mal zusammen mit Francesca den ihm jetzt schon gewohnten Weg bis zur Bibliothek. Ja, auch daran hatte er sich gewöhnt, wie alle anderen nannte er jetzt dieses Durcheinander von Kisten und Büchern Bibliothek. Er wollte nicht einfach wortlos verschwinden, sondern sich von der Bibliothekarin verabschieden. Die war aber weder an ihrem angestammten Platz noch in einem der Seitengänge aufzufinden. Vielleicht wollte er aber auch nur noch einige Minuten mit Francesca allein sein, die immer dann, wenn sie einen dunkleren Abschnitt durchquerten, seine Hand ergriff.

„Sie ist bestimmt mit den anderen durch den neuen Verbindungstunnel in die Calixtus-Katakombe geflüchtet," vermutete er. Er wollte noch etwas sagen, schaffte es aber nicht.

Jünger hatte im Eingang ungeduldig auf Jonathan gewartet und drängte jetzt darauf die Katakombe zu verlassen.

„Die können jederzeit wiederkommen. Und dann?"

So gingen die drei in die Pension zurück, um sich zu beraten.

„Wir müssen hier weg!," sagte Jünger, „das ist klar."

Francesca fing erneut an zu weinen. „Aber was ist mit Emilio? Ich kann ihn doch nicht allein lassen."

„Er ist so oder so allein," erwiderte Jünger in einer für ihn ungewohnten Härte.

„Ich verstehe Francesca," warf Jonathan ein im Versuch, die Situation etwas zu mildern.

„Wir müssen hier weg und zwar jetzt!" Jünger war unerbittlich.

So kam es, dass sie bald in Jonathans Auto saßen und Richtung Zentrum fuhren, dorthin, wo Jünger wohnte. Obwohl Jonathan es während der ganzen Fahrt Francesca auszureden versuchte, wollte sie so lange in dessen alter Wohnung bleiben, bis sie Näheres über Emilios Verbleib wüsste.

Jünger hingegen packte seine Sachen und verabschiedete sich von seiner Wirtin mit den Worten: „Wir fahren für einige Tage nach Florenz, diese junge Dame wird bleiben, bis ich wiederkomme, und für mich die Miete zahlen."

„Natürlich fahren wir nicht nach Florenz!," klärte Jünger die Situation, als sie im Auto saßen und die Wagentüren zugeschlagen hatten. Jonathan, dem die weinende Francesca beim Abschied einen Zettel in die Hand gedrückt hatte, startete wie benommen den Motor und gab Gas.

„Wohin?," fragte er den grimmig dreinblickenden Jünger.

„Irgendwohin! Ich weiß es auch nicht."

So bog Jonathan in die nächste Hauptstraße ein und überließ es dem Verkehrsfluss, sie an ein Ziel zu bringen, das er selbst nicht kannte.

Kapitel 3

Die Flucht mit dem Schiff

Sie fuhren die ganze Nacht hindurch. Irgendwann hatten sie die Stadt hinter sich gelassen und gegen morgen auf einem Rastplatz neben einer Tankstelle geparkt. Jonathan war mittlerweile so müde, dass ein Weiterfahren unmöglich war, zudem drohte ihnen jeden Moment der Treibstoff auszugehen. Jünger besaß keinen Führerschein, das war vor nun schon geraumer Zeit eines ihrer letzten Gesprächsthemen. Danach war er auf dem Beifahrersitz eingeschlafen und schreckte nur manchmal auf, wenn sein Kopf vornüber auf die Brust zu fallen drohte. Auf dem Parkplatz klappte Jonathan seinen Sitz nach hinten und fiel bald in einen unruhigen Schlaf, durch den hin und wieder grelle Scheinwerfer fegten. Er wachte auf, als Jünger, der sich im ersten

Sonnenlicht die Beine vertreten hatte, die Autotür öffnete.

„Sie haben Kaffee," sagte er, noch bevor er Jonathan einen Morgengruß entrichtete, „und eine Kleinigkeit zu essen haben sie auch."

Jonathan merkte sofort, dass sich die Laune seines Reisegefährten nicht um einen Deut gebessert hatte. Er zog es deshalb vor, rasch auf Jüngers Vorschlag einzugehen und kletterte aus dem Wagen, obwohl er trotz aller Unbequemlichkeit gerne weitergeschlafen hätte.

„Es ist aus," brummte Jünger, „für mich ist es aus. Mögen andere Glasscherben sammeln, alte Bücher oder Kirchenbänke ... ich mache da nicht mehr mit!"

Jonathan hatte an seinem viel zu heißen Kaffee genippt, setzte ihn aber rasch auf die Untertasse, da das ebenfalls viel zu heiße Porzellan ihm den Zeigefinger zu verbrennen drohte. Doch die abrupte Bewegung ließ einen Teil des Inhalts der Tasse auf den Tisch schwappen. Ein Missgeschick, das Jonathan mit der hastig ergriffenen Serviette beseitigen wollte, dabei aber die Tasse vollends umstieß und so auch den Platz Jüngers in das Malheur einbezog.

„Was machen Sie denn da!," rief der Pater und erhob sich, um zu verhindern, dass ein Rinnsal aus Kaffee das über den Tisch lief, tropfend sein Hosenbein erreichte. Jonathan entschuldigte sich und investierte sämtliche greifbaren Servietten, nicht nur die eigenen, sondern auch jene des Nachbartisches, um die

Säuberungsaktion abzuschließen. Derweil war Jünger vor dem Café auf und ab gegangen, unverständliche Worte vor sich hin brabbelnd.

„Sind Sie fertig?," rief er schließlich und setzte sich, da Jonathan dies bejahte, auf seinen alten Platz.

„Wenigstens sind wir jetzt wach," bemerkte Jünger in einem nun versöhnlicheren Tonfall. „Ich wollte ja nur sagen, dass wir nicht mehr nach Rom zurückkönnen. Nicht nur wegen der Polizei. Selbst wenn diese ganze Aktion gestern nicht stattgefunden hätte, selbst wenn sie uns in Frieden unser unterirdisches Museum verwalten ließen, es ist sinnlos."

Jonathan, während der langen nächtlichen Autofahrt zu einem ähnlichen Schluss gekommen, dachte an die weinende Francesca, dann an die verstaubten Bücher, aufgereiht in den aus Tuffstein gehauenen Gräbern, und nickte.

„Aber was sollen wir tun?"

„Nichts," antwortete Jünger, „gar nichts. Wenn Sie es genau wissen wollen, wir haben immer zu viel getan, zu viel geredet und zu wenig gedacht. Oder vielleicht auch, er fuhr sich über das Kinn, vielleicht haben wir sogar noch nie richtig gedacht."

„Und jetzt?" Jonathan, wohl geneigt, Jünger zuzustimmen, obwohl er aus dessen Rede nicht recht schlau wurde, zeigte sich etwas ratlos.

„Das Beste wäre, wir lösten uns in Luft auf."

„Das geht nicht," sagte Jonathan.

„Ich weiß." Pater Jünger bestellte noch zwei Kaffee an der Theke und brachte zwei trockene Stückchen Kuchen mit. „Das ist alles, was sie haben. Passt aber gut zu unserer Situation."

Jonathan wusste nicht warum, aber ihm war plötzlich, angesichts der verfahrenen Lage, zum Lachen zumute. Er unterdrückte den Impuls, musste dabei aber wohl ein so komisches Gesicht gemacht haben, dass es Pater Jünger war, der zuerst lachte. Jonathan prustete los ... und bald lachten sie beide aus vollem Halse. Als sie sich beruhigt hatten, sahen sie sich an und fragten gleichzeitig: „Und jetzt?" Wieder lachten sie, wussten sie doch, dass sie vor einer folgenschweren Entscheidung standen.

„Eigentlich wäre es an der Zeit ins Kloster zu gehen, in eines jener Schweigeklöster, wo nur das Geistige zählt. Aber die gibt es leider nicht mehr," sinnierte Jünger. Die wären übrigens die ersten gewesen, die wegen Nachwuchsmangels geschlossen hätten. Er selbst hätte ja eine Zeitlang bei den Dominikanern, genauer gesagt bei einem einzigen Dominikaner gewohnt, aber der sei schon nach drei Monaten gestorben. Das Kloster selbst schon Jahre vorher aufgegeben worden. Der letzte Dominikaner hätte in einem Anbau gewohnt, der früher Besuchern vorbehalten war. Dort hätte auch er, Jünger, sein Zimmerchen gehabt, aber wie gesagt, nur für drei Monate.

„Wo können wir denn sonst hingehen? Irgendwo müssen wir ja bleiben" Jonathan hatte keine Lust, eine weitere Nacht im Auto zu verbringen und suchte nach einer pragmatischen Lösung. Pater Jünger reagierte aber ganz unerwartet.

„In die Wüste! Als es noch keine Kirchen, Klöster und wer weiß was gab, gingen die Propheten in die Wüste, auch solche Menschen ohne prophetisches Talent, wie wir beide zum Beispiel. Manche gingen sie auch in die Berge und lebten dort in einem einfachen Steinhaus oder sogar in Höhlen."

Jonathan dachte, Jünger wolle mit ihm scherzen und stimmte ein verhaltenes Lachen an.

„Lachen Sie nicht!," fuhr der ihn an, „mir ist es bitterernst."

„Sie wollen mit mir in einer Höhle wohnen? Dann hätten Sie in den Katakomben bleiben sollen!"

„Es geht doch nicht um die Höhle! Es geht sowieso um nichts Äußeres! Es geht um …"

„Ja, worum geht es?"

„Es geht um das Wesentliche!"

Jünger hatte so laut gesprochen, dass die Serviererin hinter der Theke nachfragte, ob er noch etwas wünsche. Er aber verneinte und wandte sich wieder Jonathan zu.

„Wir müssen zurück an die Ursprünge, dorthin, wo alles anfing."

„Nach Palästina?"

„Ich meine doch keinen Ort!" Jünger begann ungeduldig zu werden.

„Verstehen Sie mich denn nicht? Die Kirchen, die Klöster, die sakrale Kunst, das christliche Gemeinschaftsleben … es ist doch alles hinüber, zerstört, kaputt. Selbst ihre Bibliotheken, ihre Bücher, die meisten wahrlich kein Hort religiösen Denkens und Empfindens, hat man vernichtet und wo es noch welche gibt, interessiert sich keiner mehr dafür. Bald sind auch die letzten Exemplare vermodert oder eingestampft. Verstehen Sie das denn nicht?"

Jonathan hatte verstanden, dass es Jünger bitterernst war und musste zugeben, dass die Situation ausweglos war. Mittlerweile hatte der Verkehr zugenommen. Auch in der Raststätte war jetzt der eine oder andere Tisch besetzt und hinter der Theke zischte ununterbrochen die Espresso-Maschine. Jonathan war Jünger eine Antwort schuldig geblieben und blickte ratlos durch das Fenster auf die vorbeirauschenden Lastkraftwagen. Wohl jeder zweite trug einen Container, manchmal alt und rostig, meistens mit riesigen Lettern beschriftet, deren Sinn Jonathan nicht entziffern konnte.

„Es sind die Namen der Reedereien und Spediteure, manchmal abgekürzt, manchmal auch nicht," erklärte sich der Pater, der ihn beobachtet hatte.

„Ach so," sagte Jonathan.

„Da sollten wir hin," sagte Jünger.

„Wie bitte?," reagierte Jonathan verdutzt.

„Nach Genua, zum Hafen."

„Warum?"

135

„Erstens, weil wir, aus welchem Grund auch immer, fast bis Genua gefahren sind und zweitens, weil man von dort aus weiter kommt."

„Wohin wollen Sie denn?"

„Weg," sagte Jünger, „nur weg." Sie zahlten und gingen zum Auto.

„Ich muss tanken," sagte Jonathan. „Tun Sie das, aber höchstens fünf Liter."

„Warum?," fragte Jonathan.

„Weil wir mehr nicht brauchen werden."

Jonathan tankte. Und dann fuhren die beiden die letzten Kilometer bis zum Containerhafen von Genua. Jünger hatte angenommen, eines der Frachtschiffe würde sie mitnehmen. Früher sei das so gewesen. Die Frachter hätten immer einige Passagierkabinen gehabt für Leute, die es nicht eilig hatten. Aber trotz intensiver Suche fanden sie in dem riesigen Hafen noch nicht mal ein Büro, in dem sie hätten fragen können. Zum eigentlichen Containerhafen war kein Durchkommen.

„Aus Sicherheitsgründen," beschied sie der Mann an der Pforte. „Aber warum geht ihr nicht direkt zum Passagierhafen, wo die Kreuzfahrtschiffe ankern? Dort wissen sie bestimmt etwas."

In der Tat wurden sie in jenem Teil des Hafens, der für die Passagierschifffahrt reserviert war, ganz anders empfangen. Nicht nur eines, gleich mehrere Büros, ganz auf den komfortablen Empfang von Touristen zugeschnitten, boten ihre Dienste an. Jünger

136

stapfte voran, Jonathan hinter ihm her. Die Wahl Jüngers fiel auf den kleinsten Laden.

Rund um Afrika war über der Tür zu lesen, neben der, unmissverständlich, ein Kübel mit einer wohl drei Meter hohen Palme stand. „Die ist aus Plastik," konnte Jonathan noch sagen, aber da hatte Jünger schon die Tür geöffnet. Eine Frau mittleren Alters – sie sah aus, als sei sie gerade aus dem Sonnenstudio gekommen – lächelte sie an.

„Wo soll es hingehen?," erkundigte sie sich freundlich, was Jonathan sympathisch fand, denn die gleiche Frage hätte auch er gestellt.

„Weg," platzte es aus Jünger heraus, „nur weg!"

„Dann sind Sie bei uns richtig!" Die Dame schaltete ein Video ein, das alle von ihrer Gesellschaft angelaufenen Ziele in kurzen, einminütigen Trailern zeigte.

„Und nun? Was hat Ihnen am besten gefallen?"

Jonathan erinnerte sich nur an weiße menschenleere Strände und die Plastikpalme vor der Tür.

„Was kostet die Fahrt rund um Afrika?" Jünger war nicht bereit, sich einlullen zu lassen.

„Das kommt ganz auf die Kabine an. Mit Veranda, ohne Veranda. Mit Außenfenster, ohne Außenfenster."

„Wie," wunderte Jonathan sich, „gibt es auch Kabinen ohne Fenster?"

„Haben wir," bestätigte die Dame, „das sind die billigsten."

Jonathan wurde angst und bange, denn Jünger machte Anstalten, eine solche Kabine zu buchen.

„Und die nächste Preisklasse darüber?"

„Das sind die Kabinen mit Sichtbehinderung auf dem D-Deck."

Jonathan hatte keine Ahnung, was eine Sichtbehinderung bedeutete, aber eine solche Kabine war relativ billig und hatte zumindest ein Fenster.

„Sie brauchen selbstverständlich nicht die ganze Afrika-Umrundung zu machen, wenn Ihnen das zu kostspielig ist. Sie können jederzeit von Bord gehen und nur bis zum Bestimmungshafen buchen."

So waren sie bald im Besitz von zwei Tickets, auf einem Kreuzfahrtschiff der Mittelklasse, das in zwei Tagen hier in Genua ablegen würde, um sich auf eine knapp dreimonatige Fahrt „Rund um Afrika" zu machen. Sie buchten nur bis Namibia, weil Jünger meinte, dort gebe es ein Krankenhaus, in dem deutsche Missionare arbeiteten. Dort könne man dann weitersehen.

„Schließlich haben wir da immer unsere Weihnachtskollekte hingeschickt und den Jahresinhalt vom Nickneger."

„Vom Nickneger?"

„Ja, der stand im Eingangsbereich des Doms neben den Broschüren zu unserer Arbeit in der Diaspora. Ein auf einer Trommel sitzender Schwarzer, dessen Kopf nickte, wenn man eine Münze in den Schlitz steckte. Eine

Spardose sozusagen, die sich bedankt. War ein voller Erfolg, vor allem bei den Kindern. Die haben den so genannt, Nickneger. Verblüffend einfache Mechanik übrigens. Ich habe mal reingeguckt."

Was eine Sichtbehinderung war, erfuhr Jonathan gleich beim Eintritt in die Kabine. Vor dem in der Tat vorhandenen, in den Ecken abgerundeten Fenster war ein riesiges orangefarbenes Rettungsboot aufgehängt, an dessen Seite der Name des Mutterschiffs prangte: *Balena Bianca*, Weißer Wal. Da es sich um eine Backbord-Kabine handelte, würde das Rettungsboot folglich die Aussicht auf die Westküste Afrikas versperren. Aber selbst wenn ihre Kabine Steuerbord gelegen hätte, wäre das Resultat dasselbe gewesen, man würde weder das Meer noch Afrika sehen, nur diese grelle orangene Wand.

Nicht nur der Platz vor ihrem Fenster, das ganze D -Deck war beidseitig mit sorgfältig durchnummerierten Rettungsbooten behängt. Insgesamt gab es zehn dieser zigarrenförmigen, rundum völlig geschlossenen Boote. Sie waren das Erste, wofür sich Jonathan an Bord interessierte.

Pater Jünger lachte, als er die orangene Wand vor ihrem Fenster sah: „Wenigstens haben wir es nicht weit, wenn es darauf ankommt. Einfach aus dem Fenster springen ... und schon sind wir in Sicherheit."

Doch sehr zum Leidwesen Jonathans war das Fenster fest verschraubt. Es musste einen anderen Weg zum Boot geben. Mit dem wasserfesten Faltblatt in der Hand – er hatte es in der Nachttischschublade gefunden – machte er sich auf diesen zu erkunden.

Den Alleingang hätte er sich sparen können, denn kaum hatte die Balena Bianca in Genua abgelegt, wurden die Passagiere „deckweise", wie der Kapitän sich über Lautsprecher ausdrückte, im *Auditorium Maximum* zusammengerufen. Jonathan gab dem größten Saal des Schiffes diesen Namen, obwohl, wie er später feststellen musste, das *Auditorium Maximum* zu allerlei Unterhaltungsprogrammen genutzt wurde, also in seiner Funktion rein gar nichts mit dem größten Vorlesungssaal einer Universität gemein hatte. Auch waren die Passagiere des D-Decks, auf dem die Rettungsboote verankert waren, die letzten, die zur Instruktion über Notfallmaßnahmen auf hoher See zusammengerufen wurden. Zu diesen gehörte auch eine Führung im Gänsemarsch bis hin zu den Booten, die, so Pater Jünger, nach anderthalb Stunden Wartezeit, wohl schon von anderen Passagieren überfüllt oder, wem wollte man das verübeln, angesichts des sinkenden Schiffes bereits in See gestochen wären. Jonathan zwang sich, an anderes zu denken, als an diesen gerade geübten Notfall. Schob aber seine Schwimmweste, die vorschriftsmäßig unter dem Bett verstaut gewesen war, nicht wieder dorthin zurück, sondern hängte sie an den

Garderobehaken hinter die Tür, wo sie leichter zu erreichen war.

„Für alle Fälle," sagte er.

„Angsthase," kommentierte Jünger und hängte seine eigene Schwimmweste ebenfalls an die Garderobe.

Auf jeden Fall hatten sie so bei der Gelegenheit die 600 Passagiere ihres Decks kennengelernt. Wenn man sie mit denen anderer Decks zusammenzählte, waren es 2400 Passagiere insgesamt.

„Plus ungefähr fünfhundert Mann Besatzung," ergänzte Jünger.

„Macht zweitausendneunhundert insgesamt," schlussfolgerte Jonathan.

„Dividiert durch die zehn Rettungsboote kommen wir auf zweihundertneunzig Personen pro Boot, es passen aber nur einhundertsechzig in jedes. Die Überzähligen sind auf die Rettungsinseln angewiesen, hat der Kapitän gesagt. Die würden bei Bedarf, so hieß es, über Bord geworfen werden."

„Gott stehe uns bei!" sagte Jonathan und vermied von nun an dieses beängstigende Thema. Insgeheim nahm er sich aber vor, sich irgendwo auf dem Schiff einen groben Schraubenzieher oder, noch besser, ein Brecheisen zu beschaffen. Das verschlossene Fenster trieb ihm den Angstschweiß auf die Stirn, wenn er nur daran dachte.

Während Jonathan auf seinen Erkundungsgängen immer tiefer in den Bauch des "Weissen Wals" vordrang, weil er, wohl mit einem gewissen Recht, vermutete, dass Werkzeug wohl eher im Maschinenraum als oben auf dem Vergnügungsdeck zu finden war, machte sich Pater Jünger auf den Weg nach oben. Es nieselte, als er ins Freie treten wollte. So blieb er eine Weile unter dem großzügigen Vordach stehen, das auch andere Gäste als Zufluchtsort gewählt hatten. Die meisten waren noch gekleidet wie am ersten Tag der Reise, wohl auch wegen des nicht gerade einladenden Wetters, andere im Bademantel erschienen und einige besonders Wagemutige lediglich in ein Badetuch eingerollt. Badetücher lagen in den Kabinen aus, auf die jeder Reisende Anspruch hatte.

Jünger hatte, sehr zu seiner Freude, unter den vielen am Ausgang des Salons an einer Art Totempfahl angebrachten Hinweisschildern ein kleines Schildchen mit der Aufschrift *Cappella* gesichtet. Erwartungsvoll machte er sich auf, um dem unter dem Hinweis angebrachten Richtungspfeil zu folgen, zumal sich der Platz unter dem Vordach unter dem Andrang der sowohl aus dem Inneren des Schiffes hervorquellenden Touristen als auch der vor dem jetzt stärkeren Regen Zurückweichenden zunehmend füllte.

In der *Cappella* war niemand. Jünger trat ein und griff dorthin, wo er das Weihwasserbecken vermutete, aber seine Hand fuhr durchs Leere. Verwundert trat er seitwärts und wäre beinahe über eine Art Turnmatte gestolpert, die in dem vielleicht vier mal vier

Meter großen Raum ausgebreitet war. Ein metallenes Gestell, das er bei genauerem Hinsehen als Pyramide identifizierte, stand darauf. Er vermied es, auf diese Matte zu treten, umrundete sie und stand vor dem, was wohl einmal als Altar fungiert hatte, jetzt aber mit allerlei Dingen vollgestellt war.

Der einzige Gegenstand, den er als durchaus zu einer Kapelle gehörig erkannte, war eine halb abgebrannte erloschene Osterkerze, deren Flamme wahrscheinlich bei nächster Gelegenheit den roten Zierrat auf ihrer Vorderfront verzehren würde. Alpha und Omega, in wächsernen griechischen Buchstaben, waren beim letzten Anzünden der Kerze schon in Mitleidenschaft gezogen worden und neigten sich jetzt, obwohl rechtzeitig erstarrt, bedenklich Richtung Docht.

Alles andere auf diesem Tisch, denn von Altar zu reden widerstrebte Jünger, hatte nichts mit einem der Anbetung Gottes gewidmeten Raum zu tun. Allerlei Fläschchen waren um die Kerze gruppiert, davon einige entkorkt, was wohl für den an eine Drogerie erinnernden Geruch im Innern der Kapelle verantwortlich war. Daneben ein Seestern, dem zwei Arme fehlten. Etliche mehrfarbige polierte Steine, andere, etwas größere, die an ihrer Form leicht als Kristalle erkennbar waren. Eine Babypuppe ohne Kopf, in deren nackter Plastikbrust mehrere Nadeln steckten. Daneben, in aus Speckstein verfertigten Haltern, Reste abgebrannter Räucherkerzen.

Die Wände der Cappella waren mit allerlei Fotos und Tüchern behängt. Sogar ein Gebetsteppich fand sich dort, aufgehängt mit einer Art Zeitungshalter und vermutlich, weil abnehmbar, zur gelegentlichen Benutzung gedacht.

Was Jünger im Halbdunkel der fensterlosen Kapelle zunächst für eine Heiligenfigur gehalten hatte, entpuppte sich bei näherem Hinsehen als ein mit überkreuzten Beinen dasitzender Buddha.

Für jeden Geschmack etwas, dachte Jünger und verließ, von den hohlen Augen einer an der gegenüberliegenden Wand angebrachten afrikanischen Maske verfolgt, die Cappella. Er konnte den in ihm aufgekommenen Wunsch nicht leugnen, diesen so unziemlich eingerichteten Ort aufzuräumen, mit christlichen Symbolen auszuschmücken und seiner ursprünglichen Bestimmung zurückzugeben.

In der Kabine traf er auf Jonathan, der sich gerade daran machte, mit einem überdimensionalen Schraubenschlüssel das Fenster aus seiner Verankerung zu hebeln.

„Sind Sie verrückt geworden?"

„Nein," sagte Jonathan.

„Dann lassen Sie das Fenster lieber da, wo es ist. Wie wollen wir es denn schließen, wenn es einmal aus der Fassung gebrochen ist? Lassen Sie das Werkzeug aber hier liegen. Im Notfall können Sie das Fenster immer noch einschlagen."

144

Jonathan hielt inne. „Sie haben recht," sagte er und legte den Schraubenschlüssel unters Bett, genau dahin, wo vorher die Schwimmweste gelegen hatte.

„Kommen Sie, wir gehen an die frische Luft."

Jonathan folgte dem Pater, der ihn bis zum Oberdeck führte, genau bis zu der Stelle, an der er das Hinweisschild zur Cappella entdeckt hatte.

„Da war ich eben, sagte er und wies auf das Schild."

„In der Kapelle?"

„Ja. Aber jetzt gehen wir an die Bar."

Es hatte gerade aufgehört zu regnen, so dass sie auf dem glitschigen Deck vorsichtig Fuß vor Fuß setzen mussten, um die auf der anderen Seite des Swimmingpools gelegene Bar ohne Ausrutscher zu erreichen.

„Betrunken möchte ich hier nicht rumlaufen," bemerkte Jonathan und setzte sich auf einen Hocker, den er vergeblich versuchte, näher an die Theke zu rücken. Jünger lachte.

„Der ist festgeschraubt, wir sind auf einem Schiff."

„Danke", raunzte Jonathan, der sich allmählich darüber zu ärgern begann, dass Jünger immer alles besser wusste als er selbst.

Nach und nach kamen die vorhin vom Regen verscheuchten Badegäste zurück. Ungeniert warfen sie die Bademäntel über die freien Barhocker und sprangen, vergnügliche Laute von sich gebend, ins Becken. Andere, zumal die frisch geschminkten Damen, breiteten ihre Badelaken auf den in Reih und Glied die Reling begleitenden Liegen aus und kontrollierten ihre Frisuren in mitgebrachten Taschenspiegeln. Ein Unterfangen, das angesichts des jetzt aufkommenden Windes stetiger Wiederholung bedurfte.

„Das ist nur einer von dreien," sagte Jünger.

„Wie?"

„Es gibt drei Pools, dieser hier ist der mittlere. Der größere ist weiter vorne und hinten noch ein kleiner gleich nebenan, wahrscheinlich für Kinder, eine Art Spielplatz mit Rutsche und Schaukel. Aber Kinder habe ich noch keine gesehen."

„Ich auch nicht," sagte Jonathan und war froh, dass endlich sein Whiskey gekommen war.

Um den Wasserspritzern der Wasserschlacht zu entgehen, die zwischen den vor Freude quietschenden Badegästen entbrannt war, rückten Jonathan und Jünger einige Meter weiter und drehten dem lustigen Treiben den Rücken zu. Ihr Blick ruhte nun auf einer Vitrine, in der neben der neuesten Bademode auch Herrenhemden, dazu passende Bermudas und, im Vergleich zu den allenthalben benutzten Badelatschen, geradezu seriös wirkende Sandalen ausgestellt waren.

Jonathan musterte Jünger von der Seite und konnte sich einen Kommentar nicht verkneifen, wohl auch, weil er, von einer gelinden Boshaftigkeit verleitet, dem Pfarrer seine ewige Besserwisserei heimzahlen wollte.

Er deutete auf die kurzärmeligen mit leuchtenden Farben bedruckten Oberhemden.

„Wie ich sehe, sind wir genau richtig hier."

„Wieso?" Der Pater war Jonathan ahnungslos auf den Leim gegangen.

„Oder wollen Sie etwa mit ihren verschlissenen Ex-Priester-Klamotten Afrika umrunden?" Der Pater, mittlerweile vor dem zweiten Whiskey sitzend, lachte.

„Wollen Sie, dass ich mir so etwas anziehe? Das darf doch wohl nicht wahr sein!"

Es dauerte noch zwei weitere Whiskeys, dann hatte Jonathan den Pater doch so weit. Sie winkten die überaus freundliche, dem Swimmingpool gemäß gekleidete, das heißt, in ein leichtes Tuch gewickelte Verkäuferin herbei und bestellten nach und nach eine komplette Strand- und Kreuzfahrtgarderobe für den dank des Whiskeys umnebelten Jünger.

Jonathan sorgte dafür, dass dieser sich an Ort und Stelle, sprich in der Umkleidekabine der Boutique, umzog. Seine schwarze Hose mit ausgebeulten Knien, das ehemals weiße Hemd mit ramponiertem Stehkragen ließ Jonathan im Mülleimer zurück, den die Verkäuferin bereitwillig aufgeklappt hatte. Nur die Schuhe, blitzblank wie immer, konnte er dem jetzt völlig betrunkenen Pater nicht entwinden.

So schwankten die beiden, auch Jonathan hatte sich neu eingekleidet, in ihre Kabine zurück.

Als Jonathan am nächsten Morgen die Augen öffnete, sah er zunächst die orangene

Bordwand des Rettungsbootes und dann, die leere Koje von Jünger. Der hatte sich schon im Morgengrauen und voller Gewissensbisse auf den Weg zur Cappella gemacht. Vielleicht hatte ihn seine alkoholbedingte Weltuntergangsstimmung dorthin getrieben. Wo auch sonst sollte ein Pater Halt finden, wenn nicht in einem Haus Gottes, was die Cappella zwar nicht mehr war, aber durchaus hätte sein können, wenn sie nicht entgegen ihrer Bestimmung zu einem Abstellraum von allerhand abergläubischem Firlefanz geworden wäre. So zumindest sah es Pater Jünger, der nicht gelinde erschrak, als er eine Person mitten im Raum, genau unter dem Pyramidengestänge, hocken sah. Diese Person war Frau Ingeborg Große-Baumann – und sie war nackt. Natürlich wusste Jünger ihren Namen noch nicht, auch dass sie nackt war, erkannte er erst, als es schon zu spät war, das heißt, als er neben ihr stand und sie lächelnd die Augen aufschlug.

„Das mache ich jeden Morgen," begrüßte sie ihn.

Jünger, jedweder Reaktion unfähig, fragte sich für einen Moment, ob er selbst wach und bekleidet war oder vielleicht davon träumte, mit Eva im Garten Eden zu sein.

„Es tut mir gut, deshalb," betonte Ingeborg.

Jünger, aus seiner Starre erwacht, hielt sich beide Hände so vor die Bermuda, als ob er etwas verbergen wollte oder vielleicht auch, um mit stummer Geste Frau Ingeborg anzudeuten, was er an ihrer Stelle tun würde.

148

„Hübsch, Ihre Bermuda," sagte Ingeborg und streckte ihm den Arm hin, damit er sie unter der Pyramide hervorzöge, was Jünger, der nicht nur ein zur Nächstenliebe verpflichteter Pater, sondern durchaus auch ein höflicher Mann sein konnte, ohne Umschweife tat. Das heißt, er zog sie mit kraftvollem Schwung hoch, unterschätzte dabei aber das metallene Gestänge, das bei der etwas zu schnell durchgeführten Bewegung Frau Ingeborg in die Quere kam. Die scharfe Spitze dieser zur Energiebündelung angefertigten Konstruktion stieß, noch ehe Ingeborg aufrecht stand, gegen Jüngers Oberlippe, der, von Schmerz durchzuckt, ihre Hand losließ. Ingeborg, ihres männlichen Halts beraubt, geriet ins Schwanken und griff Halt suchend mit beiden Händen nach dem Erstbesten, was sie zu fassen bekam. Mit der linken Hand ergatterte sie eine Stange der Pyramide, mit der anderen ein Stück von Jüngers Bermuda. Ein Stück Bermuda mit Inhalt muss man präzisieren, denn Jünger ließ seine blutende Oberlippe mit einem gellenden Schrei los, um sich weiter unten zu verteidigen. Kurzum, Ingeborg und der Pater lagen, ehe man sich versah, auf dem Boden. Ein menschliches Knäuel nackter Arme und Beine, aus dem sich der blutende und wimmernde Jünger schließlich mit Ingeborgs Hilfe befreien konnte. Die Pyramide war demoliert, aber Ingeborg – sie betupfte mit ihrem Taschentüchlein Jüngers Lippe – bekümmerte das nicht.

Jonathan, er lag immer noch in seiner Koje, staunte nicht schlecht, als er Jünger mit blutbeflecktem Hemd und Bermuda eintreten sah.

„Was ist passiert?" Jünger antwortete nicht, sondern fragte stattdessen: „Wo ist meine schwarze Hose? Und mein Hemd?"

„Im Müll," antwortete Jonathan.

„Und was soll ich jetzt anziehen?"

Im Anbetracht des desolaten Zustands Jüngers fand sich Jonathan bereit, noch einmal in besagte Boutique zu gehen, nicht, um Jonathans alte Sachen aus der Mülltonne zu kramen, sondern um ein zweites Strand-Set, wie die Verkäuferin sich ausdrückte, zu erstehen. Er nahm gleich noch für sich und den Pater eine Baseballkappe dazu, war dies doch die übliche Kopfbedeckung der Herrenwelt, die das Oberdeck bevölkerte.

Dem Pater blieb nichts anderes übrig, wollte er nicht in den blutverschmierten Klamotten herumlaufen, als abermals eine so gar nicht zu ihm passende Bekleidung anzulegen. Doch insgeheim fand er, dass die Baseballkappe, ganz in Schneeweiß gehalten, eine durchaus nützliche Funktion hatte. Sie schützte gegen die Sonne und verbarg, tief genug ins Gesicht gezogen, sein Gesicht vor Ingeborg, die irgendwo auf dem Schiff herumlaufen dürfte.

Aber jetzt war es Zeit für einen starken Kaffee, den die beiden im Heck des Schiffes einzunehmen gedachten. Es gab noch eine

Unzahl weiterer Cafés, Restaurants oder Bars, aber diese im hintersten Teil von Deck C schien Jonathan zur allgemeinen Stimmungslage zu passen – weit ab von Swimmingpool, Gekreische und grellem Sonnenlicht.

Im Café waren einige Stühle schon dorthin gestellt, wohin sie sowieso immer von den Gästen gerückt wurden, vorne an die Reling. Noch war außer ihnen niemand da. Die beiden Männer setzten sich und blickten auf das von den Schiffschrauben aufgewühlte Wasser, das die Balena Bianca wie eine grauweiße sich zwischen Meer und Himmel verlierende Schleppe hinter sich her zog.

Lange sprachen sie nichts. Jonathan nicht, weil er froh war, endlich weiter als bis zum Rettungsboot sehen zu können, Jünger nicht, weil er – abgesehen von der aufgeplatzten Lippe und dem Whiskey des gestrigen Abends – mit Gefühlen zu kämpfen hatte, die es ihm angemessen scheinen ließen zu schweigen.

„Was macht dein Buch?," erkundigte sich Jünger schließlich.

„Seit wann duzen wir uns eigentlich?," war Jonathans Gegenfrage.

„Richtig," sagte Jünger, „wir duzen uns und keiner hat es bemerkt."

„Ich glaube seit gestern," vermutete Jonathan.

Wieder schwiegen sie und blickten auf das stampfende Wasser, dessen Spur jetzt einige Möwen folgten.

„Bald sind wir in Casablanca." Jonathan tippte auf das überall ausliegende Faltblatt "Rund um Afrika", auf dessen Rückseite der afrikanische Kontinent nebst der kompletten Route des Schiffes abgebildet war.

Irgendwann in der Nacht mussten sie angelegt haben. Jonathan erinnerte sich an ein starkes Vibrieren, das durch den Schiffsleib gegangen war, und dann an ein Signalhorn. Nicht jenes Horn der Balena Bianca, sondern ein bedeutend höher gestimmtes, eher dem einer Fabriksirene ähnlich. Danach herrschte Stille und eine aus der Bewegungslosigkeit geborene ungewohnte Ruhe, die dem nun festvertäuten Schiff aufgezwungen worden war, ließ Jonathan erneut in einen tiefen Schlaf fallen.

Er träumte von Francesca - schon das zweite Mal, wie die vorwurfsvolle Stimme Emilios gleich eingangs feststellte -, während er eine dieser Tafeln hochhielt, mit denen Regisseure früher die Sequenzen der Filmszenen markierten. Er träumte, Francesca denke an ihn und lese einen Brief, dessen Umschlag weder Anschrift noch Absender trug, aber ohne Zweifel von ihm war. Sie saß noch eine ganze Weile so da, währenddessen ein riesiger Ventilator ihr Haar sanft bewegte.

Als Jonathan erwachte, saß Jünger ihm gegenüber angezogen auf dem Bett und lachte grimmig.

„Du hast geschnarcht!"

„Entschuldigung," sagte Jonathan und fuhr sich durchs Gesicht. „Wo sind wir?"

„In Casablanca. Wir haben bis achtzehn Uhr Ausgang. Die meisten Passagiere sind schon von Bord. Ich gehe auch gleich."

„Und ich?," entfuhr es Jonathan.

„Du bleibst hier oder machst, was du willst."

Jünger stand auf, zog sich die Baseball-Kappe auf den Kopf und verabschiedete sich. Er hatte sich ein enganliegendes T-Shirt über-gezogen, in dem sein muskulöser Oberkörper gut zur Geltung kam.

„Ich habe übrigens schon gefrühstückt ..." Und schon fiel die Tür hinter ihm ins Schloss.

Jonathan rappelte sich auf in der Absicht, die Reste seiner Schläfrigkeit mit einem kalten Duschbad zu vertreiben. Doch lediglich ein Rinnsal lauwarmen Wassers tröpfelte auf seinen Schädel, das bald, obwohl er den Hahn bis zum Anschlag geöffnet hatte, ganz versiegte. Verärgert putzte er sich die Zähne mit dem Rest Mineralwasser aus der Frigo-Bar und beschloss, erst mal zu frühstücken. Was interessierte ihn Casablanca! Er wollte schreiben.

Mit Notizbuch und Schreibstift ausgerüstet verließ er die Kabine. Ein ruhiges Plätzchen war schnell gefunden, denn die sonst lärmenden und sich stets in Bewegung befindlichen Reisenden hatten offenbar allesamt das Schiff verlassen.

Er wollte schreiben. Doch der reine Wille allein reichte wohl nicht aus, es auch zu tun. Selbst die zweite Tasse Kaffee, die bald vor ihm stand, änderte nichts an der Tatsache, dass die leeren Seiten des aufgeklappten Notizbuchs sich nicht mit Worten füllten.

Um sich zu motivieren und vielleicht eine Fährte zu finden, las er ein paar Sätze schon älteren Datums und blätterte dann ohne Plan zwischen den beschriebenen Seiten hin und her. Da fiel ein zusammengefaltetes Papier heraus, das, er erinnerte sich, Francesca ihm bei der überhasteten Abreise zugesteckt hatte. „Schreib mir!," stand da und darunter eine Adresse in Florenz. Nicht jene der kleinen Wohnung Emilios, wo er schon einmal gewohnt hatte, sondern, so vermutete er, die Anschrift ihrer Eltern oder diejenige einer Freundin.

So wusste er, was er zu tun hatte. Auf einer leeren Seite begann er einen Brief an Francesca. Zu seiner Erleichterung war dieses Unterfangen von keiner Schreibblockade getrübt. Er erzählte von der nächtlichen Flucht aus Rom, von der Ankunft in Genua, vom Entschluss "Pater" Jüngers, mit dem Kreuzfahrtschiff Balena Bianca Europa zu verlassen und davon, dass sie schon in Afrika seien, nämlich in Casablanca. Er hatte tatsächlich das Wort *Pater* in Anführungszeichen gesetzt und fragte sich jetzt, warum. Vielleicht wegen Ingeborg, dachte er und berichtete über die Szene in der Cappella, so wie Jünger sie ihm beschrieben hatte. Auch schrieb er ihr, dass er wieder von ihr geträumt habe und wohl deswegen auf die Idee gekommen sei, ihr zu schreiben. Nach Emilio fragte er nicht - aus Sicherheitsgründen ist das besser so, dachte er - und schrieb stattdessen, er hoffe, dass es ihrer Familie gut gehe. Er dachte noch eine Weile daran, wie sich Francescas Haare im Luftstrom des Ventilators bewegt hatten und setzte hinzu: „Ich freue mich auf ein Wiedersehen!" Dann klappte er das Notizbuch zu, ohne zu bemerken, dass zu einem Brief nicht nur gehört, ihn zu schreiben, sondern auch ihn abzuschicken.

Jünger kehrte am Abend von seinem Tagesausflug zurück. Er war, so erzählte er, zu Fuß bis zur einer der größten Moscheen der Welt, wenn nicht gar der größten, gelaufen. Er hätte vorher schon viel davon gehört, vor allem von ihrem riesigen Minarett, das man sogar vom Schiff aus, wie Jonathan vielleicht bemerkt habe, sehen könne. Sie sei nach Hassan dem Zweiten benannt, den ja nun niemand, obwohl ihn in Europa kaum jemand kenne, vergessen würde. Hinein durfte er nicht, obwohl er vorschriftsmäßig die Schuhe ausgezogen habe wegen eines drinnen gerade stattfindenden Gebets. Dass es so etwas noch gäbe, habe ihn doch stark beeindruckt. Danach aber sei er schnurstracks zu Rick´s Café gelaufen, das man ja gesehen haben müsse, wenn man schon einmal in Casablanca sei.

Endlich fand Jonathan einen Grund, Jünger zu unterbrechen.

„Rick´s Café? Das Café aus dem Film? Gibt es das noch?"

„Ja," sagte Jünger, „das gibt es, aber jetzt ist es hier." Jonathan verstand nicht.

„Sie haben das Café nachgebaut. Der ganze Film ist ja nur im Studio gedreht worden, in Hollywood.“

„Du warst also im Originalcafé, das sie in Hollywood nachgebaut haben?“

„Nein, ich war im Café, das eine Amerikanerin nach der Vorlage des Films hier in Casablanca nachgebaut hat. Sogar das Piano ist da und der Pianist spielt jede Nacht ...“

„*As time goes by*,“ ergänzte ihn Jonathan.

„Richtig, ansonsten ist alles falsch. Im Film und auch hier in der Realität. Es gibt nämlich kein Original. Das sogenannte Original, das ich heute gesehen habe, ist die Kopie einer Fälschung. Rick´s Café hat es nie gegeben.“

„Aber heute hast du dort Kaffee getrunken. Einen echten?“

„Ja, einen echten. Dabei habe ich mir den Film noch einmal angesehen. Er läuft in einer Endlosschleife auf einem Monitor.“

Jonathan, der sich noch morgens über Jünger geärgert hatte, musste lachen. „Ich glaube, dies ist der Beginn einer wunderbaren Freundschaft!“, sagte er mit verstellter Stimme. Jünger sah ihn verstört an und lachte dann ebenfalls.

„Aber ernsthaft. Die Szenen auf dem Flugplatz, alles nur Balsaholz. Ich meine die Flugzeuge. Nebel aus Maschinen. Nichts war wirklich! Sogar den Humphrey Bogart haben sie vergrößert!“

Jetzt musste Jonathan protestieren. Doch Jünger war in Fahrt und ließ sich nicht beirren.

„Er war fünf Zentimeter kleiner als Ingrid Bergmann!"

„Na und?"

„Sie haben ihn in den Szenen mit ihr auf eine Kiste gestellt und manchmal auf ein Kissen gesetzt. Nicht mal sitzend war er auf ihrer Höhe!"

„Dann hast du dich heute ja gut amüsiert."

„Das haben wir," pflichtete Jünger ihm bei.

„Wir?"

Jünger hatte sich verplappert und versuchte sich blitzschnell zu korrigieren: „Ich, wollte ich sagen." Dann aber entdeckte er wohl in sich den zur Wahrheit verpflichteten Pater wieder und gab es zu: „Nun gut, ich und Ingeborg."

Mit Ingeborg traf sich Jünger nun jeden Tag. Jonathan bedauerte dies einerseits, denn es geschah nun doch häufiger, dass er allein die Mahlzeiten zu sich nahm oder eben in irgendeiner Ecke des weitläufigen Schiffes seinen Kaffee trank. Andererseits fühlte er sich auf gewisse Weise erleichtert. Wurde er doch in den endlosen Diskussionen, in die ihn Jünger andauernd verwickelte, ständig an das untergehende Christentum und an die unwiederbringlich verlorenen Kulturgüter des Abendlandes erinnert. Ein Umstand, der ihn, Jonathan, zunehmend melancholisch stimmte, ja an manchen Tagen geradezu lähmte und von seiner eigentlichen Arbeit abhielt.

Natürlich war ihm gleich am anderen Tag, als er sein Notizheft öffnete, der Brief an

Francesca ins Auge gefallen. Doch nun waren sie bereits auf hoher See und es war zu spät, ihn dem Postdienst zu übergeben, den die Reisegesellschaft ihren Gästen zur Verfügung stellte. Erst auf Teneriffa, das nächste Etappenziel der Balena Bianca, würde er Gelegenheit haben, den Brief abzuschicken.

Was Jünger mit seiner weiblichen Errungenschaft anstellte, wollte Jonathan erst recht nicht wissen. Sorgsam vertrieb er jeden Gedanken an eine etwaige Abweichung vom Zölibat, fragte sich jedoch insgeheim, ob er selbst mit der aus einer Bierlaune heraus betriebenen Neueinkleidung des Paters nicht zu dessen Erfolg bei der Eroberung eines Frauenherzens beigetragen hatte. Wie dem auch sei, Jonathan vergrub sich in seine Notizen und plante schon die Anschaffung eines weiteren Heftes. Ein ihm zusagendes Exemplar mit einem brüllenden Löwen vor einer Landkarte des afrikanischen Kontinents auf dem Cover hatte er schon im Open-Shopping auf dem A-Deck in die nähere Wahl gezogen.

Jünger widmete sich derweil – nein, nicht der Frau Ingeborg, wie ein Schelm hätte vermuten können – der Wiederherstellung der Cappella. In Wahrheit ging es in der ersten Phase seines Engagements eher um eine Verteidigung des Status quo derselben als um eine Restaurierung ihrer christlichen Bestimmung. Was war geschehen?

In Casablanca waren etliche Reisende ausgestiegen, um einige Tage in der Stadt zu verweilen und dann mit dem Flugzeug nach Genua oder einen anderen Bestimmungsort in Europa zurückzufliegen. An ihrer Stelle war eine entsprechend große Gruppe von Neuankömmlingen in Casablanca zugestiegen. Ein Kommen und Gehen, das sich von nun an in jedem Hafen wiederholen sollte.

Gleich am nächsten Morgen kam Ingeborg, die ihre morgendliche Meditation in der Cappella abhalten wollte, herbeigeeilt, um Verstärkung zu holen, denn nicht weniger als vier Männer hätten ihre Cappella in Beschlag genommen. Sie hätten, so erzählte sie außer Atem, dort ihre Gebetsteppiche ausgerollt und, als sie eintreten wollte, sie mit finsteren Blicken des Raumes verwiesen.

Jünger begleitete die aufgebrachte Frau bis zur Cappella und konnte das Gesagte nur bestätigen. Mittlerweile waren sogar drei weitere Männer hinzugekommen. Der Pater zog sich, Ingeborg im Schlepptau, zurück und hatte schon einen Plan. Allerdings wurde dieser erst am nächsten Morgen zur Ausführung gebracht.

Früher als sonst erschien Frau Ingeborg vor der Cappella, wo der in der Morgenkühle fröstelnde Pater Jünger von einem Bein auf das andere trat. Sie öffneten die Tür und es war, wie erwartet, noch niemand da. In der Ecke lehnte das verbogene Gestänge der Pyramide, das nun beide unter vereinten Kräften in seinen ursprünglichen Zustand zurückversetzten. Etwas gerötet von der ungewohnten Kraftanstrengung streifte Frau Ingeborg ihren Kimono ab und

schickte sich an, unter der gerade wiederher-
gestellten energiekonzentrierenden Pyramide
den Lotussitz einzunehmen. Jünger warf noch
einen kurzen Blick auf das gelungene Werk und
zog sich dann diskret zurück, um vor der Tür
Wache zu halten.

In der Tat erschienen bald die in
Casablanca zugestiegenen Moslems, ein jeder
mit seinem Gebetsteppich unter dem Arm. So
freundlich wie möglich wies Pater Jünger auf die
Tür der Cappella und teilte den Männern mit,
dass dort eine *Kufr*, eine Ungläubige, ein
heidnisches Ritual abhalte. Weswegen ja auch
er, obschon kein Rechtgläubiger, aber immerhin
Katholik, hier draußen warte, bis sie fertig sei.
Die Dame sei übrigens nackt, weshalb er, wie
gesagt, sobald sie fertig sei, eine Messe lesen
würde, an der die Herren gerne teilnehmen
könnten.

Schon beim Wort *Kufr* waren die Männer
zusammengezuckt, beim Wort *nackt* einen
Schritt zurückgewichen. Und als er sie zur
Messe einlud, flohen sie entsetzt Richtung
Swimmingpool, in den einer von ihnen, vor
lauter Hast nicht auf seine Schritte achtend, fast
hineingefallen wäre.

Natürlich gab sich Pater Jünger mit diesem
taktischen Erfolg nicht zufrieden. Zwar heimste
er die anerkennenden Wort Ingeborgs, seinen
heute nur noch selten anzutreffenden
Mannesmut betreffend, nicht ohne Genugtuung
ein, machte sich aber daran, sie auf weitere

Taten, die unbedingt folgen müssten, vorzubereiten.

„Weitere Taten?," hauchte Ingeborg und errötete.

„Jawohl," sagte Jünger, „der ganze Krempel muss hier raus!"

Etwas benommen, was wohl auf die halbstündige Tiefenentspannung zurückzuführen war, half Ingeborg dem Pater beim Entfernen all jener Dinge, die weder etwas mit Mystik noch mit Meditation und noch weniger mit einer katholischen Kapelle zu tun hatten. Bald lagen getrocknete Haifischeier, Möwenfedern und jede Menge Muscheln im Abfalleimer, den Jünger, während Ingeborg sich entspannte, beim Reinigungsdienst ausgeliehen hatte. Die afrikanische Maske hätte sie wohl gerne hängen lassen, aber Jünger hatte eine ausgesprochene Abneigung gegen diese hohlen Augen, durch die jeden Moment irgendein Geist des Dschungels seine Blicke schleudern konnte. So legte sie die Maske beiseite, um sie nach getaner Aufräumungsarbeit mit in ihre Kabine zu nehmen.

Die Pyramide ließ Jünger stehen, um seinen wichtigsten Bündnispartner bei der Restaurierung der Kapelle nicht vor den Kopf zu stoßen. Hatten nicht auch die Missionare Germaniens alte heidnische Bräuche zunächst akzeptiert, um sie dann späterhin in christliche Symbole umzudeuten? Waren denn nicht viele Wallfahrtsstätten der Christenheit vorher heilige Orte der Heiden gewesen? War nicht sogar der Weihnachtsbaum einstmals der Sitz eines Baumgottes? War nicht so manche Kirche auf den Grundfesten römischer Tempel errichtet und der heilige Paulus, bevor er zu einem der wichtigsten Apostel avancierte, ein Saulus, ein ungläubiger Christenverfolger?

Mit derlei Gedanken rechtfertigte Pater Jünger vor sich selbst seine Allianz mit Frau Ingeborg. Diese dirigierte am Nachmittag des gleichen Tages, ohne dass Jünger es wusste, zwei Leute vom Reinigungsdienst in die Kapelle, um dem nun allenthalben sichtbar gewordenen Schmutz und Staub ein Ende zu bereiten. Offenbar war Pater Jüngers Kalkül aufgegangen.

Jonathan war in den ersten Tagen der Reise noch erstaunt darüber, was es auf diesem Schiff alles gab. Getrost konnte man behaupten, dass hier an Bord eine Kleinstadt von einigen tausend Menschen alles fand, was sie zum Überleben brauchte. Es war alles da – Krankenstation, Zahnarzt, Supermarkt, Wäscherei, Küche, mehrere Shoppingcenter und eine auf die vielfältigsten Bedürfnisse zugeschnittene Unterhaltungsbranche, wovon die drei Kinos nur ein Teil waren. Überhaupt schien das ganze Schiff mit seiner zusammengewürfelten und dem Müßiggang nachgehenden Besatzung eine exakte Miniatur der Gesellschaft da draußen zu sein. In Spannungsbögen aufgereihte schöne Bilder flimmerten in den drei Kinos über die Leinwand und lenkten die Passagiere davon ab, dass sie sich auf das völlig sinnlose Unternehmen eingelassen hatten, Afrika zu umrunden. Erwachsene hopsten in den

162

Swimmingpools wie kleine Kinder auf und nieder, wenn sie nicht gar mit hysterischen Freudenschreien eine röhrenförmige Rutsche hinuntersausten, die vom A- Deck bis in den Swimmingpool des C-Deck führte.

Es wunderte Jonathan nun nicht mehr, dass es ihm hier so schwerfiel, an etwas wirklich Wichtiges zu denken, wie es sein Auftrag war. Selbst der Pater, sonst ein Bollwerk von Sitte und Moral, war in den Strudel der sündigen Welt geraten.

Als ihm der naheliegende Gedanke kam, dass Pater Jüngers modernisierte Garderobe auf dessen gewandelte Lebensführung Einfluss haben könne und er, Jonathan, daher mitschuldig sei an diesem für einen Pater unziemlichen Gebaren, zog er den naheliegenden Schluss: Pater Jünger musste wieder aussehen wie ein Pater, um sich auch wie ein Pater zu verhalten.

Jonathan hatte schon in mehreren Boutiquen gesucht, aber nichts gefunden, was auch nur annähernd wie die Garderobe eines Paters aussah.

„Warum lassen Sie nicht nähen, was Sie brauchen?," hatte im letzten Laden die Verkäuferin gefragt und ihn damit auf die richtige Fährte gesetzt. Im Schiff, noch unter den für Touristen reservierten Decks, gab es eine Schneiderei, in der sage und schreibe drei Näherinnen damit beschäftigt waren, alle möglichen Kleidungsstücke, Handtücher und Bettlaken zu reparieren oder zu ändern.

Als er sein Anliegen vortrug, fanden es die Damen keineswegs befremdlich, wie er befürchtet hatte, sondern wiesen ihn gleich auf die praktische Seite seines Wunsches hin: Er brauche nämlich eine schwarze Hose und ein weißes Hemd, denn sie würden nur Änderungen vornehmen, aber keine ganzen Kleidungsstücke schneidern.

Auf sein betretenes Gesicht hin und seinem Hinweis, dass er keine geeignete Hose und auch kein Hemd habe, verwies man ihn an das Fundbüro auf dem gleichen Deck. Dort hätten sie sicherlich etwas Passendes, man glaube ja gar nicht, was Passagiere alles verlören oder schlicht an Bord vergessen würden.

Eine der drei Näherinnen begleitete ihn sogar bis zu besagtem Büro – und bald hatte Jonathan, was er brauchte: einen schwarzen Anzug und mehrere weiße Oberhemden, liegengeblieben schon auf der letzten Afrika-Umrundung und, da sich der Besitzer nicht gemeldet hatte, bestimmt für die Entsorgung in einem der nächsten Häfen.

Da Jonathan ungefähr die gleiche Statur wie Jünger hatte, nahmen die Damen seine Maße und versprachen, bis morgen Beinlänge und Hüftumfang gerichtet zu haben. Die Jacke passe vorzüglich, aber an den Schultern, da müsse man wohl etwas herausnehmen. Nur bei den Hemden, da bräuchten sie genauere Anweisungen; dieser von Jonathan gewünschte diskrete Stehkragen sei ihnen zwar von Kosakenhemden bekannt, aber so etwas gemacht, nein, das hätten sie noch nie. Jonathan versprach ihnen am nächsten Morgen ein Foto mitzubringen, das als Vorlage dienen könne.

Erwartungsgemäß verließ Jünger das Schiff zu einem Landgang, sobald sie den Hafen Santa Cruz auf Teneriffa erreicht hatten. Dieses Mal hatte er Jonathan zwar eingeladen mitzugehen, um sich die Stadt anzusehen und einmal ordentlich die Beine zu vertreten, aber der schob vor, einige Ideen zu Papier bringen zu wollen, solange diese frisch seien, und lehnte dankend ab. So zog der Pater in seiner leichten Sommerbekleidung, in der er sich von Tag zu Tag wohler zu fühlen schien, von dannen. Irgendwo am Pier würde ihm sicherlich Frau Ingeborg auflauern, ein Gedanke, der Jonathan anspornte, seinen Plan rasch in die Tat umzusetzen. Er suchte in den Papieren des Paters nach einem alten Foto und wurde rasch fündig. Ja, hier sah Jünger noch wie ein Priester aus! Ernst, mit dezent geschnittenem Haar und einem schwarzen Hemd, das vor dem Hals mit einem weißen Kollar abschloss. Der weiße Stehkragen war offenbar ein gesondertes Stück eines gestärkten Materials, das Jonathan nicht auf Anhieb identifizieren konnte. Wie versprochen präsentierte er das Foto Jüngers den Frauen in der Nähstube.

Warum er das denn nicht gleich gesagt habe! Ein Kollarhemd für einen katholischen Priester wolle er. Da brauche er aber statt der weißen Hemden ein schwarzes, das Kollar jedenfalls könnten sie aus einer Manchette schneiden, das Material sei wohl ähnlich.

Wieder zog Jonathan in das Fundbüro und fragte nach einem schwarzen Hemd, ging diesmal aber leer aus. So machte er, während die Frauen Hose und Jacke herrichteten, einen Gang durch die Boutiquen an Bord.

„Schwarze Hemden sind in Mode," sagte die Verkäuferin. Auf dem abendlichen Ball würden fast alle Herren Schwarz tragen, die Damen natürlich auch. Ob er eines mit Glitzer wolle, eines aus Satin oder ein einfaches.

„Ein einfaches," sagte Jonathan, zahlte und brachte seine Beute den Näherinnen, die versicherten, dass am Abend alles fertig sei.

Jonathan gönnte sich einen Kaffee, den er glaubte, redlich verdient zu haben. Fast alle Cafés an Deck waren, während die Balena Bianca vor Anker lag, geschlossen. In dem, das er schließlich gefunden hatte, saß nur eine Frau mit einem eingegipsten Bein.

„Sind Sie krank?," fragte diese, als er eintraf. Und fügte auf Jonathans verständnislosen Blick hinzu: „Nur Kranke gehen im Hafen nicht von Bord. Oder eben solche, die nicht laufen könne, wie ich."

„Ach so," gab Jonathan desinteressiert von sich.

„Also krank sind Sie nicht, was haben sie dann?"

Irgendwie erinnerte ihn diese Dame an die Bibliothekarin in der Katakombe. Es war das erste Mal, dass er an die dachte.

„Nichts," erwiderte er und setzte sich an ein Tischchen hinten in der Ecke, um weiteren Fragen zu entgehen.

Einige Zeit später schrieb er in sein Notizbuch: Es ist keinesfalls so, dass das Innere sich im Äußeren ausdrückt. Nach einer Weile berichtigte er: Es ist nicht nur so. Und fügte hinzu: Das Äußere drückt sich ebenfalls im Inneren aus. Die Form ist nicht bloß formal, sondern sie formt. Obwohl der Satz etwas holprig war, fand er ihn stimmig und ließ ihn so stehen.

Denn dieses war die Theorie zu seinem durchaus praktischen Vorhaben, das darin bestand, aus Jünger wieder einen wie einen Pater aussehenden Menschen zu machen.

Gegen zwanzig Uhr stellte er sich an die Reling und wartete auf Pater Jünger. Erst dachte er, ein Träger, dem Pater zum Verwechseln ähnlich, würde sich nähern, doch dann sah er, dass es tatsächlich Jünger war; er trug eine Statue auf der Schulter, die wohl halb so groß war wie er selbst.

„Sie ist aus Gips und leichter, als es aussieht," sagte Jünger, als er endlich oben war.

Es war eine Marienfigur mit dem Jesuskind auf ihrem Schoss. Jünger stellte die Figur auf den Boden und bog den blechernen Heiligenschein zurecht.

„Ein Schnäppchen! Eine Flasche Wein wäre teurer!"

Gemeinsam trugen sie Maria – der eine am Kopf, der andere am Fußende – zur Cappella. Zu

Jonathans Überraschung trafen sie vor der Tür Ingeborg. Er sprach sie an: „Sie sind auch an Bord geblieben?"

„Ja," antwortete Ingeborg, „ich habe in meiner Kabine entspannt."

Jünger dirigierte Jonathan in die Ecke neben dem Altar. Dort setzten sie die Statue ab, die Ingeborg, kleine Freudenschreie ausstoßend, sogleich mit einem Staubwedel bearbeitete.

„Sie passt zur Kapelle und schreckt die Moslems ab."

Einen Moment wusste Jonathan nicht, ob Jünger die Statue oder Ingeborg meinte, doch ehe ihm eine ironische Bemerkung über die Lippen kam, besann er sich eines Besseren und ergriff das Paket mit den Kleidern, das er zuvor hinter dem Altar versteckt hatte.

„Und du schrickst in deinen grellen Bermudas und dem schockfarbenen Hemd die ganze Christenheit ab! Ich habe etwas für dich …"

Jünger, der das Paket kurz befühlte und offensichtlich schon ahnte, um was es sich handelte, begann zu lächeln. Als er dann den schwarzen Anzug am Kleiderbügel hochhielt und das Hemd mit Kollar und weiteren drei weißen Ersatzhemden sah, war er nicht nur erfreut, sondern sichtlich gerührt:

„Wenn du wüsstest, wie scheußlich ich mich in diesem Touristenaufzug gefühlt habe! Vielen Dank! Gut, dass ich die schwarzen Schuhe gerettet habe!"

Die gipserne Muttergottes vertrieb nun nicht nur die Mohammedaner. Ob Pater Jünger dies ebenfalls beabsichtigt hatte, war schwer zu sagen. Tatsache war, dass Frau Ingeborg angesichts der gütig auf sie herablächelnden Jungfrau Maria sich nicht mehr richtig entspannen konnte.

Sie habe alles versucht, sogar der Figur den Rücken zugedreht, aber es habe nichts genutzt. Nackt habe sie sich gefühlt, klagte sie, und, obwohl das ja Unsinn sei, Maria hätte sie beobachtet.

Pater Jünger half ihr beim Auseinandermontieren der Pyramide, trug das Gestänge in ihre Kabine – eine Doppelkabine, die sie für sich allein gebucht hatte – und setzte alles wieder sorgfältig zusammen.

„Schick schauen Sie aus in ihrem schwarzen Anzug," bemerkte Ingeborg und wischte mit leichter Hand einige Gipsstäubchen von seinem Jackett.

Der Speisesaal ihres Decks – jedes Deck hatte zumindest einen solchen Saal, in dem sie gewohnt waren zu frühstücken, sofern sie dies nicht aus irgendeiner Laune heraus in einem der Cafés taten – war halbleer.

„Viele sind gestern in Teneriffa geblieben," informierte ihn Jünger.

„Ich habe mit einigen gesprochen, die noch ein paar Tage in Teneriffa bleiben wollten und dann zurückfliegen würden."

„Warum? Umrundet unser Schiff denn nicht ganz Afrika?"

169

„Sicher, aber die wenigsten machen die ganze Tour."

Jonathan sollte es nur recht sein, obwohl selbst ein nur halb belegtes Schiff garantierte, dass einem tagtäglich Hunderte von Mitreisenden über den Weg liefen. Doch heute war das Angebot an freien Plätzen nahe der Reling, im Bug oder an anderen begehrten Stellen deutlich grösser als sonst. Doch eines machte ihn missmutig. Er hatte abermals vergessen, den Brief an Francesca abzuschicken. Ob sie sich um ihn Sorgen machte? Er konnte nicht leugnen, dass er sich immer öfter fragte, was wohl aus Emilio geworden war und wie Francesca die Situation in der Katakombe meisterte. War auch sie verhaftet worden? Beim nächsten Halt würde er den Brief bestimmt abschicken.

Die Kapverdischen Inseln standen auf dem Programm, genauer São Vicente, eine der Inseln. Dort würden sie den Hafen von Mindelo anlaufen. Ob es vor Ort, wie auf Teneriffa, einen Postdienst nach Europa gab? Jonathan ärgerte sich erneut über seine Unachtsamkeit.

Wie zur Entschuldigung schrieb er noch einige Seiten an Francesca und legte sie zu den schon geschriebenen in sein Notizbuch. Er beschrieb, wie der Pater in Bermuda und Sommerhemd ausgesehen hatte, wie dieser sowohl die Muslime als auch Frau Ingeborg aus der Kapelle vertrieben hatte und dass dieselbe heute neu eingeweiht würde. Dann las er noch einmal, was er bisher geschrieben hatte und fügte hinzu: „Du fehlst mir."

Kapitel 4

Im Bauch des Wals

Vielleicht wäre alles ganz anders gekommen, wäre die Kapelle rechtzeitig eingeweiht worden, am frühen Morgen etwa, aber auf jeden Fall vor dem Mittagessen. Denn während dieses serviert wurde, setzte ein plötzliches, aber noch erträgliches Stampfen ein. Mehrere Male schien das Schiff für den Bruchteil einer Sekunde auf der Stelle zu stehen, um dann mit einem Ruck nach vorne die verlorene Zeit wieder gut machen zu wollen.

„Welle von vorne," ließ ein Fachmann am Nachbartisch vernehmen.

Noch lag der schwere Schiffskörper der Balena Bianca träge und kaum merklich schwankend auf dem Wasser. Das änderte sich jedoch, noch ehe Jonathan seine Nachspeise, einen Salat aus laut Karte regionalen Früchten vollständig zu sich genommen hatte. Er wollte, obwohl ihm der Salat vortrefflich mundete, soeben bemerken, dass regionale Früchte auf dem Atlantik wohl schwerlich gedeihen würden, als das Schiff sich zur Seite neigte und ihn verstummen ließ.

Eine Frau stieß einen spitzen Schrei aus, während Jonathan das Schüsselchen mit dem Fruchtsalat, das Anstalten machte über den Tisch zu rutschen, vorsorglich festhielt.

„Welle von der Seite," ergänzte der Fachmann am Nebentisch.

Behäbig rollte das Schiff in seine Ausgangslage zurück, um dieselbe jetzt zur entgegengesetzten Seite hin mit einer diskreten Krängung auszugleichen. Das Dienstpersonal lächelte noch beflissener als sonst, während es sich entgegen dem, was man sonst für schicklich halten würde, an Tischen und Stuhllehnen festhaltend fortbewegte und noch die ein oder andere Bestellung aufnahm. Als aber der Servierwagen quer durch den Saal sauste und, aufgehalten von einer Säule, seinen Inhalt klirrend über den Boden verteilte, stellte Jonathan fest, dass das Personal verschwunden war.

„Alfons!," rief die Frau des Fachmanns, der ihr in männlich beruhigendem Tonfall versicherte, dass dies noch gar nichts sei, damals vor dem Kap der Guten Hoffnung, damals … „Alfons!," rief die Frau erneut, denn das Schiff neigte sich jetzt nach rechts, dieses Mal mit einem leichten Kick nach vorne.

„Steuerbord," ließ der Mann sich nicht beirren, „rechts ist steuerbord."

„Ich will an Land!," rief die Frau, worauf der Mann lachte und vorschlug, doch in die Kabine zu gehen. Eine Idee, die die Frau dankbar annahm. So wankten die zwei von Tisch zu Tisch bis zum Ausgang, gefolgt von weiteren Gästen, denen ein in ihrem tiefsten Innern schlummernder, nun aber hellwacher Fluchtinstinkt eingab, den schwankenden Saal zu verlassen.

„Als ob es in der Kabine anders wäre," brachte Jünger, der bis dahin nichts gesagt hatte, die Situation auf den Punkt.

Offenbar hatte der Kapitän auch keine bessere Idee, als den Gästen zu empfehlen, ihre Kabinen aufzusuchen. Er redete noch von „… untypisch für diese Jahreszeit und diese Breiten", bevor ein hoher Pfeifton seine Durchsage beendete.

Jonathan und Jünger blieben zunächst sitzen, so als ob das Unwetter sich in wenigen Minuten dahin verzöge, woher es gekommen war, ins Nichts. Doch stattdessen bewegte sich das Schiff von Mal zu Mal ungestümer. Als ihr Tisch mitsamt den Stühlen, auf denen sie saßen, sich langsam in Richtung Eingangstür zu bewegen begann und kurz innehielt, um dann denselben Weg zurückzurutschen, wussten sie, dass auch sie hier nicht bleiben konnten.

Das Problem war, dass das Piano, dem Gesetz der Schwerkraft gehorchend und begleitet von einem Dutzend bereits verlassener Tische und Stühle, mit schwergewichtiger Eleganz von einer Seite des Speisesaals zur anderen glitt. Es hätte sicherlich die Seitenwände durchschlagen, wenn es nicht, wie durch Geisterhand bewegt, jedes Mal kurz bevor es die gegenüberliegende Seite erreichte, stehen geblieben wäre, um dann, von Tischen und Stühlen gefolgt, den Rückweg anzutreten. Jonathan übernahm das Kommando.

„Bei drei gehen wir los!"

Er wartete, bis das Piano wieder einmal das Ende seiner Kreuzfahrt durch den Speisesaal erreicht hatte, dann fasste er Jüngers Arm.

„Los!"

Sie gingen, wie schräg gegen den Wind gelehnt, Richtung Ausgang, wo sie sich an einer Säule festklammern konnten, noch bevor das Piano hinter ihnen erneut den Saal durchkreuzte. Froh, entkommen zu sein, verharrten sie so eine Weile.

„Das wird dauern."

„Ja," sagte der bleich gewordene Jonathan kleinlaut.

„Vielleicht sollten wir auch in unsere Kabine gehen."

„Mir ist schlecht," sagte Jonathan. Wie sie in ihre Kabine gekommen waren, wusste später keiner mehr genau zu sagen. Jünger, der voran ging und von einer Seite des Korridors zur anderen wankte, hatte wohl noch den klareren

Kopf. Er dirigierte Jonathan die Treppe hinunter, half ihm einige Male Halt zu finden und, als er merkte, dass der sich übergeben wollte, rettete er sich vor dem übelriechenden Schwall halbverdauten Fischs in eine Kabine, deren Tür offenstand. Warum die Tür nicht geschlossen war, erkannte er sogleich. Drinnen saß ein Mann in der Koje, der sich ein Taschentuch vor den Mund hielt, während aus dem Bad unmissverständliche Geräusche drangen. Offenbar hatte man die Tür geöffnet, um frische Luft in die Kabine zu lassen, auf deren Fußboden eine undefinierbare Flüssigkeit hin und her schwappte.

Jünger, vom Regen in die Traufe gekommen, zog sich eilends zurück, packte Jonathan und schleppte ihn weiter. Die eigene Kabine war bald erreicht, woraufhin Jünger, um den elenden Zustand abzuwenden, dessen er gerade ansichtig geworden war, nach Gefäßen, Beuteln oder Ähnlichem suchte, was bei einem nicht zu verhindernden nächsten Malheur dienlich sein könnte. Er fand nur einen Kulturbeutel, den er eilig um Rasierzeug, Seifendose und dergleichen entleerte und blitzschnell Jonathan hinüberreichte, der – kreidebleich auf dem Bett sitzend – die These bestätigt fand, dass auch die Kabinen dem Auf und Nieder des Seegangs folgten. Ach, wäre es nur ein bloßes Auf und Ab gewesen! Da hätte man vielleicht noch in der Regelmäßigkeit der Bewegung einen gewissen inneren Halt gefunden. Nein, gerade dann, wenn man dachte, jetzt ginge es wieder hinauf, gab es einen Stoß von der Seite, der einem den Magen gegen die Leber drückte, gefolgt von einer Höllenfahrt in die Tiefe, die einem jede Achterbahnfahrt als genüssliche Spazierfahrt erscheinen ließ.

Jünger hatte schon einige Male den seines originalen Zwecks entfremdeten Kulturbeutel Jonathans geleert und kämpfte nun selbst um Fassung.

„Wir müssen hier raus!," brachte er noch hervor, bevor er ins Bad stürzte, wo ihm der Duschvorhang, um senkrechtes Hängen bemüht, entgegenkam. Sein Versuch, sich über die Toilettenschüssel zu beugen, um dem in seinem Innern aufwallenden Drang nach Erleichterung Genüge zu tun, wurde von dem schräg im Raum schwebenden Vorhang vereitelt. Desorientiert suchte Jünger Halt, bekam aber nur den Vorhang zu packen, der samt Jünger in seine Ausgangslage zurückpendelte. Nach einem Moment der Schwerelosigkeit, schon im freien Fall, fand sich Jünger unversehens auf dem Boden wieder, wo ihm, durch eine kühne Aufwärtsbewegung des Schiffes verstärkt, der Toilettenrand unter das Kinn schlug.

Ob Jünger daraufhin ohnmächtig geworden war, konnte keiner der beiden später mit Gewissheit sagen. Fest stand, dass sie, irgendwie an Deck gelangt, sich bis zum Bug vorgekämpft hatten und dort, eingekeilt zwischen sturmsicher vertäuten Stuhltürmen, auf die wogende See blickten.

Wahrscheinlich war dieses der erste Moment im Leben Jonathans, in dem er nicht dachte. Nichts, absolut nichts. Er sah riesige Wellenberge auf das Schiff zukommen, die wohl mit urweltlicher Kraft auf das Schiff herabgestürzt wären, wenn dessen Bug sich nicht im letzten Moment gehoben hätte, um gleich darauf, nach kurzem Innehalten hoch oben auf dem Wassergipfel, den Weg für eine rasende Fahrt bergab zu bahnen.

„Wir sind in Gottes Hand," schrie der Pater, aber er schien sich seiner Sache aber nicht ganz sicher zu sein, denn er klammerte sich, jedes Mal, wenn es wieder nach unten ging, dergestalt an Jonathans Arm, dass dieser ebenfalls schrie. Wenn das Gottes Hand war, dann war sie des Teufels! Es war, als ob beide, Gott und der Teufel, mit dem Schiff ihren Schabernack trieben. Wie konnte ein Stahlkoloss von den Ausmaßen der Balena Bianca nur so schwanken! Jonathan hatte jegliches Maß verloren. Was war links und rechts, senkrecht und waagerecht in diesem Chaos tobenden Wassers! Wenn schon das tausende Tonnen schwere Schiff zum Spielball der Elemente geworden war, wie hilflos waren erst die beiden Männer! Jonathan fühlte sich unbedeutender als ein Korken, der, obschon hin und hergeworfen, auf diesen Wellen immerhin tanzen konnte. Der Tod in den abgrundtiefen Fluten war ihnen sicher, wenn es einem Brecher gelänge, die aufeinandergestapelten Liegestühle, an denen sie sich festhielten, von Deck zu spülen.

177

Doch das uralte Rezept gegen Seekrankheit schien aufzugehen. Sie fixierten den schwankenden Horizont, beruhigten ihren Atem und beteten. Gut, das Beten gehörte nicht zu dem von Fachleuten empfohlenen Rezept, aber – sei es der Blick Richtung Horizont, das regelmäßige Luftholen oder das Beten – es half. Nach einigen Stunden wurde der Seegang manierlicher und bald machte sich eine ganze Kompanie von Reinigungskräften daran, das Schiff wieder in seinen Normalzustand zurückzuversetzen.

Der Pater wischte sich mit einer zerknüllten Serviette, die Mundwinkel sauber und kämpfte noch eine Weile um das Wiedererlangen seiner intellektuellen Souveränität.

„Das war das Mysterium Tremendum," sagte er schließlich, „das war das Heilige höchstpersönlich. In so einer ähnlichen Situation haben die Seeleute beschlossen den Jonas über Bord zu werfen."

Und als er den ungläubigen Gesichtsausdruck Jonathans sah, fügte er hinzu: „Den Jonas aus dem Alten Testament, der, welcher Gottes Auftrag nicht befolgt hatte, die Leute in Ninive zu warnen und so vor dem Untergang zu retten."

Jonathan rieb sich den Arm, den der Pater endlich losgelassen hatte und öffnete den Mund, so als ob er etwas sagen wollte.

In Mindelo auf São Vicente ging wohl die Hälfte der Passagiere von Bord, nicht um sich auf dieser westafrikanischen Insel zu vergnügen, sondern weil sie das Vertrauen in die christliche Seefahrt ein für alle Mal verloren hatten. Vor allem diejenigen, die, von Flugangst gepeinigt, eine Kreuzfahrt gebucht hatten in der Annahme, ein riesiges Passagierschiff wäre ein solides Medium der Fortbewegung, suchten das Weite.

Die Reiseagentur hatte gleich am Tag nach dem Sturm als Entschädigung ausgewiesene Vergünstigungen für die Weiterfahrt angeboten. Das war wohl der Grund, weswegen nicht auch die andere Hälfte der Passagiere von Bord ging.

Ingeborg befand sich unter denen, die dem Schiff und damit auch Pater Jünger Lebewohl sagten. Dieser lehnte nachdenklich an der Reling und sah ihr nach, bis sie in einem jener Busse verschwand, welche die Reisenden auf die umliegenden Hotels verteilten. Jünger machte ein Kreuzzeichen in die Luft.

„Ich habe sie gesegnet."

„Ja," sagte Jonathan, „das habe ich gesehen."

Die Cappella, für die sich nun keiner mehr interessierte, außer der eine oder andere Neugierige, der am ersten Tag seiner Reise das Schiff kennenlernen wollte, gehörte nun ganz dem Pater.

Zunächst war dessen Schreck groß, als er sie nach dem Sturm das erste Mal wieder betrat. Die Marienstatue war, was eigentlich nicht verwunderlich war, umgefallen und beim Aufschlag in nun überall verstreute größere und kleinere Teile zerborsten. Mit Jonathans Hilfe sammelte er die Stücke zusammen. Nachdem sie den Raum ausgefegt hatten, sah alles wieder ganz manierlich aus. Nun dachte der Pater an eine bescheidene, aber angemessene Zeremonie.

„Um siebzehn Uhr ist die Einweihung. Auch du bist eingeladen."

Bis dahin war es keine Stunde mehr. Jonathan ließ den Pater in der Cappella zurück und drehte noch eine Runde an Deck. Eine Weile blieb er am Heck stehen und sah, wie die Kapverdischen Inseln langsam hinter dem Horizont verschwanden.

„Wo sind die andern?," fragte er, als er pünktlich die Cappella betrat, deren Tür der Pater offen gelassen hatte.

„Wo zwei oder drei in meinem Namen versammelt sind, da bin ich mitten unter ihnen. Wir brauchen keine andern!"

Jünger hatte seinen schwarzen Anzug angelegt, zu dem das Kollar-Hemd ausgezeichnet passte.

„Du siehst jetzt wirklich wieder aus wie ein Pater," bemerkte Jonathan sichtlich zufrieden.

Jünger tat, als hätte er das nicht gehört und bat ihn sich zu setzen. Jonathan nahm auf dem einzigen vorhandenen Stuhl Platz und sah Jünger erwartungsvoll an.

„Brüder und Schwestern im Herrn!"

Jünger breitete die Arme aus, offenbar gewillt, die Abwesenheit einer größeren Zuhörerschaft zu ignorieren. Dann legte er los, als predigte er in einer voll besetzten Kirche.

„Wer kennt sie nicht, die Geschichte von Jonas und dem Wal? Jonas wird vom Wal verschluckt und, nachdem er drei Tage im Bauch sitzt und betet, wieder ausgespuckt. Nun gut, das ist sie, die Geschichte, wie sie den Kindern erzählt wird. So hat sie auch unter den ersten Christen die Runde gemacht, die dann den ausgespuckten Jonas samt Riesenfisch an die Wände der Katakomben malten. Aber da fängt es ja schon an. Es war kein Wal, sondern ein Fisch. Aber einen solch riesigen Fisch, der in der Lage wäre, einen Menschen zu verschlucken, gibt es nicht. Ein Pottwal könnte das schon, aber erstens tut er es nicht, weil er lieber tausendfach den klitzekleinen Krill mit seinen darauf spezialisierten Barteln aus dem Wasser siebt, und zweitens würde kein Mensch unverdaut drei Tage in seinem Magen sitzen, noch dazu im Dunkeln und ohne Luft. Überhaupt ist dieser Jonas ein schräger Geselle und nicht jener Hans im Glück, der wegen festen Glaubens und glühender Gebete nach drei Tagen wiederaufersteht. Denn darum ging es ja den Geschichtenerzählern, um die wundersame Wiederauferstehung aus einer völlig aussichts- losen Situation. Also, Jonas war, wie wir wissen, nur auf dem Schiff, weil er genau das Gegenteil von dem gemacht hat, was Gott wollte. Der hatte ihn nach Ninive geschickt, um der Stadt voller Sünder ihren baldigen Untergang zu prophezeien, wollte ihnen aber noch eine Gnadenfrist zur Umkehr geben, Aber der ungehorsame Jonas nahm ein Schiff genau in die entgegengesetzte Richtung, nach Spanien!

Wegen eines höllischen Sturmes, den Gott angefacht hatte, um Jonas zu bestrafen, hätte er die ganze Schiffsmannschaft beinahe mit ins Verderben gezogen, wenn sie ihn nicht vorher über Bord geworfen hätten. Jetzt kommt dieser Riesenfisch und verschluckt Jonas. Der Sturm legt sich. Und nachdem Jonas drei Tage im Fischbauch gesessen hatte, wird er ausgespien, praktischerweise direkt an einen Strand. Dann wandert der jetzt reuige Jonas nach Ninive, sagt den Sündern, das, was Gott ihm aufgetragen hatte, nämlich dass sie in vierzig Tagen vernichtet würden und muss nun mit ansehen, was zu erwarten war. Die Bürger der Stadt bereuen ihre Sünden und wurden von Gott deshalb verschont. Jonas, der Prophet einer Zukunft, die nicht eingetreten ist, hat sich darüber sehr geärgert, vor allem auch, weil der schattenspendende Rizinusbaum, der seine frustrierende Situation einigermaßen erträglich gemacht hatte, mit Gottes Duldung vertrocknet war. Also," und Jünger hob abermals die Arme, „was schließen wir daraus? Dieser Jonas war ein missgünstiger, Gott ungehorsamer Kerl, der zwar im Bauch des Fisches kurzzeitig zu Verstand kam, dann aber wieder zu dem wurde, was er immer war, ein kurzsichtiger Mensch, der nicht begriffen hatte, worum es eigentlich ging."

Der Pater ließ die Arme sinken und sah Jonathan, seinen einzigen Zuhörer, an, als ob er sich vergewissern wolle, ob dieser ihn verstanden hatte. Schließlich fragte er: „Was will die Jonas-Geschichte uns sagen?" und fuhr unverdrossen fort.

182

„Der Sturm, das ist das *mysterium tremendum*. In diesem die Grundfesten unserer Existenz erschütternden Ereignis offenbart sich Gottes Kraft. Man braucht dazu keinen Glauben, man spürt sie mit jeder Faser des Körpers. Jonas, schuldig am Sturm und zugleich Opfer der abergläubischen Matrosen, findet sich im Bauch des Fisches wieder, wo er endgültig mit seiner Nichtigkeit alleine ist. Schon ausgespuckt und am Strand liegend, erfährt er abermals die Macht Gottes, dieses Mal als wundersame Rettung. Dass er dann nach Ninive geht, um endlich seinen ursprünglichen Auftrag auszuführen, versteht sich fast von selbst. Doch der Mann wird rückfällig, er hadert mit Gottes Entschluss, das reuige Ninive zu verschonen. Seine unter dem Eindruck des *mysterium tremendum* zeitweilig erweiterte Seele schrumpft wieder auf ein kleinliches Mittelmaß. Kurzum: Ich mag diesen Kerl nicht!"

Pater Jünger drehte sich abrupt um und machte ein weitausholendes Kreuzzeichen Richtung Altar.

„Die Kapelle ist eingeweiht!"

Dann tat er einige Schritte Richtung Tür und bat Jonathan im Vorbeigehen, ihm zu folgen. Draußen, direkt über dem Eingang, war ein Schild angebracht, dessen Verhüllung der Pater jetzt mit einem Ruck herunterzog. Jonathan war nicht wenig erstaunt über das, was er jetzt zu sehen bekam. *Im Bauch des Wals* stand da in akkuratem Schriftzug, gemalt auf ein ausgedientes Surfbrett. Jünger griente.

„Das hättest du nicht gedacht, was?

183

„Nein," sagte Jonathan, „dass hätte ich nicht gedacht."

„Du sitzt im Bauch des Wals und weißt es nicht," sagte Jünger. „Ob wenigstens dein Buch fertig wird?" Er schlug Jonathan auf die Schulter und lachte. „Die Leute in Ninive warten auf dich. Aber jetzt gehen wir erst mal einen trinken."

Bis nach Banjul fuhren sie eine Nacht, einen Tag und wieder eine Nacht. Jonathan hatte sich daran gewöhnt, als Tag nur die Stunden zu bezeichnen, in denen die Sonne die ganze Weite des Ozeans erhellte. Der Tag begann, wenn der erste Schimmer Licht hinter dem Horizont auftauchte, dort, wo die Westküste des schwarzen Kontinents ihre Reise begleitete. Es machte für ihn keinen Sinn, noch von Tag zu reden, wenn die Sonne schließlich auf der anderen Seite des Schiffes verschwunden war. Und dieser Tag hatte, je mehr sie sich dem Äquator näherten, zwölf Stunden. Dazwischen war ein dunkles Loch, angefüllt von Whiskey, Gesprächen mit Pater Jünger über Gott und die Welt und wie man das Wesentliche vom Unwesentlichen trennen konnte. Irgendwann fielen die beiden dann in und einen von den Maschinen der Balena Bianca vibrierenden Schlaf.

In Banjul, wo sie am frühen Morgen festmachten, blieben sie an Bord. Sofort nach dem Frühstück hatte die Reiseagentur einen Vortrag mit kurzen Videovorführungen angeboten, um den Landgang vorzubereiten. Jonathan nahm daran zwar teil, verlor aber jedwedes Interesse an einem Rundgang durch die vor zweihundert Jahren auf einer Sandbank konstruierten Stadt. Denn der Vortrag offenbarte ein ermüdendes Hin und Her zwischen Engländern und Franzosen, mit Kurzeinlagen von Balten und Holländern, ersten Erkundungen durch Portugiesen und einer nicht enden wollenden Geschichte von Stammes-fehden, was ihn in einen Zustand heilloser Verwirrung versetzte. Irgendwann hätten muslimische Völkerschaften die animistischen Religionen anhängenden örtlichen Stämme besiegt und eine Moschee gebaut hätten, die auch heute zur Besichtigung anstünde.

Das perfekte Oxford-Englisch des schwarzen Referenten faszinierte Jonathan. Und die farbenfrohen Videos entschädigten für den Jahreszahlensalat des Vortrags. Kurios, dass die Briten Banjul vor 200 Jahren auf dieser Insel im Gambia-Fluss gebaut hatten, um Amerikaner und Franzosen vom Sklavenhandel abzuhalten, den sie selbst vorher betrieben hatten. Nur aus dieser Fehde zwischen Briten und Franzosen sei auch die ins Auge springende erstaunliche Grenzziehung zwischen Senegal und Gambia erklärbar, der Reichweite einer britischen Schiffskanone der damaligen Zeit geschuldet. Links und rechts des Flusses sei das Land nicht mehr als zehn Meilen breit und könne, da in alle Richtungen des Festlandes von Senegal umgeben, fast als eine Enklave dieses Landes angesehen werden.

Als Jonathan am Schluss der Ausführungen den selbst aus Senegal stammenden Referenten fragte, wer denn die schwarzen Afrikaner an Portugiesen, Franzosen, Engländer und andere Sklavenhändler verkauft habe, wurde der Mann ungehalten. Das gehöre nicht zur Sache und über einheimische Bräuche würde er vor dem nächsten Landgang reden. Jonathans Nachfrage, ob man Sklavenjagen als einen einheimischen Brauch bezeichnen könne, ging im allgemeinen Stimmengewirr unter, da der Referent noch während Jonathans Frage das Signal zum Aufbruch gegeben hatte.

Schon auf den Kapverden war eine Gruppe von Musikern zugestiegen, die sich mal hier, mal dort nieder ließ und zu Gitarre, Ukulele und einigen anderen Instrumenten, aus denen Jonathan vor allem kleinere Trommeln heraushörte, Lieder aus ihrer Heimat sangen. Nachdem wie immer, wenn das Schiff irgendwo festmachte, die große Mehrheit der Passagiere von Bord gegangen war, beobachtete Jonathan, der ihnen von der Reling aus hinterher sah, wie eine dickliche Frau, der das Gehen offenbar schwerfiel, den Steg hinauf wankte.

Die Musiker, ebenfalls an Bord geblieben, hatten sie offenbar erwartet, denn einer von ihnen lief ihr entgegen und nahm ihr die Reisetasche ab, um ihr die Fortbewegung zu erleichtern. Dann verschwanden sie aus Jonathans Gesichtsfeld. Es sollte jedoch nicht lange dauern, dass er sie im großen Speisesaal wiedertraf. Hier hatte er sich mit Jünger verabredet, der bis dahin im „Bauch des Wals" gebetet hatte.

Im Saal waren vielleicht drei oder vier Tische besetzt. Als die dickliche Frau eintrat, waren Jonathan und Jünger die Einzigen, die sitzen blieben, alle anderen erhoben sich von ihren Plätzen, einige riefen ihr etwas zu, andere klatschten in die Hände.

Sie hatte ihr krauses, geöltes Haar straff nach hinten gekämmt und mit Klammern festgesteckt. Ihr weiter, aus steifem Tuch gewirkter Rock ging fast bis auf den Boden. Farblich hob sich davon die buntbedruckte Bluse ab, über der sie eine nach vorne offene Weste geworfen hatte. Als sie sich auf einen rasch herbeigezogenen Stuhl setzte, konnte man ihre nackten Füße sehen.

Mittlerweile hatte sich einer der Musiker ans Piano gesetzt, das wie ein Wunder den Sturm heil überstanden hatte. Er klimperte einige Töne, so als wolle er daran erinnern, dass es die Musik war, um derentwillen die erschöpfte Frau, die auf Jonathan einen fast grobschlächtigen ersten Eindruck gemacht hatte, gekommen war. Diese kümmerte sich aber nicht um den Musiker, sondern wischte sich mit einem aus dem Ärmel gezogenen Tuch die Stirn ab. Als ihr jemand ein Glas Wasser brachte, sah Jonathan sie das erste Mal lächeln. Ihr rechtes Auge schielte leicht und verstärkte ihren bis dahin nicht anders als traurig zu nennenden Gesichtsausdruck. Es sollte noch eine Weile dauern, bis die Dame sich erholt

187

hatte. Dazu gehörte durchaus, dass sie in aller Ruhe einen Kaffee trank, den man auf ihren Wunsch hin serviert hatte. Als sie sich eine Zigarette ansteckte und nun einen nach dem anderen mit ein paar Worten begrüßte, war es bald soweit.

Der Pianist schlug jetzt stärker in die Tasten und warf auf eine Art, als ob er fragen würde, was sie denn nun spielen wollten und wann es endlich losginge, einige Melodien in die Runde. Jemand schlug auf eine Handtrommel, ein anderer strich mit einer Art Griffel über ein Instrument, das für Jonathan aussah wie ein eingekerbtes Stück Holz, das ein zwar kreischendes, aber durchaus nicht unangenehmes Geräusch verursachte. Aber erst als der Gitarrist sein Instrument auspackte und der Saxophonist in der Tür erschien, zeigte die Dame Interesse. Sie wies zum Piano und rief ein Jonathan unverständliches Wort, das aber wohl der Titel eines Songs gewesen sein musste, denn der Gitarrist begann, zaghaft die Saiten seines Instruments zupfend, die jetzt summende Dame zu begleiten.

Rasch hatten sich alle auf dasselbe Stück eingestimmt – und die Frau begann mit einer dermaßen weichen Stimme zu singen, dass es Jonathan gleich nach den ersten Tönen warm ums Herz wurde. Sie sang von den Kapverdischen Inseln, den weiten Stränden und schattigen Plätzen, wo zu Füßen alter Männer Kinder spielen und zurückgelassene Frauen voller Sehnsucht über das Meer schauen, sang von Männern, die diese Frauen verlassen haben, um sich in der Fremde zu verdingen, sang von Briefen, auf denen Tränen getrocknete Spuren gezeichnet haben. Jonathan hüstelte, um sich seine Gefühle nicht anmerken zu lassen.

„Weine ruhig," sagte Pater Jünger. Um dann, sich seiner Taktlosigkeit bewusst werdend, schnell hinzuzufügen: „Ich meine, das Lied ist wirklich ergreifend. Wenn es dir gefällt wie mir, riskiere ruhig eine Träne."

„Dann weine du doch!," antwortete Jonathan ungehalten. Manchmal ging ihm dieser Pater doch gehörig auf die Nerven. Aber die Sängerin hatte schon ein neues Lied begonnen, weshalb er keine Lust hatte, sich diesen Moment verderben zu lassen. Die Musiker spielten den ganzen Tag und Jonathan wurde nicht müde, ihnen zuzuhören. Selbst am Abend, als sich die Balena Bianca mit den heimkehrenden Tagesausflüglern füllte und der Saal geräumt werden musste, weil das Abendessen serviert wurde, folgte Jonathan ihnen auf das offene Deck am Bug, wo sie ihr Spiel fortsetzten. Irgendwann legte das Schiff ab und das endlose Stampfen der Schrauben vermischte sich mit den präzisen, aber doch weichen Rhythmen der kapverdischen Musiker. Die Sängerin zog sich vor Mitternacht lächelnd, aber erschöpft zurück. Gestützt von einem jungen Burschen, der ihr den Weg zur Kabine zeigte.

Untereinander sprachen sie Kreolisch, ein Gemisch aus Portugiesisch und untergegangenen Stammessprachen, das in seinem

Klang ihrer Musik durchaus entsprach. Überhaupt schien das Mischen von vordem getrennten Elementen ihre Stärke zu sein. Dies gab ihrer Musik einen Reiz, der die dumpfe Trommel des schwarzafrikanischen Kontinents anklingen ließ, aber deren Einladung zur tanzenden Ekstase in eine zärtliche Rhythmik und zugleich melodische Verführung abschwächte.

Gemischt waren auch die Hautfarben der Musiker. Eine Beobachtung, die Jonathan erst spät machte, da er mit der Musik beschäftigt war, hinter der die Welt des Äußeren, also auch der Formen und Farben, zurückgetreten war. Nur einer der Musiker war, was man als *schwarz* hätte bezeichnen können, hatte aber Gesichtszüge, die eher an einen Araber erinnerten. Die anderen waren – wie soll man es ausdrücken, ohne den Nuancen in ihren Gesichtern Unrecht zu tun – vielleicht das, was man *braun* nennen könnte, aber eben in Abstufungen, die sich nicht auf einen einzigen Nenner bringen ließen. Was sie verband, war eben die Musik und eine unkomplizierte Art, miteinander zu spielen, zu singen oder einfach dazusitzen und aufs Meer zu sehen, bis wieder irgendjemand ein paar Töne anstimmte und die anderen nach und nach einfielen.

Ich habe den Rand Europas gesehen, sollte Jonathan später in sein Notizbuch notieren und weiter: Hier vor der Westküste Afrikas geht das iberische Europa in etwas Neues über. Dieser Rand Europas ist nicht hart und präzise gezogen, sondern verschmilzt zu etwas, was weder das eine noch das andere ist. Auch versuchte er seine Empfindungen, welche die Musik in ihm ausgelöst hatte, in Worte zu fassen. Doch er sah bald ein, dass das Reden über Musik und das Musizieren selbst, zwei völlig unterschiedliche Dinge waren. Das Hören, untätig und passiv, schien fähig zu sein, Dimensionen zu erschließen, die er bis dahin nicht beachtet hatte.

Während Jonathan in den nächsten Tagen der kapverdischen Band nicht von der Seite wich und immer dann, wenn sie eine Spielpause einlegten, versuchte, in freundschaftlichen Gesprächen sein halbvergessenes Portugiesisch zu aktivieren, brütete Pater Jünger im „Bauch des Wals" einen Plan aus.

Jünger wollte in Windhoek bleiben und dort tatsächlich tun, was er schon zu Beginn der Reise angedeutet hatte – seinen Ordensbruder suchen, der irgendwo im Hinterland in einem Krankenhaus arbeitete. Zwar hatte er Jonathan eingeladen, mit ihm zu gehen, aber diesem schien dieses Vorhaben nicht ganz geheuer, weshalb er dankend ablehnte. Ja, er versuchte sogar Jünger davon zu überzeugen, dass jeder Ort in Afrika besser sei als Namibia, dieser öde Streifen Wüstensand, den schon die Kolonialmächte nicht haben wollten und für dreißig Jahre Deutschland überließen, das sich damit, außer einem Haufen Schulden, einen Riesenärger eingehandelt habe. Und falls er dort Diamanten suche, das könne er gleich aufgeben, denn die seien mittlerweile alle gefunden, geschliffen und verkauft. Selbst ein Hinweis darauf, dass sich ein Herero oder Nama für die blutige Schlacht am Waterberg an ihm, der schließlich Deutscher sei, rächen könne, da er genetisch gesehen ein schuldverstrickter Nachfahre von Kolonialherren sei, ließ Jünger unberührt.

Fünf Tage und Nächte stampfte die Balena Bianca durch den Atlantik, Santa Helena entgegen, dem letzten Halt vor Windhoek in Namibia. War der erste Tag noch ganz von der Erwartung geprägt, bald den Äquator zu überqueren, ähnelten die kommenden vier Tage einer elenden Warterei auf den nächsten Zug, dessen Ankunft immer wieder verschoben wird. Selbst die Äquatorüberquerung hatten sich die meisten Reisenden anders vorgestellt. Als der Kapitän über alle Lautsprecher mitteilte, er habe eine freudige Mitteilung zu machen, der Äquator sei nämlich in Sichtweite, liefen alle Passagiere an die Reling und blickten in Fahrtrichtung. Champagner war schon bereitgestellt und der Countdown erhöhte die Spannung. Als es dann hieß: drei, zwei, eins, null … wir sind auf dem Äquator!, brach zuerst Jubel los, doch dann machte sich betretenes Schweigen breit. Wo war er? Das Meer sah aus wie immer. Er hätte überall sein können, links, rechts, sogar hinten, wo der Äquator nach einigen hundert Metern Fahrt ja wohl auch tatsächlich war. Hätten nicht die Sektkorken geknallt, wäre dieser sogar in den

Reiseprospekten als Äquatortaufe angekündigte Moment spurlos an den Passagieren vorübergegangen.

„Der Äquator ist eine Einbildung," merkte Jünger mit einem spöttischen Seitenblick auf die Sekttrinkenden Touristen.

„Es gibt ihn, aber man sieht ihn nicht," ergänzte Jonathan. Worauf Jünger fragte, ob er den Äquator Gott gleichsetzen wolle. Hierauf entbrannte eine Streiterei, die, obwohl sachlich und beiderseits mit messerscharfen Argumenten geführt, wohl auch von der Enttäuschung genährt war, die Jonathans Entscheidung, Jünger nicht nach Namibia zu folgen, in diesem ausgelöst hatte. Jonathan seinerseits war verärgert über die spitzzüngige Bemerkung Jüngers, die wieder einmal zeigte, dass der Pater beim Thema *Gott* unschlagbar war.

Die tagelange Fahrt, ohne irgendeinen festen Bezugspunkt außerhalb des Schiffes, hatte eine seltsame Wirkung auf Jonathan. Manchmal, wenn er über das Wasser blickte, das in allen vier Himmelsrichtungen gleich aussah, überkam ihn das Gefühl, dass das Schiff keinen Meter vorankam. Der Horizont stand unbeweglich vor dem Bug und bot den gleichen monotonen Anblick backbord und steuerbord. Ging er dann nach hinten ins Heck, um sich zu vergewissern, dass die Schiffsschrauben weiterhin ihre schäumende Spur zogen, meinte er gar zurückzugehen, war dies doch in Bezug auf den Schiffskörper augenscheinlich der Fall. Erst ein Blick auf das von den Schrauben aufgewühlte Wasser hinter dem Schiff gab ihm Gewissheit, dass die Balena Bianca weiterhin ihre Bahn zog. Dass sie dies in die geplante Richtung tat, konnte er nur glauben, denn auch vom Heck aus sah der Horizont genauso aus wie vor dem Bug.

Stundenlang verkroch er sich in der Kabine und traute sich erst nach Sonnenuntergang wieder auf Deck. Seine ihm selbst als befremdlich erscheinenden Gefühle behielt er für sich. Er konnte schon ahnen, wie Jünger reagieren würde. „Glauben? Das hat doch nichts mit glauben zu tun. Geh auf die Brücke, dort siehst du auf dem Plotter, wie unser Schiff vorankommt."

So oder so ähnlich hätte der Pater reagiert, doch Jonathan hatte keine Lust, sich wieder von ihm belehren zu lassen. Aber jetzt, in der Dunkelheit, gab ihm das jeden Tag höher über dem Horizont stehende Kreuz des Südens einen gewissen Halt. Es ist schon merkwürdig, dachte er, dass einem diese viele Lichtjahre entfernten Sterne Halt und Orientierung geben können.

Eines Morgens hieß es: Wir sind da. Eigentlich wollte Jonathan dieses Mal an Land gehen, aber als er sah, dass die Balena Bianca einige hundert Meter vor der Küste St. Helenas vor Anker gegangen war und die Passagiere mit kleinen, schwankenden Beibooten nach und nach zum Pier gebracht wurden, gab er auf. Den ganzen Tag über fuhren die Boote hin und her. Jünger machte sich schließlich ohne Jonathan auf den Weg.

194

Jamestown, eine Stadt, die, man muss es so sagen, im Wesentlichen aus einer Straße bestand und in eine enge Schlucht hineingebaut war, hatte wenig zu bieten, außer eben festen Boden unter den Füßen. So machten sich die Touristen auf, das Grab Napoleons zu besuchen, das – Jonathan hätte es ihnen sagen können – leer war. Napoleons Gebeine hatte man irgendwann nach Paris transportiert, wo sie im Invalidendom neben denen anderer berühmter Gestalten erneut beigesetzt worden waren.

Bald waren die letzten der kleinen Boote vollbesetzt wieder zurück, woraufhin sich die von St. Helena maßlos enttäuschten Touristen über das Buffet hermachten. Frischen Fisch gab es heute reichlich. Das war, wie Jünger bemerkte – der außer dem leeren Grab Napoleons auch dessen verwilderten Garten besichtigt hatte –, der einzige positive Punkt hier.

Drei Tage hatten sie jetzt noch vor sich, dann würden sie die Walfischbucht in Namibia erreichen. Jonathan nahm zwar weiterhin die Mahlzeiten mit Pater Jünger ein, vermied es jedoch, über die unmittelbaren Essenszeiten hinaus mit ihm zusammen zu sein. Zum einen wollte er so kurz vor dem Abschied kein Streitgespräch mehr führen, zum anderen nahm er gewissermaßen die Trennung in kleinen Dosen vorweg, um sich daran zu gewöhnen, die Reise bald allein fortzusetzen.

Aber auch Jünger war einsilbiger geworden. Manchmal sah er während der Mahlzeiten zu Jonathan hinüber, so dass man den Eindruck haben konnte, er wolle gleich etwas sagen. Doch dann fuhr er sich mit der Serviette über den Mund und erhob sich, um die nächsten Stunden allein im „Bauch des Wals" zu verbringen.

Nur am letzten Tag, er hatte nach dem Mittagessen noch einen Espresso bestellt und Jonathan gefragt, ob auch er einen wolle, kam es noch zu einem längeren Gespräch.

„Ich möchte mich bei dir bedanken," sagte Jünger, „und dir viel Glück mit deinem Buch wünschen."

Jonathan lächelte. Auch ihm war daran gelegen, gütlich auseinanderzugehen, auch weil er, wollte er ehrlich sein, doch manches Mal die Diskussionen mit Pater Jünger genossen hatte. Nur dessen besserwisserische Art war ihm zuweilen beträchtlich auf die Nerven gegangen. Aber daran wollte er jetzt nicht denken. So nippte er an dem gerade servierten Kaffee und scherzte.

„Bedanken? Wofür? Für den schwarzen Anzug?"

Jünger lachte. Und so fanden sie in den letzten Stunden ihres Beisammenseins Anschluss an die alte Herzlichkeit, die den Beginn ihrer Freundschaft gekennzeichnet hatte.

„Eines hatte ich noch versprochen, dir zu sagen."

„Und das wäre?"

„Du erinnerst dich an das Mysterium Tremendum, an die fürchterliche

Erschütterung, die uns das Heilige erfahren lässt?"

„Ja," sagte Jonathan, „das ist wie ein Sturm, der uns den Boden unter den Füßen wegzieht."

„Gut. Es gibt aber auch noch andere Erfahrungen des Heiligen. Wenigstens auf die wichtigste davon will ich dich noch aufmerksam machen, bevor wir uns morgen früh trennen. Es ist das *Mysterium Fascinans.*"

Pater Jünger hatte zu seinem belehrenden Tonfall zurückgefunden. Jonathan ließ sich dieses Mal jedoch davon nicht beirren und hörte aufmerksam zu, denn das Thema interessierte ihn. Jünger fuhr fort:

„Wenn uns einerseits das, was uns an der Erfahrung des Heiligen zittern macht, abstößt, so zieht uns andererseits etwas an ihm an, es fasziniert uns. Kannst du mir folgen?" Jonathan nickte.

„Dies ist nun nicht einfach ein Interesse und selbst nicht das, was das Wort Faszination ausdrücken will, obschon wir es hier benutzen, weil wir kein anderes haben. Das ist es überhaupt: Die Erfahrung des Heiligen ist nicht in Worte übersetzbar. Warum lächelt Buddha? Nicht, weil er gutgelaunt und ein sympathischer Kerl wäre. Er lächelt, weil er nicht anders sagen kann, was er gerade erfährt. Auch wenn sie es Nirvana nennen, das ist nur ein nichtssagendes Wort für das, was allem Heiligen zugrunde liegt. Und selbst das Heilige ist auch nur ein Wort, ein Wort für etwas unbeschreiblich Schönes, Liebevolles, Seliges, eine himmlische Musik.

Aber alle diese Worte sind ein hilfloses Stammeln im Vergleich zu seiner unmittelbaren Erfahrung."

Jetzt hatte Jonathan den Faden verloren. „Ich konnte dir nicht ganz folgen, fürchte ich, obwohl mir einiges einleuchtend erscheint."

„Folge nicht mir und meinen Worten," riet ihm Jünger, „sondern deiner Erfahrung. Du hast dich schon für das *Mysterium Fascinans* geöffnet, ohne dass du es gemerkt hast, irgendwann wird es dich tief berühren. Aber jetzt lass es gut sein! Gehen wir an die Bar und feiern wir Abschied!" So kam es, dass die beiden Männer wie in alten Tagen am Tresen saßen und ihre wiedergefundene Freundschaft mit so manchem Whiskey begossen.

Als Jonathan am anderen Morgen verkatert aufwachte, hatte die Balena Bianca schon seit Stunden in der Walfischbucht festgemacht. Pater Jünger war verschwunden. Dieses Mal vergaß es Jonathan nicht, den Brief an Francesca abzuschicken. Dazu brauchte er noch nicht mal an Land zu gehen, denn ein schiffseigener Postdienst besorgte die Übergabe der von den Reisenden geschriebenen Briefe und Karten an die örtliche Poststelle. Als Absender hatte er Balena Bianca, Deck D, Kabine 7 eingetragen und im Innern eine grobe Skizze der Route rund um Afrika hinzugefügt. Er hatte gedacht, wohl auch, weil sein Kopf aufgrund des Whiskeys vom Vorabend noch nicht richtig funktionierte, dass die Balena Bianca nach einem Tag Aufenthalt gleich weiterfahren würde. Zu seiner Überraschung lagen sie am nächsten Morgen aber immer noch am selben Pier. Ein Blick ins Programm, den er wahrlich schon früher hätte tun können, bestätigte einen Aufenthalt von weiteren zwei Tagen und ein Angebot von verschiedenen Aktivitäten. Diese reichten von Rundflügen, Beobachtung der Robben, zu der man eine leichte Sommerjacke und sonnen-schützende Kopfbedeckung mitbringen sollte, bis hin zum Besuch des Herero- Stammes nebst Vortrag über dessen Beinahe-Auslöschung durch deutsche Truppen im Jahre 1904. Jonathan suchte sich das unproblematischste und zugleich billigste Angebot aus. Eine Rundfahrt durch die Wüste, laut Prospekt nicht geeignet für Rückenleidende, auf den Spuren der lokalen Tierwelt, vorgestellt von einem einheimischen Reiseleiter. Fast hätte er auch dieses Angebot verpasst, aber er erreichte noch eben rechtzeitig den Jeep, dessen letzter freier Platz auf ihn wartete. Schon fuhr der Wagen los. Und da die Wüste bereits dort ihren Anfang nahm, wo das Meer aufhörte, ging es nach wenigen Minuten Fahrt die Sanddünen hinauf und hinunter. Das Erste, was Jonathan begriff, war, warum dieses Freizeitangebot nicht für Rückenleidende geeignet war. Statt die haushohen Dünen frontal zu nehmen, wählte der Fahrer jedes Mal eine Schräge, die nötig ist, wenn man eine steile Anhöhe erklimmen will. Dadurch rutschten die Passagiere unweigerlich auf der Sitzbank entweder auf die eine oder andere Seite, was die Wirbelsäule durch eine unwillkürliche Gegenbewegung auszugleichen versuchte. Kaum war der Jeep oben - wo die Passagiere wegen der Schieflage zu einem unbeabsichtigten, aber unvermeidlichen Körperkontakt verurteilt, sich befremdet in ihre alte Position zurückbegaben -, ging es in ungebremster Schussfahrt nach unten, wo, bei der unverhofften Ankunft am Fuß der Düne, die Insassen der jeweils hinteren Reihe denen der vorderen um den Hals fielen.

Ungeachtet des Zustandes seiner durchgerüttelten Zuhörerschaft tat derweil der Reisebegleiter seine Arbeit. Mal wies er mit dem ausgestreckten Arm nach rechts, um auf eine flüchtende Seitenwinderschlange aufmerksam zu machen, mal nach links, um den Unterschied zwischen einem Namibgecko und einem Wüstenchamäleon zu erklären, um dann plötzlich aufzuspringen und, sich am Überrollbügel festhaltend, nach Sandtauchern Ausschau zu halten, die er, so schwöre er, gestern hier noch gesehen habe. Endlich hielt der Wagen an, was Jonathan Gelegenheit bot, seine Backentaschen des Wüstenstaubs zu entledigen und seine Kleider auszuklopfen.

Auf Geheiß ihres Führers krochen mittlerweile die anderen Gäste auf allen Vieren durch den Sand, um den einheimischen Pillendreher zu beobachten, der eine für seine Größe überdimensionale Dungkugel vor sich herschob. Selbst ein Skorpion wurde von einem der Teilnehmer gesichtet, was eine Frau aufschreien ließ und die anderen zum eiligen

Rückzug in den Jeep veranlasste. Auf dem Rückweg, nicht minder beschwerlich wie der Hinweg, vernahm man Wissenswertes über örtliche Mineralien und hörte, eine Düne hinunterstürzend, vom Diamantenfieber, das irgendwann diese Region heimgesucht habe. Eine Aufzählung einheimischer Pflanzen – Jonathan hatte weder die genannten Pflanzen noch die Tiere zu Gesicht bekommen – beschloss dann, als der Wagen schon stand, die Exkursion. Die über und über mit Sand bedeckten Teilnehmer klatschten artig, während Jonathan zum Schiff eilte.

In den nächsten Tagen nahm er Abstand von der Teilnahme an weiteren Landgängen. Man fährt irgendwo herum, guckt und guckt und sieht doch nichts, notierte er in sein Heft. Später, als sie schon vor Kapstadt lagen, blickte er von der Reling auf den Tafelberg und war sich sicher, dass man ihn von hier aus besser sehen konnte, als wenn man auf ihm herumfuhr. Auch Port Elizabeth und East London ließ er aus, ebenfalls Durban und Richard´s Bay. Er ging auf dem Schiff hin und her, genoss die Abwesenheit der anderen und schrieb gelegentlich einen Gedanken auf der ihm gerade, ohne dass er sich mühte, durch den Kopf ging.

Erst als es hieß, sie würden in zwei Tagen Madagaskar anlaufen, begann er sich wieder für die Welt außerhalb des Schiffes zu interessieren. Wohl auch, weil er sich an das Lied *Wir lagen vor Madagaskar* erinnerte und ihn, seit sie das Kap der Guten Hoffnung umrundet hatten, eine

Stimmung beherrschte, die er sich verbot als Heimweh zu bezeichnen. Trotzdem summte er dieses Lied immer wieder und er konnte verstehen, warum die Matrosen so still wurden, wenn das Schifferklavier an Bord erklang.

Wo mochte Jünger wohl sein? Auch der Pater, der ihn so oft in hitzige Diskussionen verwickelt hatte, begann ihm zu fehlen. Kann es sein, dass man immer erst dann, wenn etwas abwesend ist, merkt, was es uns bedeutet? Das könnte die Erklärung dafür sein, so sinnierte er, dass es gegen den Abriss von Kirchen und Kathedralen keinen nennenswerten Widerstand gegeben hat. Aber vielleicht, so begann er zu spekulieren, merken die Leute, was sie verloren haben, wenn sie vor leeren asphaltierten Plätzen stehen. Doch der Zweifel meldete sich sofort. Es muss nur genug Zeit vergehen – und die Erinnerung an alles, was einmal war, ist ausgelöscht. Sind nicht ganze Städte, ja Kulturen verschwunden, ausgestorben so wie Vogelarten, deren Gesang niemand mehr kennt?

Und mit welcher Anstrengung haben Gesellschaften stets versucht, das, was ihnen wertvoll war, in die Zukunft hinein zu verlängern. Ist Schule, ja Erziehung überhaupt nicht ein beständiger Versuch, Sprache, Kultur und Wissen an die nächste Generation weiterzugeben? Hatte Jünger nicht einmal etwas ähnliches gesagt? Gern hätte er über diese Themen mit Pater Jünger diskutiert und sicherlich auch dessen lehrerhafte Art für eine Weile ertragen. Auch Pater, so entschuldigte er seinen Freund, sind schließlich Agenten dieser Kulturvermittlung, obwohl sie sich – jetzt musste Jonathan leise lachen, weil er sich das Gesicht Jüngers vorstellte, wenn er ihm dies gesagt hätte – für ein Werkzeug Gottes halten.

Einige Kilometer von Tolagnaro entfernt, das früher Fort Dauphin hieß, hatten sie einen neuen Hafen für Erzfrachter gebaut, wo auch Kreuzfahrtschiffe anlegen konnten. Ein ziemlich öder Platz, der nicht gerade zum Landgang ermunterte. Doch dieses Mal ließ Jonathan sich nicht beirren, er wollte den Nationalpark Nahampoana sehen, der, im tropischen Regenwald gelegen, mehr Abwechslung versprach als die namibische Wüste, an die er sich nur ungern erinnerte.

Am Kai warteten einige ausrangierte Schulbusse, die vor Jahren zu einem Paket von Entwicklungshilfe gehörten wie auch der Bau dieses Hafens. Natürlich gab es im Bus keine Klimaanlage. Und selbst wenn es sie gegeben hätte, dessen war sich Jonathan sicher, sie hätte nicht funktioniert. Er setzte sich an ein Fenster, aus dem die Glasscheibe herausgefallen war, und hoffte, die angekündigte einstündige Anfahrt ginge schnell vorüber. Der Fahrer begrüßte seine Passagiere lachend, ließ den Motor an … und bald holperte der Bus, in allen Fugen ächzend, Richtung Nationalpark.

Die Fahrt war länger, als Jonathan gedacht hatte, aber das vom Fahrer bis zum Anschlag aufgedrehte Radio lenkte vom fehlenden Komfort ab. Immer dann, wenn der Bus gerade

203

wieder unversehens ein Schlagloch passierte, lachte der Fahrer laut auf, was die unmittelbar hinter ihm sitzenden Fahrgäste bald dazu brachte, es ebenfalls zu tun. Schließlich lachte der ganze Bus, selbst dann, wenn es dem Fahrer gelang, das nächste Schlagloch im letzten Moment zu umrunden. Jonathan konnte sich eines Schmunzelns nicht erwehren und nahm sich vor in sein Notizbuch zu schreiben: Wenn nichts funktioniert: lachen.

Kaum waren sie angekommen, entpuppte sich der gutgelaunte Busfahrer als ausgezeichneter Kenner des Parks. Er, ein Biologe, war vor Jahren im Rahmen des Entwicklungshilfeprojekts angestellt worden, um Fauna und Flora des Nationalparks zu erfassen. Als das Projekt dann auslief, wurde er Busfahrer. Wieder lachte er und wies den betreten dreinblickenden Touristen den Weg hinauf in den Regenwald. Von den vielen Tieren und Pflanzen, die sie jetzt zu sehen bekamen, blieben Jonathan nur die ringelschwänzige Lemure, eben wegen des Ringelschwanzes, und die Kannenpflanze in Erinnerung. Diese fleischfressende Pflanze ist darauf spezialisiert, Insekten auf einer glitschigen Rutschbahn bis in ihr Inneres zu locken, wo die Verdauungssäfte schon auf die Beute warten. Jonathan war beeindruckt von der Vielfalt des Lebens, das hier auf der Insel Formen hervorgebracht hatte, die man sonst auf der Welt vergeblich suchte. Isolation und Abgeschiedenheit als Motor von Entwicklung. Auch dies notierte er in sein Heftchen, das er

204

heute bei sich trug. Später fügte er noch hinzu: Es gibt grausame Pflanzen. Überhaupt war er in den nächsten Tagen vollauf mit seinem Buch beschäftigt. Er sichtete seine Notizen, verwarf einiges und, wenn ihm ein Gedanke zusagte, spann er den weiter und weiter. Die Balena Bianca ankerte vor den Seychellen, es kümmerte ihn nicht. Sie legten in Sansibar, dann in Mombassa an – er schrieb weiter.

Die Vielfalt der Natur, eine für ihn neue Erfahrung, hatte es ihm angetan. Was er aufschrieb, waren aber nun nicht die Details seiner Beobachtungen, diese, das wusste er, hatten Generationen von Naturalisten vor ihm minutiös angefertigt. Jonathan hingegen versuchte das Wesen all dieser Dinge zu erfassen, das ihm mit dem Wort Schöpfung oder Artenvielfalt nur unzureichend beschrieben schien. Was steckte hinter all dieser Vielfalt? Was war der Grund dieses geheimnisvollen Drangs der Lebewesen, sich in immer verschiedenere Arten zu entwickeln? Und da ihn die bekannte These des Zusammenspiels von Mutation und Selektion nicht befriedigte, saß er jetzt manchmal grübelnd vor einer leeren Seite, ohne ein einziges Wort zu schreiben. Es musste hinter dem von Darwin angegeben Grund der Entwicklung der Arten einen anderen, tieferen Grund geben, gewissermaßen einen Grund des Grundes, dessen war er sich ganz sicher.

Nachdem sie tagelang an der ostafrika-nischen Küste entlanggeschippert waren – sie dürften sich jetzt auf der Höhe von Somalia befunden haben –, wurde er aus seiner abwegigen Gedankenwelt durch eine energische Lautsprecherdurchsage aufgeschreckt. Alle Fahrgäste in die Kabinen! Alle Fahrgäste in die Kabinen! Die Leute stoben durcheinander, zumal das Rattern einer großkalibrigen Waffe zu hören war. Jonathan, noch benommen von den Gedanken, die er gerade niedergeschrieben hatte, ging jetzt ebenfalls so schnell er konnte zur Treppe, die zum Deck D führte. In seiner Kabine tat er, was die Lautsprecherstimme ebenfalls angeordnet hatte – er schloss sich ein. Jetzt hätte er gerne freie Sicht gehabt, so aber blickte er auf die orangene Seitenwand des Rettungsboots und stellte sich vor, was da draußen wohl vor sich ging. Zu hören war schon lange nichts mehr. Dann war ihm, als näherten sich die Rotorengeräusche eines Hub-schraubers, konnte sich aber auch getäuscht haben. Wo sollte hier auf hoher See auch ein Hubschrauber herkommen? Wieder verging eine beträchtliche Zeitspanne, bis eine erneute Laut-sprecheransage die Passagiere aus ihren Kabinen befreite. Beim Abendessen redeten alle aufgeregt von einem Piratenangriff, der aufgrund der Geistesgegenwart der Crew erfolg-reich abgeschlagen worden sei. Jemand hatte mehrere Glassplitter aufgelesen, die er als Beweis für den stattgefundenen Kampf vorzeigte und die nun als begehrte Souvenirs die Runde machten.

Kapitel 5

Ninive

Vielleicht war es die Sonne, die schon hoch am Himmel stand, als sie die südliche Einfahrt des Suezkanals erreichten. Sicherlich hätte er nicht, entgegen seiner Gewohnheit, zwei Tassen Kaffee zum Frühstück trinken sollen. Sein gegen die Brust klopfendes Herz versetzte ihn in einen unruhigen Zustand, der sich noch verstärkte, als er, wie andere Passagiere auch, vorne zum Bug gegangen war, um alles genau zu sehen.

Dann, als sich links und rechts nicht enden wollende Sandflächen ausdehnten, wurde ihm zusehends enger in der Brust. Nach wochenlanger Fahrt auf dem offenen Meer empfand er die seitliche Begrenzung nicht nur als etwas, was dem Schiff die Bewegungsfreiheit nahm, sondern als geradezu feindlich.

Allein die Tatsache, dass ein Lotse an Bord gekommen war, zeugte davon, dass die Balena Bianca nicht in ihrem eigentlichen Element war. Es musste doch den Stolz des Kapitäns, den er einige Male im Speisesaal gesehen hatte, ins Mark treffen, in diesem jämmerlichen Kanal für inkompetent gehalten, wenn nicht gar in seiner Funktion als oberster Lenker des Schiffes abgesetzt zu werden.

Jonathan nahm kleine Schlucke aus der mitgebrachten Flasche Mineralwasser und versuchte sich zu beruhigen. Irgendwie würden sie schon durchkommen, irgendwie würde er die nächsten zehn Stunden wohl überstehen.

Er hatte den Bug den anderen überlassen und sich seitwärts an die Reling gesetzt, die noch im Schatten lag. Die Enge, die er im Bug gespürt hatte, wich allmählich, wurde aber durch ein nicht weniger unangenehmes Gefühl abgelöst. Wenn er einfach seitwärts blickte, hatte er den Eindruck, dass das riesige Schiff nicht durch einen Kanal fuhr, der, falls er nach unten gesehen hätte, durchaus zu sehen gewesen wäre, sondern sich einen Weg direkt durch den Sand bahnte. Er glitt lautlos auf diesem Wüstenschiff dahin und wurde immer weiter in ein Nichts aus Sand und Sonne hineingezogen.

Irgendwo dort hinter dem Horizont, immer durch den Sand Richtung Nordosten, musste Ninive sein. Tagelang ging man durch eine endlose Wüste, in der die Sonne einem den letzten Rest von Verstand aus dem Schädel brannte. Konnte man die Sonne selbst nicht für einen Gott halten? War der Sand nicht der Boden der Hölle? Flimmerte da vorne nicht Wasser? Waren es nicht ein Fluss? Und weiter hinten ein zweiter? Oder war es der höllische Sand und die heiße Luft, die alles verzerrte und unsere Wünsche in den Himmel spiegelte? Nein, es war der Euphrat und das Land zwischen den Strömen, von denen der andere, der es im Osten begrenzte, nicht weit von Ninive entfernt war.

Die Wasserflasche hatte er schon geleert und der Schweiß brach ihm aus allen Poren. Er musste hier weg, in eine Höhle, in einen schattigen Wald, irgendwohin, wo er geschützt war vor dieser unbarmherzig gleißenden Sonne und der Leere um ihn herum.

Er stand auf. Ihm wurde für den Bruchteil einer Sekunde schwindlig, so dass er sich instinktiv an der Reling festhielt. Ebenso schnell wie der Schwindel schoss ihm der einzige Ausweg durch den Kopf. Er musste zurück in den Schiffsbauch, nur dort konnten ihm diese teuflischen Gefühle nichts anhaben.

Seit Jünger das Schiff verlassen hatte, war Jonathan nicht mehr in der Cappella gewesen. Als er jetzt eintrat, war es ihm, als höre er die Stimme des Freundes. Nicht irgendeinen Satz oder eine klare Botschaft, sondern nur den Klang der Worte und den sicheren Tonfall, der Jüngers Ausdruckweise eigen war. Er setzte sich und blickte zum Altar, auf dem immer noch die halb abgebrannte Kerze stand. Jetzt wurde die Stimme Jüngers deutlicher.

„Du bist im Bauch des Wals, bete, vielleicht spuckt er dich aus!" Jonathan erschrak fürchterlich und blickt sich um, so klar war die Stimme des Paters gewesen. Im gleichen Moment rief er sich zur Vernunft. Jünger war schon lange nicht mehr an Bord. Es musste die Wüstensonne sein, die ihn Dinge hören ließ, die es nicht gab. Mit klopfendem Herzen saß er auf dem einzigen Stuhl und wartete bis sich sein Puls einigermaßen beruhigt hatte.

Er verweilte noch einige Augenblicke, in denen er versuchte, sich an ein Gebet zu erinnern. Aber es gelang ihm nicht. Dann stand er auf, nahm die Zündhölzer, die gleich neben der Kerze lagen, und zündete diese an.

Jünger hatte bis auf den mit einem von Wachstropfen fleckigen Tischtuch bedeckten Altar und einem Bild, das wohl die Muttergottes darstellte, alles aus dem Raum entfernt. So blieb der haltsuchende Blick Jonathans auf eben diesem Bild hängen. Nein, es war keine Muttergottes, vielmehr ein Foto von einer halb verschleierten Frau; sie hatte die Hände auf ihren gewölbten Bauch gelegt, wie es zuweilen Schwangere tun. Genau, die Frau war schwanger!

Wo hätte der Pater hier auf dem Schiff auch ein Muttergottesbild auftreiben sollen! Doch je länger Jonathan dieses Bild betrachtete, desto mehr begann es der Muttergottes ähnlich zu werden. Der Pater hatte gar nicht so unrecht. Dieses Foto drückte vielleicht sogar besser als die sonst üblichen Marien- Ikonen aus, was es hieß, nein, nicht, was es hieß, die Mutter Gottes zu sein, sondern was es bedeutete, als Gottes Sohn im Bauch der Mutter darauf zu warten, geboren zu werden.

Jonathan blieb in der Geborgenheit der Cappella, bis das Signalhorn der Balena Bianca ankündigte, dass sie Port Said erreicht hatten. Es dämmerte, vom offenen Mittelmeer her wehte eine frische Brise, und Jonathan konnte seit Stunden das erste Mal richtig durchatmen.

Später sollte er sagen, dass dieser Kanal wie ein Geburtskanal für ihn gewesen sei. Der hätte ihn, nach einer Zeit langsamer Reife, zuerst zusammen-gepresst, bis er keine Luft mehr bekam, und dann, beim Aufschrei des Signalhorns, ins Freie entlassen. Zumindest fühlte er sich, als er am Abend an der Reling stand, wie neugeboren.

Jonathan verbrachte die nächsten Tage zumeist schreibend an Deck. Er hatte jetzt eine stattliche Sammlung brüllender Löwen, langhalsiger Giraffen und sich kratzender Gorillas auf den Covers beisammen. Sobald ein Heft voll war, verstaute er es in seiner Kabine, vertrat sich die Beine oder blickte einfach nur aufs Meer hinaus. Dieses erschien ihm freundlicher, ja beinahe familiär, obwohl er auch hier in alle Richtungen nur von Wasser umgeben war. Es ist eben das *Mare Nostrum*, unser Meer, wie es die Römer nannten, oder eben das Meer, das in der Mitte liegt, das Mittelmeer.

Er hatte sich nie darüber Gedanken gemacht, dass es im Laufe der Geschichte zu einer Nordverschiebung Europas gekommen sein musste. Das Mittelmeer war heute dessen südliche Begrenzung und schon seit langem nicht mehr die Mitte oder gar das Binnenmeer einer europäischen Macht. Am meisten aber staunte er über seine Entdeckung, dass das, was die meisten, Pater Jünger vorneweg, für das Fundament des Christentums und der abendländischen Kultur hielten, außerhalb Europas entstanden war. Bethlehem, die Geburtsstätte Christi, war in einer Region gelegen, die an dieses Mittelmeer angrenzt, aber eben nicht in Europa. Das Abendland ist grösser als Europa? Diese Frage vertraute er einem Heft an, dessen Umschlag ein Sonnenuntergang über der Akropolis zierte.

Während die Balena Bianca Port Said hinter sich ließ und Kurs auf Italien nahm, stellte er sich vor, dass kein Geringerer als Caesar diesen Weg schon genommen hatte. Von Alexandria aus, dessen Gebäude, Kunstwerke und Bibliotheken nun vom Wasser überspült oder von Sand bedeckt waren, zirkulierten jahrhundertelang Händler, Soldaten und Schriftgelehrte zwischen den großen Metropolen des mittelmeerischen Raumes.

Von der sagenumwobenen Bibliothek selbst und der an sie angegliederten Forschungs- und Bildungsstätte *Museion* wusste man nicht mehr viel. Selbst das, was eine Bibliothek ausmacht, die Zahl ihrer Bücher, war nicht mehr bekannt. Einige sprachen von 50.000, andere von über 500.000 Pergamentrollen in ihrem Besitz. Noch nicht einmal der genaue Grund ihres Verschwindens war bekannt. Sei es aufgrund eines Großbrands, verursacht durch kriegerische Ereignisse, sei es wegen eines Tsunamis in Folge eines Erdbebens vor Kreta … die Bibliothek war spurlos verschwunden. Vielleicht war es auch angesichts der kurzen Lebensdauer des Pergaments, man schätzt sie auf 100 bis 300 Jahre, nicht verwunderlich, dass sich die Schriften buchstäblich in Luft aufgelöst hatten.

Es war also nicht das erste Mal, dass ganze Bibliotheken auf ein Nichts reduziert wurden und es trotzdem danach weiterging. Es reichte aus, dass irgendwo ein Mönch seine Erinnerungen an das aufschrieb, was er gesehen und in verbrannten Manuskripten gelesen hatte – und die Geschichte der aufgeschriebenen Worte ging weiter.

Fast kam Jonathan sich vor wie einer dieser Bibliothekare ohne Bücher, wie ein reisender Geschichtenerzähler aus den Urzeiten des Abendlandes. Ja, das Abendland ist grösser als Europa, beantwortete er die an sich selbst gestellte Frage, als er an sein Tischchen neben dem Swimmingpool zurückkehrte. Vielleicht, so setzte er sein Sinnieren fort, ist es auch etwas anderes als Europa, vielleicht hat es sogar überhaupt nichts mit Europa zu tun. Mal erscheint es hier, mal dort, verschwindet und kommt an anderer Stelle wieder zum Vorschein. Es scheint der Wunsch zu sein, über sich hinauszuwachsen, und dieses nicht nur im militärischen und imperialen Sinne, sondern als intensives Bemühen, all das, was man täglich betreibt, zu verbessern.

Er hielt inne und stellte sich vor, wie jemand sein gerade Geschriebenes verstehen könnte. Deshalb fügte er hinzu, dass man diese Verbesserung vielleicht eher Verfeinerung nennen solle und sich diese auch nicht nur auf technische Utensilien und Abläufe beziehe, sondern auf das menschliche Verhalten überhaupt.

Hat sich nicht auch die Religion verfeinert, ist sie nicht aus dem primitiven Glauben an höhere Mächte und Geister geradezu eine Wissenschaft geworden? Hat sich der Gott der Juden, Christen und Muslime nicht sogar selbst in diese immer komplizierter werdende Diskussion eingeschaltet, indem er Gesetzestafeln überreichte, Propheten und Abgesandte losschickte und sein eigenes Wort, Gottes Wort, predigen ließ?

Aber irgendwann wurde dann all dies zu viel. All diese Worte, die sich ständig vermehrten, weil man sie verstehen wollte und zur Erklärung andere Worte benutzte, die – sicherlich in bester Absicht und um das Ganze aufzuklären– letztendlich eine heillose Verwirrung erzeugten und sich immer mehr von ihrem Ursprung, dem ersten Wort Gottes, das Wort, das am Anfang war und diese Kette begonnen hatte, entfernten.

Jonathan hatte den Faden verloren, er hatte über die Verfeinerung menschlicher Sitten und

Gebräuche reden wollen, war jedoch beim Johannesevangelium gelandet. Im Anfang war das Wort, und das Wort war bei Gott, und Gott war das Wort. Aber da er schon einmal dabei war, ließ er seinen Gedanken freien Lauf. Denn dieser redselige Gott hat eine sein Wort interpretierende Gemeinschaft hervorgebracht, die sich – da niemand genau verstand, was Gott eigentlich gesagt hatte, sagen wollte oder verschwieg – bald in nicht enden wollende Diskussionen verstrickte.

So waren die letzten drei Tage seiner Schiffsreise angefüllt mit Gedanken, die er eifrig notierte und in eine innere Ordnung zu bringen versuchte. Auch nummerierte er beim Blättern in älteren Notizen diese durch, nicht aber chronologisch dem Datum ihrer Entstehung folgend, sondern in der Absicht, einen Zusammenhang zwischen ihnen herzustellen. Allzu oft, so fand er, hatte er sich in Nebensächlichkeiten verloren oder war gar in ein Theoretisieren verfallen, was der genauen Registrierung seiner Beobachtungen mehr schadete, als nützte. Aber vor allem sah er jetzt ganz deutlich das Sprunghafte in seinen Aufzeichnungen, das – er konnte nicht umhin, sich das einzugestehen – durchaus seiner inneren Verfassung entsprach.

Mittlerweile befand sich die Balena Bianca auf der Höhe von Neapel. Der Vesuv war in der Ferne zu sehen und Capri, so schien es, war nur einen Steinwurf entfernt. Am nächsten Tag sollte die Reise rund um Afrika dort enden, wo sie begonnen hatte, in Genua.

Während sie das Mittelmeer kreuzten, hatte sich die Frage, wohin er gehen solle, sobald er wieder festen Boden unter den Füßen hatte, wie von selbst beantwortet. Er wollte wieder dorthin zurück, wo er hergekommen war. Sein Auto hatte er gegen eine entsprechende Gebühr auf dem Parkplatz der Reederei zurückgelassen. Mit diesem würde er sich gleich tags darauf auf den Weg machen. Er wartete, bis alle Passagiere von Bord gegangen waren. Dann erst nahm er sein Gepäck und verließ das Schiff.

Die Reisetasche war wegen seiner Ausbeute an vollgeschriebenen Notizbüchern um etliches schwerer als zu Beginn der Reise. Er machte einige Schritte, setzte die Tasche ab und hielt nach jemandem von der Reiseagentur Ausschau, der ihm behilflich sein könnte. Da sah er sie ...!

Francesca saß auf einem Poller und blickte den letzten Passagieren hinterher. Mit vornüber geneigtem Oberkörper hatte sie ihre verschränkten Arme auf die Knie gestützt, so dass ihr die Haare ins Gesicht fielen. Offenbar hatte sie die Hoffnung aufgegeben, ihn noch zu treffen.

Jonathan ließ seine Tasche stehen, wo er sie gerade abgesetzt hatte, und machte einige Schritte auf sie zu. Francesca ... wollte er rufen, doch es kam kein Laut über seine Lippen. Noch ein Versuch: Francesca! Jetzt hatte sie ihn gehört. So als ob sie es nicht glauben wollte, strich sie sich die Locken aus dem verweinten Gesicht und richtete sich auf. Amore!, rief sie, sprang auf und lief Jonathan in die geöffneten Arme.

Das Auto war nicht angesprungen. Jonathan und Francesca hatten beschlossen, während das Vehikel in einer am Parkplatz befindlichen Werkstatt überholt wurde, in einem nahegelegenen Hotel zu bleiben. Zu viel hatten sie sich zu erzählen, als die Zeit mit der Suche nach einer komfortableren und vor allem besser gelegenen Unterkunft zu verschwenden.

Emilio erwähnte sie nur beiläufig. Sie hätten sich getrennt, gleich nachdem er aus der Untersuchungshaft entlassen worden wäre. Wo er jetzt sei, wüsste sie nicht. Sie selbst hätte in den letzten Wochen bei einer Freundin gewohnt, in Florenz, dort übrigens auch Pater Jünger getroffen.

„Was?," entfuhr es Jonathan," den habe ich doch in Namibia gelassen!"

„Ja, das hat er erzählt. Er hat dort aber den Mann, den er suchte, nicht gefunden, deshalb ist er zurückgeflogen."

Jonathan war baff. Da hatte ihn dieser Pater allein Afrika umrunden lassen und selbst ein Flugzeug nach Italien genommen.

„Er hat viel von dir erzählt und mir Mut gemacht."

„Mut?"

„Ja, er hat mir gesagt, dass du jeden Tag von mir gesprochen und in jedem Hafen einen Brief an mich aufgegeben hättest."

„In jedem Hafen?“

„Ja, ich habe aber nur einen Brief erhalten.“

Jonathan musste lachen. Dieser Schelm! Er nahm Francescas Hand.

„Und wo ist Jünger jetzt?“

„Er sagte, er wolle dahin zurück, wo er hergekommen ist. Weißt du, wo das ist?“

„Ja, sagte Jonathan, da will ich auch hin.“

„Und ich komme mit!“

Francesca umarmte ihn. Er fühlte ihren warmen Körper und dachte für einen Augenblick daran, was Jünger über das Mysterium Fascinans gesagt hatte.

„Wir müssen wieder ganz von vorne anfangen,“ sagte Jonathan.

„Ja,“ antwortete Francesca, „ein Buch haben wir schon.“

„Notizen, es sind nur Notizen!,“ wehrte Jonathan ab und erinnerte sich an die Stimme, die ihm hundert Tage Zeit gegeben hatte.

„Ich habe nur noch wenige Tage, um das Buch zu beenden.“ Er sah Francesca hilflos an. „Ich glaube, ich schaffe das nicht.“

Sie strich ihm zärtlich durchs Gesicht und lächelte.

„Lass alles weg, was überflüssig ist. Schreib nur über das, was dir wirklich am Herzen liegt.“

Er fiel in ihre dunklen Augen … und einen Lidaufschlag lang waren alle Zweifel verflogen.

„Ja,“ sagte er, „nur das Wichtigste.“

Die Überholung des Autos zog sich hin. Zwei Tage, drei Tage vergingen und jedes Mal, wenn Jonathan nachfragte, hörte er die gleiche

Antwort: Morgen, morgen sei alles fertig. Früher hätte er sich über so etwas aufgeregt, doch jetzt, mit Francesca an seiner Seite, wurden diese lästigen Dinge des Alltags das, was sie tatsächlich waren, nebensächlich. Sie streiften durch Genua, sahen sich die Auslagen in den Schaufenstern an und betrachteten die Waren, so als ob sie eigens zu ihrem Vergnügen ausgestellt waren. Etwas kaufen? Nein, daran dachten sie nicht. Stattdessen zeigte Francesca auf dieses ungleiche Paar, das sich, im Fenster des Juweliergeschäfts spiegelte.

„Das sind wir," sagte sie. „sieh nur!"

Jonathan sah die strahlende Francesca, die ihre schwarzen Locken schüttelte und wie sie das türkisfarbene Tuch, das sie um die Schultern gelegt hatte, zurechtrückte. Er stand daneben, mit einem ungläubigen Ausdruck im Gesicht und fand, zumindest, wenn er wie jetzt ein Lächeln versuchte, dass er jünger aussah als vor seiner Reise.

„Bin ich nicht zu alt für dich? Francesca, sag mir die Wahrheit."

„Bin ich nicht zu jung für dich?" antwortete sie und zog ihn weiter. Das machte sie oft. Den Themen, die eigentlich dazu bestimmt waren, ernsthaft besprochen zu werden, ihre Schwere zu nehmen. Ganz anders als er selbst, der aus dem nichtigsten Anlass in weite Kreise ziehendes Nachdenken verfallen konnte.

„Weißt Du, wir sind sehr verschieden," sagte sie, „aber ich glaube, gerade deshalb passen wir zusammen."

Mehr als drei Monate war es her, dass Jonathan seine Wohnung verlassen hatte. Bis auf die leer geräumten Bücherregale war alles wie früher. Staub, der nur hinter den jetzt nicht mehr vorhandenen Büchern gelegen hatte, war jetzt überall und Jonathan war es unangenehm, Francesca eine derart verwahrloste Wohnung als ihr neues Heim anbieten zu müssen.

„Ach was," beruhigte sie ihn, als er sich für die Unordnung und mangelnde Sauberkeit entschuldigen wollte, „da sind wir doch Schlimmeres gewohnt, nicht wahr?"

Schnell hatte sie die nötigen Putzutensilien aufgetrieben, von denen er, dem zweimal wöchentlich eine Reinigungskraft die Hausarbeit abgenommen hatte, nicht hätte sagen können, wo sie aufbewahrt waren. Zwar wischte Francesca auch über die Regalbretter, tat dies aber mit dem Hinweis, dass dies eigentlich vergeudete Arbeitszeit sei, denn die Bücherregale würde er jetzt ja wohl auch abgeben. Was solle er damit auch anfangen ohne Bücher. In Jonathan zog sich das Herz zusammen. So wie ihm musste einer Mutter zumute sein, der man nahelegt, nach dem Verlust ihres Kindes sich nun auch von dessen Spielsachen und dem Kinderbett zu trennen.

Als Francesca bemerkte, was sie angerichtet hatte, legte sie den Wischlappen beiseite und umarmte ihn. „Lass uns eine Pause machen und einen Kaffee trinken!"

Jonathan willigte ein, und bald hatte Francesca mit einigen Liebkosungen seine düsteren Gefühle vertrieben. Sie einigten sich darauf – denn schließlich konnte er nicht anders als ihr recht zu geben –, lediglich ein freistehendes Regal zu behalten, das aus der Belle Époque stammte und auf dessen halbhohen Türen, die den unteren Teil verschlossen, verschlungene Farne und flatternde, um sich selbst drehende Bänder so taten, als wären sie nicht aus Holz geschnitzt.

Dein Schreibtisch kommt so besser zur Geltung, stellte Francesca fest, als schließlich das letzte der unnützen Regalbretter abmontiert war. Und in der Tat, Jonathan hatte dies wohl gewusst, aber nie richtig wahrgenommen, passte das alte übrig gebliebene Bücherregal vorzüglich zum Schreibtisch, dessen senkrechte Flächen an den Seiten, vor den Schubladen und den Vordertüren, dieselben verspielten und zum verschnörkelten Übertreiben neigenden Verzierungen aufwiesen.

„Es fehlen nur die Bücher," bedauerte er.

„Ja, die fehlen." Und nach einer kurzen Pause fügte Francesca hinzu: „Lass uns den Pater suchen, vielleicht weiß der, wo welche versteckt sind."

Obwohl Jonathan mit allem einverstanden war, was Francesca vorschlug, und ihr untrüglicher Realitätssinn ihn faszinierte, kam er sich vor wie ein Verräter. Richtete er sich nicht in dieser Welt ohne Bücher ein, indem er, was ihnen stets angemessener Aufenthaltsort war, zerstörte? Doch er hätte die Regale noch nicht einmal verkaufen können, gab es doch niemanden, der sie ihm abgenommen hätte. So wurde zu Brennholz, was von seiner Bibliothek übrig geblieben war.

Wo sucht man einen Pater? Natürlich zuerst in der Kirche. Davon gab es in ihrer Stadt mehrere, so dachten sie. Doch schon die nächstgelegene Pfarrkirche hatte sich in den letzten Wochen in eine Freifläche verwandelt, auf der nun gebrauchte Autos angeboten wurden.

„Wenn er irgendwo ist, dann ihm Dom," Francesca hatte ausgesprochen, was auch Jonathan dachte.

So gingen sie schnurstracks in die Altstadt, die der Dom seit alters her mit seinen zwei wuchtigen Türmen aus Sandstein überragte. Die Erleichterung war groß, als sie schon von Weitem sahen, dass es ihn noch gab. Beim Näherkommen mussten sie dann jedoch feststellen, dass zwar die Türme noch standen und auch das Kirchenschiff in seinen Umrissen gerade noch zu erkennen war, man aber in die Seitenwände riesige Portale gebrochen hatte, durch die bequem ein Lastwagen fahren konnte.

Jonathan erinnerte sich, dass Pater Jünger davon gesprochen hatte, der Dom wäre schon zu seinen Zeiten in eine Lagerhalle umgewandelt worden. Damals hatte man wenigstens noch den äußeren Anschein gewahrt, sodass selbst Jonathan, der in der gleichen Stadt wohnte, davon nichts mitbekommen hatte. Doch jetzt verunstalteten diese hässlichen Öffnungen das Kirchenschiff und Jonathan war sich sicher, was sich kurz darauf bestätigen sollte, dass Pater Jünger hier nicht anzutreffen war. Der Verwalter der Lagerhalle, der einstmals ein Dom gewesen war, kannte Jünger. Der sei ihm aufgefallen, weil er öfter hier herumschliche. Da habe er ihn zur Rede gestellt, denn er sei ja für die Sicherheit der eingelagerten Güter verantwortlich. Ein Pater sei der gewesen.

„Ist er immer noch,“ fiel Jonathan dem Verwalter ins Wort, dessen kaltschnäuzige Art er unerträglich fand.

„So, so,“ murrte der Verwalter. Aber das sei ihm auch egal, nur hier herein komme der nicht, das sei klar.

„Wissen Sie, wo er wohnt?“ Jonathan hatte sich schon zum Gehen gewandt und erwartete eigentlich keine Antwort mehr, doch der Mann schien seinen schlechten Eindruck wett machen zu wollen und riet ihm, doch im Bunker nachzufragen, da würden Typen, wie der Pater früher oder später auflaufen.

„Im Bunker?“

„Ja, im Bunker. So nennen sie das ehemalige Hotel auf der Südstraße.“

Jonathan bedankte sich und machte sich auf den Weg.

Kapitel 6

Morgen fange ich damit an!

Er kannte das Hotel von früher. Ein hässlicher fünfstöckiger Bau, in dessen Parterre sowohl eine Kneipe als auch, gleich nebenan, ein Stripteaselokal betrieben wurde. Schlecht gelegen, lief das Hotel nie besonders gut, und als auch der Kneipenbetrieb nachließ und selbst die Bar von einem halben Dutzend Stammkunden nicht mehr leben konnte, wurde es zum Kauf angeboten. Aber selbst jetzt war es offenbar nicht vom Glück begünstigt, niemand wollte es haben, bis eines Tages eine Gruppe von Studenten den Besitzer dazu überredete, ihnen das Hotel für wenig Geld zu vermieten. Sie wollten daraus ein Kulturzentrum machen, wie sie es nannten, und auch die Kneipe wieder in Betrieb nehmen.

Jonathan öffnete die schwere Eichentür und musste noch einen total verrauchten Vorhang beiseiteschieben, der wohl einmal als Windfang gedient haben dürfte, jetzt aber eher die Funktion hatte, anspruchsvollere Gäste abzuschrecken, so liederlich, wie der aussah.

Jonathan sah zuerst einen Hund, der auf einer Eckbank gelegen hatte und jetzt aufsprang, um schwanzwedelnd den neuen Gast zu begrüßen. Hinter dem Tresen machte sich ein Langhaariger zu schaffen, der erst aufsah, als Jonathan fragte, ob schon geöffnet sei.

„Die Tür war doch auf, oder?," war die Antwort, was Jonathan nur bestätigen konnte.

„Ein Bier?"

Jonathan setzte sich an einen der schweren Holztische, dessen gedrechselte baumdicke Beine auf eine gewichtige, mit dicken Nägeln beschlagene Basis aufgepflanzt waren, was jedes Rücken des mächtigen Möbelstücks unmöglich machte. Der Tisch dürfte schon den zweiten Weltkrieg erlebt haben, wenn nicht gar den ersten. Der Wirt kam und setzte den halben Liter Bier auf dem Tisch ab. Bunker, ja, das passte zu diesem Ort, der einen, kaum war man eingetreten, zu verschlucken schien und in eine andere Welt versetzte.

„Noch was?," fragte der Wirt und fügte hinzu: „Es geht erst um acht richtig los."

Tatsächlich war außer Jonathan kein Gast anwesend, was den jungen Mann, kaum war er wieder hinter dem Tresen, nicht davon abhielt, die Musikanlage anzustellen. Irgendein Mensch,

226

der in Jonathans Vorstellung so aussah wie der Wirt, langhaarig und nachlässig gekleidet, röhrte einen kämpferischen Song durch den Raum, von dem Jonathan nur den Refrain verstand: „Macht kaputt, was euch kaputt macht!"

Die Musik, die Jonathan meinte vor Jahrzehnten schon einmal gehört zu haben, wollte so gar nicht zu diesem altdeutschen Interieur passen. Jonathan sah sich um. Die Wände waren über und über mit Plakaten bedeckt und auf eine unordentliche Weise neben- und übereinander angebracht, dass nur wenige vollständig sichtbar waren. Und doch entzifferte er mühelos deren Botschaft und fühlte sich um Jahre, nein, um Jahrzehnte zurückversetzt. Jetzt erinnerte er sich auch an die damalige Band und ihren traurigen und zugleich aggressiven Sänger. Das alles wollte nicht zusammenpassen, schon gar nicht wollte es in diese Zeit passen, in der Bücher, wenn sie nicht von selbst verschwanden, verboten wurden und sich jeder originelle Gedanke in Luft auflöste.

Als der Wirt, der trotz seines abweisenden Gebarens aufmerksam verfolgt hatte, wie sich sein Gast in dem Lokal umsah, das nächste Bier brachte, bestellte Jonathan ein Tütchen Erdnüsse. Nach dem dritten Bier, das schon vor ihm stand, bevor er das zweite in Ruhe beendet hatte, fragte er: „Ton, Steine, Scherben, nicht wahr?" Der Wirt nickte und machte einen Strich auf den schon feuchten Deckel.

„Ich kenne Sie!"

„Mich?" Jonathan verzog dabei wohl dermaßen das Gesicht, dass der Wirt lachte. „Ja, Sie sind der Latein-Professor. Ich habe bei ihnen ein Semester studiert."

Er brachte das vierte Bier, das Jonathan mit einer Handbewegung abwehrte, als es schon vor ihm stand.

„Wir organisieren Kulturveranstaltungen, auch Diskussionsrunden und Vorträge. Wenn Sie wollen, können Sie auch einen halten."

„Wo?"

Jonathan hätte das Bier langsamer trinken sollen, vielleicht wäre er nicht in eine Situation geraten, in die er, mit diesem Gespräch beginnend, sich immer mehr verstrickte. So hörte er wie durch einen Nebel:

„In unserem Veranstaltungsraum, gleich hier nebenan. Es ist der einzige Ort in der Stadt, wo man noch frei reden kann."

Jonathan kramte einige höfliche Worte hervor und versuchte sich herauszuwinden.

„Vielen Dank für die Einladung, aber ich wüsste wirklich nicht, über was ich reden sollte."

Aber anstatt locker zu lassen, setzte der junge Mann nach.

„Reden Sie über die Hintergründe. Erklären Sie uns, warum alles so gekommen ist! Ein Vortrag zu diesem Thema, den ein Pater vor einer Woche gehalten hat, ist gut angekommen. Allerdings war die Diskussion ziemlich heftig."

„Ein Pater? Pater Jünger?"

„Ja. Sie kennen ihn? Dann kann ich Sie einplanen?"

Jonathan fragte sich, als er aus der Kneipe wankte, warum er diese letzte Frage mit einem „Ja" beantwortet hatte. Wahrscheinlich, so versuchte er es vor sich selbst zu entschuldigen, weil der Name des Paters ihn außer Gefecht gesetzt hatte. Auf jeden Fall hatte er jetzt dessen Adresse. Zwei Tage nach seinem Vortrag war Jünger im Bunker eingezogen und wohnte oben im fünften Stock.

„Das Treppenhaus ist gleich um die Ecke. Du kannst mich ruhig duzen, sagte der Wirt beim Abschied. Hier duzen sich alle."

„Wie heißt du denn?"

„Dieter," sagte Dieter.

„Ich bin Jonathan," sagte Jonathan.

Jonathan hatte sich den Besuch beim Pater für den nächsten Tag aufgehoben, denn gestern war er froh gewesen, ohne Mühe den Heimweg gefunden zu haben. Zu einem Gespräch mit Jünger hätte es nicht mehr gereicht.

Pater Jünger öffnete, nachdem Jonathan und Francesca an seine Tür geklopft hatten und strahlte voller Wiedersehensfreude. Jonathan war vom Treppensteigen noch außer Atem und musste zudem den Schock überwinden, den der auf allen Treppenabsätzen herumliegende Müll bei ihm ausgelöst hatte.

„Es ist kein Müll, es sind Rohstoffe. Es gibt hier eine Gruppe, die damit arbeitet, arbeiten will, deswegen sammeln sie die Sachen." Offensichtlich wusste Jünger schon mehr als

Jonathan über die Mitbewohner des Bunkers. Auch Francesca versuchte Jonathan zu beschwichtigen, zog aber einen Vergleich hinzu, der eher das Gegenteil bewirkte.

„Es ist wie in den Katakomben, nicht wahr?"

Jünger lachte und Jonathan ließ sich in einen Sessel fallen, der, seinem Aussehen nach, wohl kurz zuvor vom Rohstoff in den Rang eines Möbelstücks befördert worden war.

„Den haben sie mir geschenkt," erklärte Jünger, „die sind etwas naiv, junge Leute eben, aber sehr hilfsbereit. Übrigens," Jünger wandte sich an Francesca, „es gibt eine Studentin gleich auf diesem Flur, die Schmuck herstellt. Nicht aus Silber, das ist ihr zu teuer, aber aus allem möglichen Klimbim. Aus Knöpfen und Muscheln macht sie reizende Dinge."

Jonathan war froh, dass Jünger eine Weile mit Francesca über dieses Thema redete, brauchte er doch eine gewisse Zeit, um sich zu akklimatisieren. Schon gestern hatte er versucht, sich an seine Studenten zu erinnern, zumal der Wirt, wie hieß er noch gleich? ... ja, Dieter, dass dieser Dieter behauptete, einer von ihnen gewesen zu sein. Er erinnerte sich, dass diese Studenten ihr eklatantes Desinteresse an seinem Fach mit allerlei alternativen Tätigkeiten kompensierten, hatte dem aber nie besondere Aufmerksamkeit geschenkt. Während er die Ideale der Akademie hochhielt, widmeten sie sich, so sah er es, intellektuell minderwertigen Themen. Das Gerümpel im Treppenhaus und auf den Fluren bestätigte nur sein altes Vorurteil.

„Es gibt auch eine Hexengruppe!" Damit setzte der Pater Jonathans abschweifenden Gedanken ein Ende. „Sie wollen, dass ich über die Inquisition rede." Jünger lachte.

„Als ob die Streitereien nach meinem Vortrag über das Urchristentum nicht schon genug gewesen wären. Aber sie mögen das. Ihr Motto ist: lieber Streit als Stille. Eigentlich sympathisch, meinst du nicht?"

„Einen Vortrag habe ich schon lange nicht mehr gehalten." Jünger sah Jonathan verdutzt an.

„Der Wirt, der Dieter, hat mich eingeladen, einen Vortrag zu halten."

„Schön," sagte Jünger, „dann mach das doch."

„Sie wollen wissen, warum alles so gekommen ist, wie es gekommen ist." Jünger griente.

„Na also! Dann denk mal scharf nach. Vielleicht entdeckst du ja, warum."

Francesca war im Zimmer auf und ab gegangen, hatte eine Weile aus dem Fenster gesehen und baute sich jetzt vor Jonathan auf.

„Er hat recht, du solltest einen Vortrag halten. Vielleicht liest du etwas aus deinen Heften vor. Oder du denkst dir etwas aus, was sie interessant finden."

„Ich habe doch schon zugesagt," beschwichtigte Jonathan die ungewohnte

Allianz vor ihm, „ich habe auch schon ein Thema: die Anomie."

Jünger platzte vor Lachen.

„Die Katze lässt das Mausen nicht! Einmal Professor, immer Professor! Geht es nicht etwas einfacher?"

Jonathan verzog keine Miene: „Sie wollen die Ursachen unserer Situation wissen, und das ist sie: die Anomie."

„Ist ja gut. Hauptsache, du redest mal wieder vor Publikum. Nach der langen Seereise tut dir das bestimmt gut."

Jonathans alter Groll gegen diesen gewieften Theologen, der nie eine Antwort schuldig blieb und ihn immer dann wie von oben herab behandelte, wenn er selbst auch nur in Ansätzen zeigte, dass auch er eigene Einschätzung ihrer misslichen Lage hatte und dass er ebenso wie Jünger die Dinge erklären konnte. Nur eben anders.

Francesca lenkte das Gespräch in unverfänglichere Gleise, fragte den Pater, wie es ihm in Namibia ergangen sei und forderte Jonathan, sich auf die Armlehne seines Sessels setzend, auf, von seinem Wüstenausflug in eben diesem Land zu berichten, was dieser dann auch gerne tat.

Plötzlich drang ein hoher Piepton durch den Bunker, der Jonathan für eine Schrecksekunde glauben ließ, er habe Tinnitus, gefolgt von einer ohrenbetäubenden Salve elektrisch verstärkter Akkorde.

„Die Band aus dem vierten Stock!," schrie Jünger.

„Was?"

„Die Band!"

Damit war das Gespräch beendet.

Jonathan musste Francesca recht geben, in seinen Heften war häufig davon die Rede, was er als Ursache des allgemeinen Kulturverfalls ausgemacht hatte. Er brauchte nur zusammenzustellen, was hier und da angedeutet, an anderen Stellen ausführlicher erörtert, woanders nur beschrieben und mit Beispielen versehen war, aber überall auf dasselbe hinauslief. Er hätte sich wahrscheinlich bei Dieter, dem Wirt aus dem Bunker, bedankt, hätte der jetzt vor ihm gestanden.

„Viel weiß ich nicht , aber ich kann von den Ereignissen abstrahieren und sie auf den Begriff bringen." -

„Ja," stimmte ihm Francesca zu, „aber sage ihnen das anders, damit sie dich auch verstehen."

Jonathan schluckte, aber sie hatte auch dieses Mal recht. Hatten sich die Studenten nicht auch deshalb abgewandt, weil sich ihre Professoren nicht hatten verständlich machen können?

„Ich werde es versuchen, versprach er ihr, aber ich weiß nicht, ob ich es schaffe."

„Du kannst das," sagte Francesca, „ich setze mich in die erste Reihe und höre dir zu."

Jonathan hatte auf Anraten Francescas entgegen seiner Gepflogenheit, bei Vorträgen

Anzug und Krawatte zu tragen, auf dieses Outfit verzichtet. Sie fand eine abgewetzte Lederjacke in einer Kleidertruhe, in der er allerlei Krimskrams aus seiner Jugend aufbewahrte, und hielt ihm diese hin.

„Dazu ein weißes T-Shirt, eine Jeans … und du bist perfekt."

Auch seine Manuskripte hatte er auf ihren Rat hin zu Hause gelassen.

„Lies nicht ab! Sprich frei! Du kannst ruhig Fehler machen oder den Faden verlieren, das mögen sie. Je improvisierter, desto besser."

„Vielleicht hätte ich mich drei Tage vorher nicht rasieren sollen," warf er sarkastisch ein.

Francesca fiel ihm um den Hals und belohnte ihren gelehrigen Schüler mit einem zärtlichen Kuss.

Als sie wie verabredet um 19 Uhr im Bunker eintrafen, war noch niemand da. Nur Dieter, der Wirt, rückte die Stühle im Veranstaltungsraum zurecht und blickte kurz auf, als Jonathan eintrat.

„Sie kommen gleich," sagte er und erkundigte sich, ob er ein Bier wolle.

„Vor dem Vortrag? Nein danke," wehrte Jonathan das freundliche Angebot verwundert ab.

Tatsächlich war bis halb acht ein Dutzend von Interessenten erschienen und Jonathan fragte sich, ob er nicht anfangen solle.

„Warte noch etwas," empfahl ihm der Wirt, „ich nehme schon mal die Bestellungen auf."

Im Raum gab es keine Stuhlreihen wie in einem Hörsaal, vielmehr waren die Tische zu einer großen Runde zusammengestellt. Jonathan war unsicher, wohin er sich setzen sollte oder ob man vom Vortragenden erwartete, dass der sich in der Mitte der Runde mal hierhin, mal dorthin wandte. Er sah Francesca fragend an, die soeben im Begriff war, auf einem Stuhl an der Fensterseite Platz zu nehmen.

„Setz dich neben mich," forderte sie ihn lächelnd auf und gab dem Wirt zu verstehen, dass sie ein Mineralwasser wolle.

Mittlerweile waren weitere Studenten eingetroffen, einige von denen bereits mit einem Bier in der Hand, die sich gleich angeregt mit den schon Anwesenden zu unterhalten begannen.

Als der Wirt mit dem Mineralwasser kam, setzte er dieses vor Jonathan ab, klatschte kurz in die Hände und bat um Ruhe. Heute würden sie ihre Diskussionsreihe über wichtige Themen fortsetzen, genau wie es auf ihrer letzten Vollversammlung beschlossen worden sei. Heute spräche – er drehte sich halb zu Jonathan um – ein ehemaliger Professor der Universität, dem verboten worden sei, weiterhin seine Seminare abzuhalten und der deshalb im Bunker Zuflucht gesucht habe, dem einzigen Ort in der Stadt, wo man noch frei sprechen könne.

Jonathan war erschrocken ob dieser stark vereinfachten Einführung seiner Person und froh, dass keiner seiner ehemaligen Kollegen anwesend war, vor dem er dies hätte rechtfertigen müssen. Die dann folgenden Sätze des Wirts verstand er nicht, zum einen, weil er in Gedanken noch bei der Vorstellung war, zum anderen aus akustischen Gründen, denn Dieter hatte weitergesprochen, während er, zum Publikum gewandt, noch einige Gläser einsammelte.

Plötzlich klatschten alle – und Jonathan hatte das Wort. Er bereute es, dass Francesca nicht vor ihm saß, so hätte er vielleicht unbemerkt einen Hinweis erhalten, was denn nun genau als Thema angekündigt worden war. Aber der Wirt schlurfte mit seinem Tablett aus dem Saal, woraufhin sich in der jetzt eingetretenen Stille alle Augen auf ihn richteten. Er machte eine kurze Kopfbewegung zur Seite und hätte Francesca am liebsten gefragt, was er sagen solle.

„Wo soll ich anfangen?," raunte er ihr zu.

„Lauter!," rief eine junge Frau, die ihm schon, als sie eintrat, wegen ihres Wuschelkopfs aufgefallen war, der dem des Struwwelpeters täuschend ähnlich sah.

„Vielleicht beginne ich einfach da, wo wir gerade sind: am Ende!"

„Warum?," rief dieselbe Frau dazwischen, die ihn jetzt offenbar verstanden hatte.

Jonathans anfängliche Unsicherheit wich umgehend der Empörung über diese dreiste Göre. Er fixierte den Wuschelkopf da, wo er ihre Augen vermutete, legte eine kurze Pause ein und fuhr dann mit deutlich erhobener Stimme fort:

„Weil wir noch nicht mal mehr zuhören können! Weil wir die Kunst des Verstehens verlernt haben, oder, was noch gravierender ist" – er machte eine Armbewegung in die Runde – „weil wir sie nie erlernt haben."

Im Saal war es jetzt mucksmäuschenstill.

„Wir wissen, was Kulturzerstörung ist, denn wir selbst haben unzählige andere Kulturen vernichtet. Einige kennt ihr noch mit Namen, die Apachen, die Sioux oder die Komantschen, von anderen haben vielleicht einige von euch gehört, etwa von den Tupinambás, den Mundurucus oder Kaingang. Andere wieder sind namenlos untergegangen und haben noch nicht einmal Spuren in unserer Erinnerung hinterlassen."

Die Frau mit den üppigen Haaren hatte diese durch einen Gummiring zu einem manierlichen Pferdeschwanz nach hinten gezogen und fixierte ihn.

„Dabei kann Zerstörung durchaus zivilisatorischen Fortschritt bedeuten. Machen wir uns da nichts vor! Oder sollen wir mitansehen, wie die Genitalien von Mädchen verstümmelt werden? Sollen wir Kannibalismus gutheißen, nur weil südamerikanische Ureinwohner ihn betreiben? Ich muss mich verbessern: betrieben haben. Denn der Kannibalismus ist zusammen mit den Kulturen, die wir zerstört haben, ebenfalls untergegangen."

237

In diesem Moment flog die Tür auf und im Handumdrehen wurden die noch freien Plätze von den Hereinkommenden besetzt. Gleich hinter ihnen erschien Dieter, der Wirt, und fragte in die Runde, ob noch jemand etwas wolle, was sofort mit artigem Handheben bejaht wurde. Weitere junge Leute kamen hinzu und setzten sich, mangels freier Stühle, auf den Fußboden mitten in die Runde, was einige Unruhe verursachte, da, um Einlass zu schaffen, zuerst ein Tisch beiseitegeschoben werden musste. Jonathan nutzte die Gelegenheit, sich kurz an Francesca zu wenden.

„Alles okay!," flüsterte sie ihm zu und lächelte ihn aufmunternd an. Derweil lärmten die Studenten ungeniert weiter.

Er wusste nicht, was plötzlich in ihn gefahren war, aber er schlug mit der flachen Hand auf den Tisch. Einige Studenten zuckten zusammen, die Frau mit dem Pferdeschwanz kicherte.

„Jetzt sind wir dran!," rief Jonathan in die Runde und alle starrten ihn an.

„Und zwar definitiv! Warum sage ich definitiv? Weil die Zerstörung dieses Mal nicht von außen kommt, das kennen wir ja. Wie viele Male sind unsere Städte in Schutt und Asche gelegt worden, wie oft Höfe niedergebrannt und Burgen geschleift worden? Und so ist es nicht nur uns ergangen. Die Geschichte Europas ist voll davon. Kleinasien ebenso, was sage ich, Nordafrika, Mittelamerika, auf allen Kontinenten Mord und Totschlag, so weit wir zurück-

238

denken können. Und die Sieger sahen darin immer etwas Positives, das könnt ihr mir glauben. Die haben dann auf den Ruinen der anderen, der Verlierer, ihre eigene Kultur aufgebaut, manchmal sich noch einige Reste zu eigen gemacht und sie miteingearbeitet, aber das meiste war unwiederbringlich verloren."

„Schade!," äußerte sich jemand, was ein Mädchen zum Anlass nahm, in die vorgehaltene Hand zu kichern.

„Es gab auch vorübergehende Zerstörung. Immer dann, wenn die Besiegten ihre alten Stätten zurückerobern konnten und noch wussten, wie es vorher war. Da brauchte es den Willen zum Wiederaufbau und Ausdauer. Rekonstruktion macht Arbeit, viel Arbeit. Und um Kathedralen wieder aufzubauen braucht es dazu noch Glauben. Wenn es den nicht mehr gibt, was sollen dann die Kirchen, Klöster und Dome?"

Im Publikum wurde es lebendig.

„Ich kenne eine Kirche, die ist jetzt Diskothek."

„Die bei uns im Stadtteil gibt es nicht mehr, da ist jetzt ein Parkplatz."

Seine Zuhörer hatten ihn unterbrochen und begannen sogar untereinander zu diskutieren. Jonathan sollte es nur recht sein. Er spürte, dies hier war nicht sein Publikum, zumindest nicht für die Dinge, über die er jetzt sprechen wollte. Er nahm einen Schluck Mineralwasser und fragte Francesca, ob er aufhören solle.

„Noch ein bisschen," ermunterte sie ihn, „das Thema scheint ihnen zu gefallen."

Jonathan erhob sich von seinem Stuhl, um klar zu machen, dass er weiterreden wolle, was auch so verstanden wurde, denn die Gespräche erstarben.

„Warum habe ich gesagt, dass die Kulturzerstörung, die Zerstörung unserer Kultur, jetzt definitiv ist?"

Die Studenten sahen ihn an. Offenbar erwarteten sie von ihm selbst die Antwort.

Jonathan hatte diese Frage in rhetorischer Absicht gestellt, wurde sich aber jetzt klar darüber, während er sie in lehrerhaftem Ton formuliert und in die Runde gesehen hatte, dass er die Einladung zu diesem Vortrag nicht hätte annehmen sollen.

Er hatte einige Sekunden Zeit, in denen er seine Zuhörerschaft musterte, als ob er tatsächlich erwarte, dass jemand aufzeigen und seine Frage beantworten würde. Dann aber musste er sprechen, obwohl er am liebsten aus dem Saal gelaufen wäre.

„Ich habe gesagt, dass die Kathedralen nicht nur reine Architektur sind, sondern errichtet wurden und die Jahrhunderte nur überlebt haben, weil es den Glauben gab, den christlichen Glauben, den sie so dringend brauchten wie die Stützpfeiler und Kreuzbögen."

„Das haben Sie nicht gesagt," warf die Frau ein, die dabei war, ihren Struwwelkopf vom Gummiring zu befreien, was Jonathan als

Angriffssignal deutete. Womit er durchaus richtig lag, denn sie fuhr, inzwischen mit befreiter Mähne, fort: „Wozu brauchen wir Glauben? An Ihren Glauben glaubt sowieso niemand mehr."

Der halbe Saal lachte – und schon geriet Jonathan in eine haltlose Defensive.

„Mein Glaube? Ich habe nicht von meinem Glauben geredet, sondern vom christlichen Glauben."

„Siehst du, du glaubst auch nicht!"

Der Struwwelkopf vorhin hatte ihn noch gesiezt, dieses dreiste Du aber von einem vielleicht zwanzig Jahre alten Studenten gleich links neben ihm brachte ihn aus der Fassung.

„Wenn diejenigen, die aus der abendländischen Tradition hervorgegangen sind, wie wir alle hier, diese ablehnen oder sogar lächerlich machen, dann muss man sich allerdings über gar nichts mehr wundern. Es geht nicht um glauben oder nicht glauben, es geht um Kultur."

„Genau!," warf der Struwwelkopf ein, „es geht um patriarchalische Kultur."

Hilfesuchend warf Jonathan einen Seitenblick auf Francesca, die leicht den Kopf schüttelte. Während er sich noch fragte, was sie ihm damit signalisieren wollte, mischte sich schon ein anderer ein, der, mit einem Bierglas in der Hand, feststellte: „Und es geht um Herrschaftsarchitektur. Was sind Kathedralen sonst?"

Jonathan hatte nun völlig den Faden verloren. Sicherlich hätte er in einer anderen Situation einiges zu einer Diskussion über patriarchalische Gesellschaften besteuern können. Aber er empfand, was sich hier abspielte, nicht als eine Einladung zur Diskussion, um interessante Fragen und strittige Punkte aufzuklären. Nein, ihm schlug hier, so empfand er es, offene Feindschaft entgegen.

„Ich gehe", sagte er zu Francesca, die Zuflucht zu einem strategischen Lächeln genommen hatte, denn irgendwie mussten sie hier raus, ohne den Tumult noch zu vergrößern. Denn das war es mittlerweile geworden, ein heilloses Durcheinander, in dem sich jetzt offenbar zwei Gruppen mit verschiedenen Ansichten in die Haare bekamen. Die einen, angeführt von Struwwelkopf, wollten darüber abstimmen lassen, ob die Redezeit Jonathans nicht auf fünfzehn Minuten begrenzt werden solle, die anderen ereiferten sich darüber, dass dieses auf der letzten Vollversammlung hätte diskutiert werden müssen und nicht jetzt. Darüber hatten sie Jonathan vergessen, der es mittlerweile, mit der lächelnden Francesca vorneweg, bis zur Tür geschafft hatte.

Klar, dass Jonathan nach diesem Ereignis keine Lust mehr verspürte, an irgendwelchen Veranstaltungen im Bunker teilzunehmen. Auch Francesca konnte nur den Kopf schütteln über die groben Umgangsformen, welche die jungen Leute völlig normal fanden, die für sie beide aber vor allem eines waren: unästhetisch. Damit teilte sie die Gefühle, die auch Jonathan übermannt hatten. Auch seine Hoffnung, unter den Bewohnern des Bunkers Unterstützung für den Widerstand gegen den allgemeinen Niedergang und einen neuen Anfang zu finden, hatte sich in Luft aufgelöst.

Er wollte nach der Kreuzfahrt rund um Afrika zurück. Aber dieses Zurück, das erkannte er jetzt, war nicht einfach geografischer Natur. Es war nicht bloß sein Land und seine Heimatstadt, die ihm gefehlt hatten. Es war ein Lebensgefühl, das sich in seiner Jugend an gewissen Orten seiner alten Heimat seiner bemächtigt hatte, aber, das war ihm schlagartig klargeworden, von dieser unabhängig war.

Francesca hatte ihn verstanden, weil es wohl auch das war, was sie schon anfangs zu ihm hingezogen hatte, eine Sehnsucht nach etwas, das unfassbar, aber zugleich das Wichtigste von allem war.

„Was sollen wir tun?," fragte sie und nahm seine Hand.

„Nichts," entgegnete er, „wir haben immer zu viel gemacht und zu wenig gedacht."

Wie in den Tagen an der Ardèche lagen sie schweigend nebeneinander und ließen ihre Gedanken jeweils eigene Wege gehen, die sich hin und wieder auf wundersame Weise kreuzten. Dann beugte sie sich über ihn und liebkoste sein Gesicht, um ihm die Gewissheit zu geben, dass er nicht allein war.

„Vielleicht sollten wir wandern," sagte er schließlich, „vielleicht finden wir so den Weg wieder, den wir verloren haben."

„Vielleicht," sagte sie, „aber vorher müssen wir Pater Jünger befreien."

Pater Jünger war von der Hexengruppe eingeladen worden, über die Heilige Inquisition zu reden. Wohl weil das Kollektiv, so nannten sie sich auch, nach seinem Vortrag über das Urchristentum misstrauisch geworden war, wollten sie, bevor sie wieder eine größere Veranstaltung mit ihm machten, seine Ansichten zur Hexenfrage erst im kleinen Kreis in Augenschein nehmen. Es waren also nur fünf oder sechs Frauen anwesend, als Pater Jünger begann, die historischen Hintergründe der Inquisition zu schildern, die ja, der Name sage es schon, lediglich zum Ziel gehabt habe, von der rechten theologischen Doktrin abweichende Ansichten und Praktiken zu untersuchen. Dabei, so der Pater, habe ihr Vorgehen durchaus den heute noch bekannten Prüfungskommissionen an Universitäten geähnelt. Was auch keineswegs verwunderlich sei, denn die Inquisition habe diesen Kommissionen Pate gestanden oder vielleicht auch umgekehrt, das sei heute nicht mehr so klar auszumachen. Auf jeden Fall sei es ursprünglich um eine fast wissenschaftlich zu nennende Untersuchung vom rechten Glauben abweichender Ansichten und Praktiken gegangen.

Ja und das, was er jetzt sagte, war es wohl, was die Stimmung in der Hexengruppe insgeheim zu seinen Ungunsten umschlagen ließ. Dieses Frauenkollektiv selbst, so der Pater, stünde mit seinen Fragen und gemäß der darauffolgenden Beurteilung seiner Aussagen, die von ihnen als für richtig oder falsch befunden würden, in der Tradition der Heiligen Inquisition, über die er heute reden wolle. Pater Jünger berichtete, dass die Gründungen der ersten Universitäten in Bologna, Paris und dann in immer mehr westeuropäischen Städten direkt auf die katholische Kirche zurückzuführen und viele davon für Jahrhunderte von eben dieser Kirche finanziert und ausgebaut worden seien. Dabei sei es nicht nur um Theologie im reinen Sinne gegangen, sondern um weitere Fächer, die sogenannten sieben Künste, allen voran die Logik, aber auch Latein, Rhetorik, Geometrie, Arithmetik, Astronomie und Musik. Wer dann noch Talent und die Mittel dazu hatte, studierte Medizin, Recht oder Theologie.

„Wann war das?," unterbrach ihn eine Studentin.

„Vom 12. Jahrhundert an und dann verstärkt im 13. und 14., also noch vor den Reisen des Christoph Kolumbus nach Mittelamerika."

„Also im finsteren Mittelalter," schlussfolgerte die Studentin.

„Ja, so nennt man jene Zeit im Allgemeinen. Es war aber eher eine Zeit des Aufbruchs. Die griechische Philosophie, allen voran Aristoteles, war über die Araber nach Spanien und dann in die anderen europäischen Regionen gebracht worden, wo man in eben diesen neuen

Universitäten heiß darüber diskutierte. Die Methode des Lehrens sagte schon alles. Zuerst wurde ein Text gelesen, die Lectio, dann durften Fragen gestellt werden, die Quaestio, und dann wurde im dritten Schritt, nämlich in der Disputatio, diskutiert. Da flogen dann die Fetzen und manch einer auch von der Uni, wenn er sich zu weit aus dem Fenster gelehnt hatte."

„Und die Frauen?"

Jünger verstand nicht gleich.

„Gab es Frauen unter den Professoren?"

„Nein," antwortete der Pater offenherzig, „weder im Lehrkörper noch in der Studentenschaft."

Die anwesenden Studentinnen grienten.

„Und Sie sagen, es war kein finsteres Mittelalter!"

Pater Jünger, geschult, auch den gewieftesten theologischen Einwänden entgegenzutreten, geriet aus dem Tritt. Er murmelte etwas wie: „Aber das Geschlecht des Professors hat doch mit dessen Argumenten nichts zu tun." Wurde jetzt aber von den gleichzeitig redenden jungen Frauen akustisch überstimmt. Sie fuchtelten mit den Armen, schrien durcheinander und das Thema, zu dem er eigentlich hätte reden sollen, wurde ihm entrissen. In einem vielstimmigen Chor, von dem er nur Bruchteile verstand, kritisierten sie, wie die Kirche fünfhundert Jahre lang abweichende Positionen mit Folter, Gefängnis und Tod auf dem Scheiterhaufen bekämpft hatte und wie sie vor allem eines gemacht hätte:

Frauen ausgegrenzt, verunglimpft, verfolgt und als Hexen auf dem Scheiterhaufen verbrannt.

Pater Jünger hob beschwörend die Arme und versuchte noch zu erklären, dass nur ein Bruchteil der Inquisitionsprozesse, den man zwischen 1,5 und 3 Prozent schätze, mit einem Todesurteil geendet hätte. Dass die Hexenprozesse, die damit nichts zu tun hätten, fast ausschließlich von weltlichen Instanzen durchgeführt worden seien, die Kirche sich für Häresien, also Abweichungen von der römisch-katholischen Glaubenslehre interessiert hätte und nicht für Hokuspokus. Und vor allem, dass er, in dem er dies sage, die Inquisition nicht verteidige, sondern nur verständlich machen wolle. Aber es war zu spät. Die Frauen stürzten sich auf ihn, zerrten ihn vom Stuhl und fesselten ihn mit einer Wäscheleine, die wohl nicht zufällig schon bereit gelegen hatte. Seinen Versuch, mit beschwichtigenden Worten die Situation zu entschärfen, beantworteten sie mit einer ihm die Atemluft raubenden Knebelung, indem sie einen violetten Slip in seinen Mund stopften.

Dieter, der Wirt, hatte Stunden später, als die Hexengruppe ihren Sieg über Misogynie und Inquisition beim Bier feierte, von der unseligen Lage Jüngers, der gefesselt in einem der oberen Stockwerke nach Luft ringend auf dem Boden lag, mitbekommen. Sei es, weil er um seine Kneipenlizenz fürchtete, sei es aus menschlicher oder gar männlicher Solidarität, er schaltete den Struwwelkopf ein, um eine

Befreiung des Paters in die Wege zu leiten. Die Hexengruppe, stolz auf sich und vom Bier etwas milder gestimmt, willigte schließlich ein, den Pater zu befreien, knüpfte dies aber an eine Bedingung. Er müsse seine Taten bereuen, öffentlich Buße tun und sich für die Hexenverbrennungen entschuldigen. Auch hatte Dieter die sich in die Länge ziehenden Verhandlungen genutzt und Jonathan alarmiert, der, zusammen mit Francesca, just in dem Moment eintraf, als man Jünger in die Kneipe führte, die Bedingungen seiner Freilassung erklärte und, nachdem er nickend zugestimmt hatte, den Knebel aus dem Mund nahm.

Jünger hatte Jonathan und Francesca erspäht, was ihn wohl ermutigte, seinerseits eine Forderung zu stellen:

„Gefesselt sage ich gar nichts."

Das waren, nachdem er einige Male tief Luft geholt hatte, seine ersten Worte. Tatsächlich waren seine Hände immer noch auf dem Rücken zusammengebunden. Die Hexengruppe steckte die Köpfe zusammen und gab schließlich nach. Jünger, von der Wäscheleine befreit, rieb sich die Handgelenke und ließ sich jetzt mit seiner öffentlichen Reue Zeit.

Jonathan stand mit Francesca in der Nähe der Tür. Er kannte ihn zu gut, um nicht zu wissen, dass alles vom Pater zu erwarten war, nur nicht das Eingeständnis von Schuld. Und so kam es.

„Ich habe gelogen!," rief er schließlich in die Runde. Die Hexengruppe klatschte, meinte sie

248

doch, ihren Sieg über die Misogynie mit diesem jetzt beginnenden Schuldeingeständnis krönen zu können. Da hatte sie aber die Rechnung ohne den Pater gemacht, der nun, schweigend das Ende des Applauses abwartend, mit seiner wiedergewonnenen Predigerstimme so richtig loslegte.

„Ich habe gelogen, als ich mit dem Kopf nickte, weil ich freikommen wollte. Gar nichts bereue ich! Was sollte ich auch, habe ich doch keiner Fliege etwas zuleide getan. Als ob ich jemals die Todesurteile der Inquisition verteidigt hätte! Als ob ich jemals eine Frau als Hexe beschimpft oder gar verbrannt hätte! Ihr habt mich auf den Boden geworfen, mich gefesselt und geknebelt. Fast wäre ich daran erstickt! Fast hättet ihr mich ermordet! Die Inquisition seid ihr!"

Hatte die Hexengruppe bis dahin schweigend in einer Art Schockstarre verharrt, kam jetzt Leben in die Bande. Sie wollten sich auf den Pater stürzen, der aber dieses Mal mit einem solchen Angriff gerechnet hatte und ihnen einen Stuhl entgegenwarf, was den Wirt, der offenbar auf das Schlimmste gefasst neben dem Pater gestanden hatte, veranlasste, sich zwischen die streitenden Parteien zu werfen. Jonathan und Francesca, die bis dahin untätig dagestanden hatten, deckten den Rückzug des Paters mit ihren Körpern. Dieser erreichte schließlich, sich mit einem Servierblech gegen die fliegenden Biergläser schützend, die Tür und gelangte, von Francesca und Jonathan gefolgt, ins Freie. Sie liefen bis zur nächsten Straßenecke und blickten sich um, aber niemand war ihnen gefolgt.

„Alles klar?," fragte Jonathan, noch atemlos.

„Alles klar," antwortete Jünger, „aber du blutest."

Tatsächlich zog eine Blutspur von Jonathans linker Stirnseite die Schläfe hinab. Eines der Biergläser musste ihn wohl gestreift haben. Grund genug für die besorgte Francesca, ihn jetzt liebevoll zu untersuchen. Aber es war nur ein Kratzer, den sie, in Jonathans Wohnung angekommen, sanft mit Jod betupfte.

Es war klar, dass weder der Pater noch Jonathan und Francesca in den Bunker zurückkonnten. Über Umwege, die wieder einmal die Hilfe des Wirtes einschlossen, kam Jünger nach ein paar Tagen an seine Papiere, die er in seinem Zimmer hatte zurücklassen müssen. Auch ein paar Kleidungstücke drückte Dieter ihm in die Hand, als er die Aktentasche vorbeibrachte.

„Und jetzt? Wohin?," fragte der Wirt, als er sich verabschiedete.

„Zurück," antwortete Jünger, „wir gehen zurück."

„Nach Rom?"

„Nein, dahin, wo wir hergekommen sind. Gott schütze dich, mein Sohn."

Dieter, der Wirt, sah Pater Jünger erstaunt an. Und als der ihn zum Abschied segnete, huschte eine leichte Röte der Verlegenheit über sein Gesicht. Offenbar wollte er noch etwas sagen, brachte aber nur ein Dankeschön heraus und verschwand. Doch nicht nur der hilfsbereite Wirt war erstaunt über Pater Jüngers Antwort. Auch Francesca und Jonathan wollten jetzt wissen, was er damit meinte, als er sagte, wir gehen zurück.

„Ich habe keinen besonderen Ort im Sinn," beantwortete Jünger ihre Frage.

„Obwohl ein Ort manchmal hilft, zu dem zurückzugelangen, was wirklich wichtig ist. Ich schlage vor, wir wohnen in der nächsten Zeit im Häuschen, so haben wir es genannt, ein kleines Holzhaus, das meinen Eltern früher als Wochenendhaus diente."

„Und wie kommt man da hin?"

„Ich schlage vor, wir wandern, dabei kommt man auf andere Gedanken."

Sie packten ihre Sachen, um für den nächsten Tag gerüstet zu sein. Jonathan versäumte es nicht, seine Hefte einzustecken. Nach dem unruhigen Hin und Her der letzten Wochen hoffte er, jetzt bald wieder Zeit für seine Notizen zu finden.

Francesca sah reizend aus in ihren schweren Wanderschuhen. Sie hatte ein im Takt ihrer Schritte wippendes Röckchen über die hautengen Leggings geworfen, sodass Jonathan gerne den Pater voranstürmen ließ.

„Wenn wir bis heute Abend ankommen wollen, müssen wir uns sputen!"

Jünger war wieder einmal der Erste, der nach einer kurzen Rast aufsprang. Bald war er hinter einer Wegbiegung verschwunden – und Francesca, die wohl gemerkt hatte, warum Jonathan immer der Letzte sein wollte, belohnte ihn mit einem Lächeln,

„Du kannst ruhig manchmal neben mir hergehen," sagte sie.

„Ja," pflichtete Jonathan ihr bei, der sich ertappt fühlte, „aber nur, wenn die Wegverhältnisse es zulassen."

Beide lachten und gingen, eine Strecke der jetzt asphaltierten Landstraße, Hand in Hand.

„Weißt du," sagte Jonathan nach einer Weile, „manchmal komme ich mir vor wie der letzte Mohikaner."

„Ja, ich verstehe, was du sagen willst. Aber der letzte Mohikaner war nur einer, wir sind aber zwei."

„Genau genommen drei," verbesserte er sie. „Oder zählt Jünger nicht?"

„Jünger ist ein Pater. Er ist nur einer und wird immer nur einer bleiben. Wir aber sind Mann und Frau."

„Ein Pater, ein Mann und eine Frau, das macht zusammen drei. Drei letzte Mohikaner."

„Vier," korrigierte ihn Francesca.

Jonathan meinte sich verhört zu haben. „Wie bitte?"

„Du hast schon verstanden. Ich bin schwanger."

Die Lage war von einem Ernst, der Jonathan nur das Spaßen übrig ließ.

„Dann hat Pater Jünger endlich eine Aufgabe, er muss uns trauen."

252

„Ja," jubelte Francesca und schlang ihren Arm fest um seine Hüfte … „und er muss das Baby taufen!"

Sie sahen sich an, setzten ihre Rucksäcke ab und umarmten sich. Francesca weinte an seiner Brust, während Jonathan weder wusste, was er fühlen noch, was er denken sollte.

Derweil hatten sie Jünger völlig vergessen. Erst als der schimpfend vor ihnen auftauchte und meinte, sie müssten eine gute Entschuldigung haben, denn er sei ihretwegen den ganzen Weg zurückgegangen, sagten sie wie aus einem Munde: „Die haben wir"

„Und die wäre?"

„Ich will heiraten," sagte Jonathan.

„Ich auch," sagte Francesca.

„Und du musst uns trauen!," bestürmten sie ihn unisono. Jünger nahm die ganze Sache offenbar nicht ernst.

„Wenn ihr das heute Abend immer noch wollt, können wir ja mal darüber reden, aber jetzt nichts wie los. In drei Stunden wird es dunkel, ich will mir auf den letzten Metern nicht die Knochen brechen!"

Sie schulterten ihr Gepäck und stapften gehorsam hinter dem Pater her. Das Häuschen lag an einem zunächst sanft, dann steiler ansteigenden Hang, nach oben hin von Birken und Eichen bestanden. Sie erreichten es noch rechtzeitig, um, noch bevor Pater Jünger die Tür öffnete, einige Minuten lang das zarte Lichtspiel beobachten zu können, mit dem sich die hinter der gegenüberliegenden Hügelkette untergehende Sonne verabschiedete.

Der Pater hatte endlich den passenden Schlüssel gefunden und stemmte sich gegen die Tür, die – weil lange nicht bewegt, – nicht gleich aufgehen wollte. Als sie sich endlich öffnete, machte er sich am Sicherungskasten gleich neben dem Eingang zu schaffen. Nach einigem Hantieren in dessen Innern warfen die noch funktionierenden Lampen ein beschauliches Licht auf ein Interieur, das Francesca gleich auf Anhieb sympathisch fand.

„Morgen machen wir Hausputz,“ sagte Jünger, nachdem er mit der flachen Hand über den Ecktisch gefahren war. „Jetzt ruhen wir uns aber erst mal aus. Das heißt, falls einer Lust hat, Holz aus dem Schuppen zu holen, bitte sehr, ich bleibe auf jeden Fall sitzen.“

Es war tagsüber angenehm gewesen, während des erhitzenden Wanderns die erste Kühle des kommenden Herbstes zum Verbündeten zu haben. Jetzt aber, nach Sonnenuntergang, kroch die Kälte den Hang hinauf und machte Frösteln.

Obwohl der Pater während der Wanderung bewiesen hatte, dass er für sein Alter in ausgezeichneter Form war, merkte man ihm jetzt doch an, dass er die sechzig schon überschritten hatte. Auch Jonathan war redlich müde, gab sich aber vor Francesca keine Blöße und begleitete sie mit einem Drahtkorb in der Hand zum nahegelegenen Holzschuppen. Bald waren sie mit dem gefüllten Korb und einigen zusätzlichen Scheiten auf dem Arm zurück und machten sich daran, mit einigen vertrockneten Rindenresten und spröden Stöckchen, die von den Birken hinter dem Haus stammten, ein Feuer zu entfachen.

Der schwarzbraun emaillierte Ofen erwies sich als äußerst gefräßig. Noch zweimal gingen sie an diesem Abend zum Schuppen, um Nachschub zu holen. Nach ihrem letzten Gang lag Jünger schon eine Weile schnarchend im Zimmer, in dem er, wie er unmissverständlich mitgeteilt hatte, immer geschlafen habe. Sie, Francesca und Jonathan, könnten im Elternschlafzimmer schlafen, wobei er ein Auge zugekniffen und eine gute Nacht gewünscht hatte.

Francesca hatte schon zuvor die sich klamm anfühlenden Bettlaken und auch die muffig riechenden Decken vor den Ofen gehängt. Sobald diese völlig trocken waren und jetzt sogar eine wohlige Wärme abstrahlten, zogen auch sie sich zurück und fielen bald in einen Schlaf, den nur der Wanderer kennt.

Der ganze nächste Tag war nötig, um das Häuschen herzurichten und in einem nahegelegenen Ort Proviant zu kaufen. Dabei konnten sie zum Glück mit der Hilfe des Ladenbesitzers rechnen, der, erfreut über einen gigantischen Einkauf, der mehrere Wochen vorhalten sollte, die Waren samt Jonathan und Jünger mit seinem Lieferwagen ins Häuschen transportierte. Francesca war im Haus geblieben. Nicht etwa, dass sie den Hausputz allein machen wollte. Dazu fehlten ohnedies die nötigen Reinigungsmittel. Aber gleich nach dem Aufstehen hatte sie sich dermaßen unwohl gefühlt, dass sie glaubte, sich übergeben zu müssen. Es war das erste Mal, dass Pater Jünger, der sie im Schaukelstuhl neben dem Ofen sitzend aufmerksam beobachtet hatte, die Geschichte mit der Schwangerschaft ernst zu nehmen begann.

Die folgenden Tage waren von einer Routine geprägt, die wesentlich aus dem Vorbereiten der Mahlzeiten und kleineren Spaziergängen in der unmittelbaren Umgebung bestimmt waren. Anders als sonst üblich diskutierten Jonathan und Jünger nicht über irgendwelche großen Theorien, sondern gingen schweigend über die mit den ersten fallenden Blättern bedeckten Waldwege. Jonathan mochte die Fichtenwälder besonders, die sich gleich hinter der Wegkreuzung an den Laubwald anschlossen. Der Nadelwald war von einer beständigen Gleichförmigkeit, der weder Sommer noch Winter etwas anhaben konnten. Außerdem mochte er den Duft, der etwas Erfrischendes hatte und sich für ihn auf angenehme Weise von dem herbstlichen Moderduft der Buchen und Eichenwälder unterschied.

„Moderduft?," wunderte sich Jünger. Es war das erste Mal, dass er nach dem Frühstück überhaupt etwas sprach.

„Ja," sagte Jonathan, „der Geruch erinnert mich irgendwie an die Katakomben."

Jünger lachte. „Das ist nur jetzt so, im Herbst, wenn es kurz vorher geregnet hat. Im Winter wird das ganz anders. Und im Frühling erst! Aber das wirst du noch sehen."

„Das wirst du riechen," verbesserte ihn Jonathan, was beide zu einvernehmlichem Lachen verleitete. Jonathan, froh, dass sie die Katakomben weit hinter sich gelassen hatten, Jünger, sich an die Leichtigkeit seiner Kindheitstage erinnernd, an denen er so manches Mal mit seinen Eltern durch diese Wälder gewandert war.

Jünger mochte vielleicht zwölf oder dreizehn Jahre alt gewesen sein, als sein Beschluss, Priester zu werden, feststand. Zu jung, um eine so bedeutende Entscheidung zu treffen, mag manch einer denken. Aber es war eigentlich keine Entscheidung, so wie man sich entscheidet, dieses oder jenes Fach zu studieren oder dieses zu kaufen und jenes nicht. Es war ein Gefühl, das er so nie wieder spürte. Nur heute, auf diesem Spaziergang, wehte ihn von weither eine Erinnerung an, die er nur zu gerne in sich aufnahm.

Im Laufe seines Studiums hatte er sein intellektuelles Vermögen geschliffen. Selbst unter den Theologen wurde er so zu einem respektierten und zuweilen gefürchteten Debattierer. Eine Eigenschaft, die er bis heute nicht abgelegt und die selbst Jonathan manches Mal zu spüren bekommen hatte. Seine Entscheidung, Priester zu werden, bereute er nie, jenes Gefühl aber, dieses ozeanische Gefühl seiner Jugendzeit, hatte sich verloren.

Er hatte immer wieder mit rationalen Mitteln versucht, dahin zu gelangen, wohin ihn die Gnade kindlicher Unschuld getragen hatte. Ein anderes Wort als Gnade fand er nicht, um die Gewährung dieser außergewöhnlichen Erfahrung zu benennen. Denn so sehr er sich als Erwachsener und gut ausgebildeter Theologe auch bemühte, die Tür zur Erfahrung des Heiligen blieb ihm fortan verschlossen.

Trotzdem verließ ihn die Gewissheit nicht, dass die sichtbaren Dinge nicht alles waren. Man nimmt sie, benutzt sie, aber sie haben einen Grund, den alles Drehen und Wenden nicht offenbart. Zwar hatte schon Leibniz gesagt *nihil est sine rationem*, was später vereinfacht als „keine Wirkung ohne Ursache" verstanden wurde, aber damit hatte Jünger sich nie zufriedengegeben.

Er musste anerkennen, dass mit der Entdeckung des Kausalitätsprinzips die modernen Wissenschaften und ihre Techniker so richtig in Fahrt kamen und wusste, dass diese es vermochten, das Funktionieren der Dinge zu verstehen, um diese dann nach Gutdünken auseinanderzunehmen und beliebig wieder zusammenzusetzen, Sie mussten sich nur an die jetzt überall entdeckten Naturgesetze halten. Mehr aber auch nicht! Es war dieses mehr aber auch nicht, das ihn immer auf Distanz zu den Fortschrittlern gehalten und ihm so manchen Streit mit Wissenschaftlern und Technikgläubigen eingebracht hatte.

Doch hatte er wenig Argumente anzubieten, wenn man ihn fragte, was er denn an den modernen Wissenschaften auszusetzen habe. Er sagte dann etwas wie: ... ihre zu kurze Reichweite – und das war es dann. Auf sein Gefühl, auf dieses weltumspannende Gefühl seiner Jugendzeit, am Anfang seiner theologischen Laufbahn, wagte er nicht hinzuweisen. Er wusste, dass er damit nur ein mitleidiges Lächeln geerntet hätte, also ließ er es bleiben und sah zu, wie die Zahl der Kirchgänger immer kleiner wurde und schließlich fast ganz versiegte. Doch er wusste, dass die wissenschaftliche Vernunft nicht alles war. Und die Spaziergänge durch die Wälder, die das Häuschen nach drei Seiten hin umschlossen, erinnerten ihn an dieses längst vergessene Gefühl, das jetzt zaghaft an seine vom Verstand gehärtete Seele klopfte. Dieser Verstand konnte ihm noch signalisieren: „Es ist die Ursache der Ursache, es ist der Grund des Grundes." Da aber war der Pater auch schon über eine Wurzel gestürzt, die in seiner langen Abwesenheit gewachsen und aus dem Boden hervorge-brochen war.

Zum Glück war Jünger nicht weit vom Häuschen entfernt, als er so unverhofft auf den Waldweg stürzte. Mit schmerzendem Knie konnte er noch so weit zurückhumpeln, bis er in Rufweite war. Dann kamen Jonathan und Francesca auch schon angelaufen, nahmen ihn in ihre Mitte und stützten ihn, bis er sich mit einer nicht gerade christlich zu nennenden Bemerkung auf einen Stuhl fallen ließ.

Francesca kühlte das bereits angeschwollene Knie und riet ihm, es einige Tage nicht zu bewegen. Morgen würde sie in der Apotheke des Nachbarorts ein Mittel gegen Entzündung und eine steife Bandage besorgen. Jünger bedankte sich, knurrte „Die Wege des Herrn sind rätselhaft und verschlungen" und fügte sich in sein Schicksal.

Francesca, stets hilfsbereit, brachte dem mittlerweile auf die Eckbank verfrachteten Pater alles, was dieser brauchte oder nur zum Zeitvertreib, wie es Jonathan schien, anforderte. Als er sie neckte und bemerkte, sie behandle den Pater wie ein Baby, es fehle nur noch, dass sie ihm das Essen in den Mund stopfe, wehrte sie lachend ab. „Nein, nein!" Dann fügte sie augenzwinkernd hinzu: „Ich kümmere mich um ihn, weil wir ihn noch brauchen."

Sie hatte es also durchaus ernst gemeint als sie Jünger spontan bat, ihr Kind zu taufen. Aber dies und die ebenfalls vorgeschlagene Heirat waren für Jonathan doch nur halber Ernst gewesen. Aber er war sich sicher, dass er sich nicht wieder dem Leben verschließen würde, wie er es schon einmal, als eine erste Freundin schwanger war, gemacht hatte. Er musste sich auch eingestehen, dass er es genoss zu sehen, wie Francesca die Initiative übernahm. Von keinem Zweifel geplagt angesichts dessen, was zu tun war, nahm sie ihn an die Hand und zeigte ihm, was die zukünftige Mutter und ihr Kind von ihm erwarteten.

„Genauso wichtig wie das Schreiben ist das Lesen," sagte Jonathan. Francesca sah überrascht auf.

„Ja," fuhr er fort, „ohne das Lesen gäbe es das Schreiben gar nicht. Würde jemand etwas schreiben, das niemand liest?"

„Vielleicht," sagte Francesca. „Wollte Kafka nicht, dass man seine Bücher verbrennt?"

„Das ist richtig, aber er wollte verstanden werden. Max Brod, sein Freund, hat sie gelesen und verstanden, deshalb hat er sie nicht verbrannt. Aber das Lesen ist noch viel mehr. Wir können die Dinge lesen, nicht nur die aufgeschriebenen Wörter. Ohne dieses Lesen der Dinge um uns herum wüsste doch niemand, worüber er schreiben sollte."

Leicht errötend legte Francesca die Hände auf den Bauch. „Es gibt Bücher, die handeln nicht von Dingen, sondern von der Liebe zum Beispiel."

Wieder stimmte ihr Jonathan zu. „Ja, ich meine doch nicht nur Dinge, die vor uns stehen und die man anfassen kann. Das, was in uns ist, das, was man nicht sehen kann, man kann es ebenfalls lesen."

„Fühlen ist das Gleiche wie Lesen?"

„Ja und nein. Es gibt Gefühle, die sind so heftig und undurchdringlich, dass man sie nicht versteht. Man muss Abstand nehmen, eine Zeit verstreichen lassen und dann, wenn sie schwächer geworden sind, kann man sie auch lesen."

Francesca sah ihn an und lächelte wie zur Entschuldigung: „Ich glaube, ich habe den Abstand noch nicht."

Jonathan legte seine Hand auf die ihren, die immer noch den Bauch schützten. Schon vor dem Gespräch hatte er seinen Rucksack mit den Heften neben den Ofen gestellt. Jetzt öffnete er die Ofenklappe und warf das erste Heft hinein. Francesca wollte ihm im ersten Augenblick in den Arm fallen, besann sich aber und ließ ihn gewähren. Nach und nach beförderte er ein Heft nach dem anderen ins Feuer. Hin und wieder schloss er die Klappe, wenn der Rauch zu heftig wurde und ihnen in die Augen stach. Schließlich war sein Werk vollendet, alle seine Notizen hatte er dem Ofen anvertraut. Schweigend saßen sie vor den brennenden Heften und sahen zu, wie sich die beschriebenen Seiten in den Flammen krümmten.

Francesca hatte Tränen in den Augen. „Du hast dir solche Arbeit gemacht"

„Ja," sagte er, „ich habe viel geschrieben."

Auch ihm tränten die Augen. Er öffnete ein Fenster und ließ für einige Minuten die frische Abendluft herein. Nachdem die letzten Rauchschwaden sich verzogen hatten, setzte er sich erneut zu Francesca an den Ofen. Lange saßen sie so Hand in Hand beieinander und genossen es, einfach nur da zu sein.

Am nächsten Morgen erwachte er, weil Jünger in der Küche herumhumpelte, wobei er,

Jonathan vermutete aus Absicht, so viel Lärm wie möglich machte. Doch Jonathan kümmerte dies heute nicht. Er sah die schlafende Francesca neben sich und beobachtete, wie ein Sonnenstrahl, der sich durch einen Spalt in den Fensterläden zwängte, langsam die Wand herunterwanderte und schließlich ihr Gesicht berührte. Sie schlug die Augen auf und lächelte Jonathan schlaftrunken an.

„Erinnerst du dich, dass ich dir von meinem Traum erzählt habe, in dem eine Stimme mich aufforderte, ein letztes Buch zu schreiben?"

Francesca strich ihm durch die Haare, so als ob sie ihn trösten wollte.

„Hast du es noch immer nicht vergessen?"

„Nein," antwortete Jonathan, „morgen fange ich damit an!"

Weitere Romane von Franz J. Brüseke, erhältlich in allen online-shops und im lokalen Buchhandel, auch als e-book.

Hans Noll in Amazonien
ISBN 9783734763505

Gringo. Eine globale Geschichte
ISBN 9783734721427

Wassermann
ISBN 9783756869268

Zeus und Goldenberg
9783947373574

Die Lesereise
ISBN 9783746031200

Die Insel der Millionäre
ISBN 9783749433650